小さな頃から、ぼく、ママのためにお空を殺してやろうって思ってたんだ。ママがこう言わない日はなかったから。


「いい、ズッキーニ、空が広いのは、人間がどれだけちっぽけか思い知らせるためなんだよ」

「人生なんて、灰色の空とおんなじ。真っ黒なおねしょ雲が、不幸ばかり降らせるんだ」

「男なんてみんなバカ。頭のなかは浮気と雲隠れだけ。となりの若いめんどりと一緒に世界一周に出かけちゃったあんたの父親だっておんなじよ。人の気も知らないで。雲に隠れたまま一生出て来んなっていうのよ、あんなヤツ」


ママはときどきデタラメを言う。

そりゃパパが出かけたとき、ぼくはまだまだ小さかったよ。でも、パパがなんで世界一周にメンドリを連れていかなきゃならないのさ。だって、メンドリって言えばニワトリだよ、ニワトリ。ニワトリってのはノーミソないんだよ。ぼくがエサのなかに混ぜたビールを飲んで、それからそのまま壁に向かってフラフラ歩いてって、ひっくりかえっちゃうんだから。

だけど、ママは好きでデタラメ言ってるわけじゃない。悪いのはママがテレビ見ながら飲むビールなんだから。

ビールを飲みながらママはお空に文句言って、それに飽きると、悪さもしてないのにぼくを殴る。

だから、お空とびんたはいつも一緒。

もしぼくがお空を殺せば、ママはやさしくなるはずさ。そうすればぼくも、往復びんたをくらうことなくゆっくりテレビを見れる。

This book is published in Japan by arrangement with Les éditions PLON,
a dept of Edi8 through le Bureau des Copyrights Français, Tokyo.
Translated by Masahiro YASUDA
Published in Japan by Disk Union Co., Ltd.

主な登場人物

ズッキーニ（イカール）
物語の主人公。父親の失踪後、母親を不慮《ふりょ》の事故で失い、
養護施設の「レ・フォンテーヌ」へやって来る。

レイモン（おまわりさん）
母親を失ったズッキーニを支える、心やさしい警察官。

カミーユ
ズッキーニに続いて、「レ・フォンテーヌ」へ転入してきた女の子。
行動派で面倒見がよい。

シモン
施設の子どもたちの「ボス」。みんなの事情をなんでも知っている情報通。
荒々しい性格。

アメッド
刑務所行きとなった父親のことをいつも想っている少年。
ぬいぐるみの「おねんねウサちゃん」は大事な相棒。泣き虫。

ベアトリス
バラ色のめがねをかけた、黒人の少女。カミーユとアリスがルームメイト。

アリス
栗色の長い前髪で顔を隠している女の子。めったに口はきかない。

ジュジュブ（ジュリアン）
食いしん坊で、いつも病気やけが（のふり）をしている男の子。

シャフアン兄弟
兄のボリスと弟のアントワンのふたり兄弟。よく「辞書ゲーム」をして遊んでいる。
ふたりとも絶対に泣かない。

パピノー先生（ジュヌヴィエーヴ）
ズッキーニたちの暮らす「レ・フォンテーヌ」の女性の園長先生。

ロージー
「レ・フォンテーヌ」の女性の児童指導員。
古風で厳しい一面もあるが、子どもたちを愛している。

ぼくの名前はズッキーニ

Autobiographie d'une Courgette

1

今日は水曜日だから学校はお休み。

先生は、「水曜日は子どもたちの日曜日」だって言う。

でもぼく、学校に行ったほうがましだな。だって、ママったらテレビばかり見てるんだから。グレゴリーとビー玉で遊びたいのに、あいつん家は遠いし、ボールで割れちゃった窓ガラスのことでぼくのママとあいつのママの仲が悪くなってからは、うちに泊まりに来ちゃダメになったんだ。ママは、受話器に向かってグレゴリーは「でくのぼう」だって言って、それから「このアバズレ」って吐き捨ててガチャンって電話を切った。グレゴリーのママが「アル中よりはましよ」ってわめいたからだ。

ママに「ねえ、一緒にビー玉で遊ぼうよ」って言ったら、テレビを見たまま「気をつけな、後ろに隠れてるのよ。殺されても知らないよ」って言われた。何度もしつこく一緒に遊ぼうって言ったら、ママはテレビを見たまま「ちょっと、まじでバカなんじゃないの、こいつ」って声をあげた。ぼくがバカなのか、結局撃ち殺されちゃったテレビのなかの人がバカなのかはわからない。

ぼくは二階の自分の部屋に戻った。窓からとなりの家の子が見える。その子はいつもひとりぼっちなのに楽しそうに遊んでるんだ。ロバに乗るみたいにブタの背中に跨《またが》って、ひとりでケラケラ笑ってるのさ。ぼく？　ぼくはひとりで遊ぶなんていやだよ。だから、ママの部屋に行って、ベッドの上の散らかった毛布や脱ぎ捨てたままのパジャマをかたづけたんだ。それから椅子《いす》を持ってきて、山積みされた洗い物のてっぺんにママのパジャマをのせた。でもそれも終わったら、もうやることがなくなっちゃったから、部屋のなかを見てまわったんだ。そしたら、たんすの引き出しのなかの、アイロンのかかってないシャツのいちばん下に、ピストルがあった。

とっても嬉《うれ》しかった。「これで遊べる！」そう思って、ピストルをズボンのポケットに隠して、なんでもない顔して、外に出た。

どうせママはぼくなんかお構いなしだ。「わかってないのねえ、あんたみたいなろくでなしを気にかける娘じゃないいんだから！」ってテレビに教えてあげてるんだから。

お外に出たら、あとは引き金を引くだけだ。お空は大きいからね。

バンッと撃ったら、ドシン、としりもちをつく。

起きあがってもう一度、バンッと撃ったら、またしりもち。

ママが飛びだしてきた。ママは足が悪い。片足を引きずりながら、ぼくを怒鳴りつけた。「このクソガキが！」そしてピストルを持って立っているぼくを見て、もっと大声を張りあげた。「ああ神様！なんであたしだけこんな目にあわなきゃならないの！　父親そっくりの大バカ野郎、早くそれをこっちによこせ」

そう言うと、ママはぼくの手からピストルを取りあげようとした。

「いやだ！　渡すもんか。みんなママのためなんだから。もうママに怒鳴られるのはゴメンだよ」ぼくはピストルを離さなかった。ひっくりかえったのはママだった。

「くそったれ！」ママは、悪いほうの足を抱えながらうめいた。心配になって「痛かったの？」って聞いたんだ。そしたら悪くないほうの足で蹴《け》っとばされた。ママはもっと怖い声で「早くそいつをこっちによこせ！　ちくしょう、一回しか言わないよ」って言うから、ぼくはピストルを握りしめたまま、「うそばっかり。さっきもよこせって言ったじゃないか」って言いかえしてやったんだ。ママはぼくの手に噛《か》みついた。ぼくは痛いのをがまんした。痛いからギュッと手をむすんだ。そしたらパンッて音がした。

ママはあおむけに倒れた。

2

ずっと草むらに寝転がって雲を見てた。

雲に隠れてるパパを探してみた。だって、パパならきっとどうすればいいか教えてくれるって思ったたんだもん。

お空は殺せなかった。

涙が止まらなかった。おねしょたれの真っ黒い雲がパンクしたか、それとも、ママの部屋着についた血を洗い流せるよう、パパがぼくの目に水をまいているのかな。


最初ぼく、ママは寝てると思った。それか、ぼくを笑わそうとして寝たふりしてると思った。でも、交通事故で足を悪くしてから、ママがそんなふうにわざと人を笑わすのを見たことはなかった。

ちょっとだけくすぐってみた。

でも、ママはグニャグニャのボロ人形みたいだった。目はギロッて開いたままで、テレビの刑事ものみたいだ。女の人がいっぱい出てきて、みんな殺されちゃうやつ。殺されたらみんな、グニャグニャのボロ人形になる。だから、「そうか。ぼく、ママを殺しちゃったんだ」って思った。


テレビではボロ人形がそのあとどうなるのか見せてくれない。だから、どうなるのか待ってたら日が暮れた。お腹《なか》がグーグーなりだしたから、おうちに戻ってパンにマヨネーズをはさんで食べた。食べ終わったら、怖くてもう外に出れなくなった。

オバケが歩きまわってるに決まってる。死人は夜になるとまた起きあがって、斧《おの》や腐った目ん玉でおどかすんだ。

怖いから屋根裏部屋にのぼった。だってママは足が悪いから、ここにいれば絶対にのぼってこれないでしょ。

それからりんごを食べた。いつもならりんごでサッカーするんだけど、そんな気にはなれなかった。

そしたらそのまま眠っちゃったみたい。

目を開けたら、おうちのあちこちからガサゴソ音がした。オバケやグニャグニャのボロ人形が、「イカール、イカール」ってぼくの名前を呼んでるんだ。

小学校の先生を抜きにすれば、だれもぼくを「イカール」なんて呼ばない。

ぼくの名前は「ズッキーニ」さ。

そしたら屋根裏部屋のドアが開いて、会ったことのないおじさんが顔を出した。あまりオバケっぽくない人だった。でも、オバケってすごくずるがしこいらしいから、テレビの「インベーダー」みたいに人間に変装してるに決まってる。だから、持ってたりんごを全部そのおじさんめがけて投げつけてやったんだ。おじさんはパタッて倒れた。

それから、となりの家の子がたくさんのおまわりさんを連れて屋根裏部屋にのぼってきた。

おまわりさんのひとりが、「りんごに気をつけろ!」って叫んで、バッと身を伏せた。となりの家の子がさっきの倒れたおじさんを覗《のぞ》きこんで「おまえ、うちのパパを殺したな!」って言った。もうひとりのおまわりさんが「大丈夫、倒れただけだ」って言った。倒れてたとなりの家の子のパパもすぐに起きあがって、みんなでぼくのほうに迫ってきた。だからぼくは、「これでテレビドラマはおしまいだ」ってわかったんだ。

両手で顔を覆《おお》って往復びんたに備えた。だけど、やさしく頭をなでられてるような気がした。だから、そっと指のあいだから覗いてみたら、となりの家の子のパパが隣にしゃがみこんで、「おい、ぼうず、だれがやったのか見てたんじゃないのか?」ってぼくに言った。

おまわりさん全員がぼくのほうを見てた。となりの家の子も。

みんなの目がぼくに向いていて、なんだか怖くて、ふるえが止まらなかった。そうしたら、「この子とわたしのふたりだけにしてくれないか? 気が利かないやつらだな。見たまえ、こんなに怖がっているじゃないか」っていうドラ声が聞こえたんだ。

そのドラ声のおまわりさんを残して、みんなそそくさと屋根裏からおりていった。おまわりさんは散らばったりんごを拾い集めながらドスンと床に座った。

シャツの隙間から、まあるい真っ白なお腹がはみだしてた。

「イカール君、歳《とし》はいくつだい?」

ぼくは指を折って数えた。「ここのつ」——先生が学校で教えてくれた通りにしたんだ。

おまわりさんはポケットから小さな手帳を出して、なにやら書きはじめた。おまわりさんがドラ声を急に細くして、なにがあったのかって聞くから、ぼくはオバケのことや、グニャグニャのボロ人形のことや、人間に変装した「インベーダー」のことを教えてあげた。

おまわりさんは帽子を脱いでボリボリ頭をかいた。それから自分の名前を教えてくれた。レイモンっていうんだ。だからそう呼んでほしいって。

「わかったよ」ってぼくは応えた。「でも、そのかわりぼくのことはズッキーニって呼んでよね」

レイモンはなんにも言わないで、とってもやさしい声で（あんまりやさしい声だったから、もう一度言ってってお願いしちゃったくらいさ）、「それで、きみのママ、どうしてあんなことになっちゃったのかな？」って言った。

「ええと、それは……、お空のせいだよ」

レイモンは一瞬自分の泥だらけの靴に目を落としてから、調子はずれの声で言った。「お空？」

だから、雲に隠れたパパのことや、交通事故でママが足を折ったこと、あと食べ物とぼくの寸法に合ったシャツを買うお金を毎月送ってくれたおじさんのことまで教えてあげた。

「それで、きみのパパは、今どこにいるのかな？」ってレイモンが聞いた。

「パパはね、若いメンドリと一緒に世界一周に出かけちゃったんだ」

「かわいそうに」レイモンはそう言ってぼくの頭を抱き寄せた。でも、みんながみんなぼくの頭をなでようとするのが気持ち悪くて少しあとずさりした。

「じゃあ、ママはやさしくしてくれたのかな？」帽子を脱ぎながら、またレイモンが質問を続けた。髪の毛がペチャンコに頭にはりついていて、おでこには帽子のあとがついてた。

「えーと。うん。ママのピュレはおいしいんだ。それに、たまにだけど一緒に笑ってくれるよ」

「一緒に笑ってくれないときは？」

ぼくは質問の意味をよく考えてみた。「ぼくが屋根裏部屋にいるときのこと？」

「そうそう。屋根裏にいるときのことだよ」

「それは、ぼくがいたずらをしたときだよ。だって、往復びんたをくらいたくないじゃない。ずっとほっぺたをさすってないと、ママのびんたのあとは消えないんだよ。でも、ママは足が悪いから、ここなら平気でしょう？」

「じゃあ、最近はどんないたずらをしたのかな？」

「最近のいたずら……？　どんなことをして怒られたかって言うとね、昨日のこと。昨日はピストルで遊んでたんだ」

「おいおいチビちゃん、ピストルはおもちゃじゃないよ」

「だって、ひとりじゃビー玉遊びはできないし、ママはテレビを見てたし、グレゴリーはもう、ぼくんちに遊びに来てくれないじゃないか。ほかになあんにもすることがなかったんだ。となりの家の子みたいにブタに話しかけて遊んだりできないんだから」

「わかった、わかった。でもそのピストル、いったいどこで見つけたんだい？」――また頭をボリボリかきながらレイモンがぼくに尋ねた。ぼくは、たぶんこの人、シラミかなんか飼ってるんじゃないかなって思った。

「ママの部屋だよ」

「で、きみのママこれまでもよくピストルで遊ばせてくれたのかい？」

「ううん。おうちにピストルがあるなんて知らなかった」

（ママの部屋をちょっと見てまわったことは言わなかった）

レイモンは鉛筆を草の茎みたいにムシャムシャ噛んでいる。

「見つけたあとなにをしたのかな？」

「ええとね、外に持っていって遊んだ」

「おもちゃじゃないんだよ」

「一度言われればわかるよ。もしおじさんが昨日ここにいてくれれば、ピストルなんてなくてもふたりでビー玉で遊べたんだからね」

「レイモンと呼んでくれないかな？　さっきそう言ったろう？　で、じゃあ、そのピストル、撃ってみたの？」

「そうだよ。お空を殺してやりたかったんだ」

「空を殺すって？」

「そうだよ。お空。お空のおねしょ雲のせいで、ママはビールをいっぱい飲んで、いつもいつも大声で怒鳴るようになったんだよ。それで、ぼくにびんたをしたり、おしりを叩いたりするから、ママの手のあとがいつまでたってもほっぺたやおしりから消えないんだ」

「ママ、きみに暴力をふるったんだね」

「前はね、いたずらをしたときだけだったんだ。でも、ときどき、なんにもしてないのに怒られたり叩かれることもあった。だから屋根裏部屋にのぼって、りんごと一緒に寝るんだ」

レイモンは相変わらず小さな手帳になんだか色々書きつけている。ときどきペロペロッてベロを出すから、それがおもしろくてぼく笑っちゃった。

「なにがおもしろいのかな、ぼうや？」レイモンがもとのドラ声に戻ってぼくに聞いた。

「だって、黒板をノートに書き写してるデブのマルセルみたいにベロを出すんだもん」

レイモンは笑って、それからまた頭をボリボリかいたから、もしかして頭にシラミを飼ってるんじゃないの、って聞いたら、まるでぼくの話が聞こえないみたいに、「それで、きみはママにもピストルを撃ったのかな？」って聞いた。

「わざとじゃないよ。ママがピストルを取ろうとしたんだ。ぼくはパパみたいに大バカだって言ってものすごく怒っていて。そしたら勝手にたまが出たんだ」

涙がずっとのどをくすぐっていた。こらえられなくなったとたんに、目からこぼれ落ちた。もうなんにも見えなくなっちゃったんだ。


「もういいんだよ、チビちゃん。そんなに泣いちゃいけない。ほら、わたしのハンカチを使うといい」

それでぼくは涙を拭いた。鼻水もたれてたから、鼻もかんだ。

「チビちゃんの家族には、ほかにだれかいるかな？」

「ううん、ママのほかはだれもいないよ」

それからハンカチをレイモンに返した。レイモンは鼻水のついたままのハンカチをそのままポケットにしまっちゃったんだ。

「やれやれ。わたしと一緒に行こう。裁判官に電話をしなくてはならないな」

「サバイ、イ、イ、インカンって、かなづちで机を叩いていじわるな人たちをケイムショに入れちゃうおじさんのこと？」

「チビちゃん、きみは意地悪じゃないし、刑務所に行く年齢でもないよ。きみは、同じような子どもたちのいる家で暮らすことになるはずだ」

「ほんと？　ママも一緒に行っていいの？」

レイモンはまたボリボリ頭をかいて言った。「きみのママは、いつだってきみの心と頭のなかにいるんだよ、チビちゃん。でも、今はもう行ってしまったんだ」

「町へ出かけたの？」

「天使たちと一緒に、空に行ったんだよ」

「そんなはずないよ」ってぼくは首を振った。「ママは天使なんかと一緒じゃない。ママはパパと一緒になったんだ」

3

警察署に着いたら、別のおまわりさんが、「おっ⁉　新しい相棒でも見つけたのかな？」って笑ってレイモンをひやかした。レイモンがギロッとにらみつけたもんだから、おまわりさんはかわりに自分の靴をにらみつけた。

ぼくはレイモンの部屋に行って椅子に座った。それから、レイモンににらまれてたさっきのおまわりさんが、プラスチックのコップにココアをいれて持ってきてくれて、レイモンが電話をかけてるあいだ、ずっとそばにいてくれた。なにをしでかしてこんなところにいるのか、って聞かれたから、ピストルを撃ったんだ、お空には当たらなかったけど、ママに命中した、って答えたら、おまわりさんはレイモンが戻ってくるまで口をあんぐり開けてふさげなくなっちゃったんだ。

「デュゴミエ、だらしなく口を開けたままにするもんじゃない。口にハエがわくぞ。さっさとコーヒーでもいれてこい」

それからレイモンは、ぼくのほうを振り向いて言った——「さて、チビちゃん、今、裁判官と話したんだが、フォンテンブローの近くにある子どものための養護施設に空きがあるそうだから、今から一緒に行こう。裁判官に会うのは、そのあとだ」

「ヨゴウセシツってなあに？」

「たくさんの子どもたちが、児童指導員と一緒に住んでいる大きなおうちだよ」

「ジドウジドウ員ってなあに?」

「きみの面倒をみてくれるお兄さんやお姉さんだよ」

「ジドウ員って、おしり叩いたりする?」

「しないしない。きみが彼らの生活をめちゃくちゃにしてしまうようなことがないかぎり、声をあらげたりもしないよ。それにきみはそんなに悪い子じゃないだろう、チビちゃん?」


またのどがくすぐったくなってきたからがまんした。

大きすぎる椅子の上で両足をバタバタ振りながら、ぼくはまだ温かいプラスチックのコップを両手で持っていた。指に伝わってくるココアの温かさと、目の前で椅子に跨っているこのどっしりしたおじさんの声のおかげで、少し気が休まったんだ。

レイモンはちゃんとひげを剃《そ》っていなかった。だから、顎《あご》のあちこちからゴワゴワしたひげがとびだしていたし、残りは耳からもはみだしてた。脇の下やおでこやお鼻の下にものすごい汗をかいていて、ときどき汗のしずくをそのまま飲みこんじゃうことだってあるくらいだ。

「じゃあ、その大きなおうちにレイモンも一緒に住んでくれるの?」ぼくはできるだけやさしく聞いてみた。

「いや、イカール君。それはできないんだ」

「じゃあ、いつ行くの？」

「今すぐだよ」って言ってレイモンは立ちあがった。

それからレイモンは、となりの部屋でさっきからずっとぼくたちを眺めていたデュゴミエさんを呼びつけたんだ。

「わたしのいないあいだに、メルラン事件の続きを進めてくれ。夕方前には戻ってくる」

それからデュゴミエさんがココアをもう一杯どう？　ってぼくに聞いたから、ぼくは「うん」って答えたんだ。レイモンは「時間がないぞ」って言ったけど、ぼくがべそをかいたから、デュゴミエさんのかわりにあたふたとココアをいれに行ってくれた。

ぼくはそのココアを少しずつ飲んだ。涙がこぼれてコップに入ったけど、それでも飲んだ。それから、警察署を後にした。


高速道路を走ってるとき、レイモンがラジオをつけたら、セリーヌ・ディオンがうたっていて、原っぱで摘んできたお花を花瓶に生けるとき、いつもこの歌をうたってたママのことを思いだした。そしたらお腹がひとりでグーグー言いだしたから、「お腹が減っちゃったな」って言った。

ドライブスルーで車をとめて、ぼくはチーズバーガーとコーラを頼んだ。レイモンも同じだ。

「心配することはないよ、チビちゃん。すべてうまくいくさ」ってレイモンは言った。

そしたらコーラのせいでゲップが出て、それでレイモンはニコッて笑った。

「ねえ」ぼくはこのやさしいおまわりさんに言ってみた。「おまわりさんにも、ぼくのことズッキーニって呼んでほしいんだ。さっきも言ったんだけど、聞いてなかったでしょう。イカールなんて呼ぶのは学校の先生だけなんだ。だからときどきぼくが呼ばれてるんじゃないって思って、ぼーっとしてるって怒られるんだよ」

「そんなふうに呼んでいたのは、きみのママかい?」

「うん。ママとぼくの友達みんな」

それからぼくたちは高速道路に戻った。ぼくが道路沿いの木やおうちを眺めてるあいだ、レイモンは鏡をチラチラ見ながらのろまな車を全部追い越した。そうしてぼくたちのパトカーは高速道路を出て、細い田舎道に入った。

橋の下をくぐると川が見えてきた。レイモンは「もうすぐ着くからね」って言ってスピードを落とした。川はねずみ色だった。そしたら「さあ、チビちゃん、着いたよ。けっこうなあばら屋だろう! こんなにでかかったら、おんどりみたいにゆうゆうと暮らせるな」ってレイモンは言った。

車をおりたレイモンが、トランクからぼくのカバンを出した。ぼくは車のなかでじっとしていたんだ。オンドリになんかなりたくなかったんだもん。

〝あばら屋〟っていうのは、テレビに出てくるようなお屋敷だった。

赤い服を着てめがねをかけた白髪混じりのおばさんが玄関の階段をおりてきて、ぼくのカバンをかかえたままのレイモンと話しはじめた。それからふたりで車のほうへ歩いてきた。

おばさんはぼくに顔を寄せて、ニコニコしながら、「さあ、いらっしゃい、イカール。あなたの新しいおうちを案内してあげましょう」って言った。ぼくは安全ベルトをはずして車をおりたけど、それからは駐車場の砂利だけ見つめていた。

「わたくしの名前はマダム・パピノー」っておばさんは言った。「でも、ジュヌヴィエーヴって下の名前で呼んでちょうだい」

ぼくは顔をふせたままだった。

「こら、ズッキーニ、ちゃんと挨拶しなさい」レイモンのドラ声が聞こえた。だから、「はじめて会ったのに下の名前で呼んでほしがる人ばかりで、今日はどうかしてるよ」って思いながら、砂利に向かって「こんにちは」って言ったんだ。

「やれやれ、それでは本官はこれで失礼いたします」ってレイモンは言った。「まだやりかけの仕事が残っておりますので」

そう言ってレイモンはぼくのカバンを階段の上に置いて、ぼくのおでこを指一本でヒョイッと持ちあげた。

「ちゃんとするんだよ、ズッキーニ」

それからレイモンはそっと頭をなでてくれた。ぼく、うれしくてなでられるままにしてたけど、最後に「行かないでよ」って言って、レイモンの大きな手をぼくの両手で包んで、ほっぺたにくっつけた。

「すぐにまた会いに来るよ、チビちゃん」レイモンは、やさしくぼくのほっぺたから手をひいて、まるでぼくの体温をそのまま持って帰るみたいにポケットにしまいながら、そう言ったんだ。

そして、レイモンはぼくのおでこにさよならのキスをして、立ちあがりながら、「なんて世の中だ」ってつぶやいて、それから車に乗りこんだ。

「いい子でな。それでは、よろしくお願いいたします」

おばさんは、「ご機嫌よう、おまわりさん。ごくろうさま」って言った。

それから、青いクルクルつきのパトカーは、バックして出てった。

またのどがくすぐったくなってきた。

おばさんはカバンを持ちあげてぼくのほうを向いた。

「さあ、いらっしゃい、イカール。お腹が減ったでしょう?」

ぼくは「ううん」って首を振った。おばさんはぼくの肩に手をのせた。そしてぼくたちは玄関へと続く階段をのぼったんだ。

4

アメッドのおねしょが続いてもうすぐ三カ月になる。そして毎朝、今日パパが会いに来てくれるかどうか、ジドウ員のロージーに聞くんだ。

シモンはいつもなんでも知っている。だから、アメッドのパパが会いに来るにはケイムショを脱走しなきゃならねえなって言って、ロージーにギョロ目でにらみつけられるんだ。だけどシモンは逆にふんぞりかえって、運動靴のひもを結びなおせとロージーに言う。シモンの靴ひもはいつもほどけてるんだ。ロージーは、「私相手におんどりごっこをしてもむだですよ」って、相手にしない。

アメッドとシモンとぼくは同じ部屋だ。

最初の晩、シモンは、どうせおまえはあと三年はここから出られないんだから、毎朝オレさまのパンにバターを塗ってご機嫌をとるくらいのことはしたほうがいいぞ、って言った。もしやらなかったら、ぼくの人生をめちゃくちゃにしちゃうって言うんだ。

こういう感じなんだ、シモンは。すぐに「オンドリのまね」をしたり、ほかの人をおどかそうとする。でも、ちょっとでもこっちが強く出ると、とたんに悪さはやめちゃうのさ。

その次の朝、ぼくはパンにバターをべったり塗って、それをシモンの鼻先にこすりつけてやった。それでシモンがぼくの髪の毛をグッとつかんだから、ぼくも負けずにつかみかえしてやったら、ロージーがいつものギョロ目でぼくたちのあいだに割りこんできた。「このうちではそんなことは許されません。じゃなきゃふたりともおしおきですよ！」――でも、泣きだしたのはアメッドだった。アメッドはいつでも自分が怒られてるって思ってる。だからシモンとぼくはいつもそれにつけこんで、アメッドが悪くないときも、あいつを指さすんだ。

バターとパンの事件のあと、シモンはぼくにちょっかいを出さなくなったし、ぼくもシモンの靴ひもを結んであげることにした。ママが教えてくれたように、絶対にほどけないように二重蝶結《ちょうむす》びにするんだ。だけど、それをほどくのはロージーなんだ。だって、ほっとくとシモンは靴をはいたままで寝ちゃうんだもん。シモンにとって、ここはケイムショなんだ。ぼくたちのあいだでだけだけど、シモンはこのうちを「ムショ」って呼んでる。

ぼくたちはここを「施設」って呼んでいるけど、園長のパピノー先生は、それをいやがった。パピノー先生は「歓迎の家」とか、「レ・フォンテーヌ」のほうが好みなのさ。

いたずらをすると、おしおきが待ってる。

それは「みんなのための奉仕活動」っていうんだ。

庭の並木の落ち葉を集めたり、洗濯物をたたまなきゃならない。そして「大罰」をくらうと、ほこりだらけの階段の手すりを全部磨かなくちゃならないんだ。

ぼくたちは朝七時にロージーのキスで起こされる。ロージーはそのあとも五分間だけ眠る時間をくれるけど、そのあとはバシッて電気をつけるんだ。ぼくたちは前の晩に用意した服に着替える。チビたちを起こさないようにそーっとね。チビたちはぼくたちより三十分長く眠らなきゃいけないんだ。ロージーはべそをかくアメッドのふとんとシーツを取りかえる。それからみんなで食堂に行って朝ごはんを食べる。朝ごはんが僕たちに食べられるのを待ってる。ココアやパンを焼くにおいがするんだ。だからあとはバターやジャムを塗るだけなんだ。

金髪のデブちん、ジュリアンは、みんなに「ジュジュブ」って呼ばれている。ジュジュブの朝ごはんはいつも大きなお椀《わん》いっぱいのコーンフレークと牛乳なんだ。ママがペルーから送ってきた絵はがきに「からだにいいですよ」って書いてあったんだって。だけどそれ以来ママはなんにも送ってこないから、ジュジュブはどこに行くにもあめやクッキーやチョコと一緒にその絵はがきをポケットに忍《しの》ばせている。だから絵はがきはもうしみだらけで、シワシワで、ヨレヨレで、ボロボロで、なにが書いてあるのか読めやしないんだ。

ペルーはジュジュブのママのからだにいいんだ、ってシモンが教えてくれた。でも、ジュジュブのからだにはあまりよくないんじゃないかなぁ。だってジュジュブは、いっつもお腹が痛いとか、頭が痛いとか、気持ちが悪いとか言って保健室に行っちゃうんだもん。ロージーはときどきジュジュブの指にばんそうこうをまいてあげる。そうするとジュジュブは元気になって、嬉しそうに仮病の指を見せびらかすんだ。

朝ごはんが終わったら、今度はロージーを手伝ってみんなであとかたづけをする。アリスを除いて。アリスの顔は栗色の長い髪の毛に隠れているから、いつもコップやお椀を落っことしちゃうんだ。そうすると、アリスはそこで凍りつく。ロージーが「大丈夫よ、気にしないでね。私のいい子ちゃん」ってなぐさめるんだけど、アリスはロージーにぶたれるんじゃないかと両腕で頭を隠すんだ。

朝ごはんのとき、アリスはいつもロージーの膝《ひざ》にちょこんって座って親指をしゃぶってるんだけど、栗色の長い髪の毛が顔を覆ってるからぼくたちにはそれしか見えない。アリスは一言も話さないんだ。でもシモンが、アリスのママもパパもお酒ばっかり飲んで、アリスのことをぶってばかりいて、それからストーブにアリスを結わえつけたんだって教えてくれた。まるでテレビの金髪女性連続殺人犯みたいなパパだな、って思った。

朝ごはんがすむと、シャワーの時間。ロージーはぼくたちの歯を覗きこんで、ちゃんと磨けているか確認するんだけど、シモンはいっつもロージーにお風呂場に連れ戻されるんだ。だってシモンはシャワーの水だけ出して、浴びてるふりをするだけなんだもん。ロージーが頭のてっぺんから足の先まで石けんでこするから、シモンが暴れてるのが聞こえる。

そのあとは、今度は部屋に戻って宿題をする。ロージーは僕たちが勉強しないでまくら投げなんかしてないか、ときどき覗きに来る。もし遊んでるのが見つかっちゃったら、あとで「手すり磨き」をさせられるんだ。

それから、学校に行く時間になる。バスは玄関の前で待っていてくれる。ロージーはぼくたちがみんなちゃんとランドセルを持ってるか確認して、一人ひとりにキスをして、ムギュッとデカパイに抱き寄せてから、やっとぼくたちを引率係のポリーヌに引き渡す。ぼくたちが玄関の階段を駆けおりてバスに乗ると、運転手のジェラールがおはようさんって挨拶してくれるんだ。

ポリーヌは指を折ってぼくたちの人数を確認してから、ジェラールの横に座る。それでジェラールのほうをチラチラ見るんだけど、ジェラールはまったくおかまいなしで、ジュリアン・クレールやアンリ・サルヴァドールの古いカセットにあわせて、そらで憶《おぼ》えた歌を大声でうたいだすんだ。


ポリーヌとロージーはあまり仲がよくない。

真っ赤に塗ったくちびるにたばこをくわえて、ぼくたちみんながバスに乗ったあとできれいなエナメル靴でたばこを消すポリーヌを、ロージーがどんな目で見ているか、見せてあげたいくらいだよ。

ロージーは、まるですべてお見通しという感じでポリーヌをにらみつけるんだ。ポリーヌはたばこのけむりを吸いこんで、むきだしの足を組んで、「またね、ロージー」って言うんだけど、ロージーはいつも聞こえないふりをするんだ。

シモンがランドセルを忘れて遅れてきたことがあった。そのときシモンは、ロージーがボソッと（ポリーヌの背中に向かって）「この、しり軽女が」って言ったのを聞いたらしい。それからはぼくたちは内緒でポリーヌを「しり軽」って呼んでいる。だってそう呼ぶとみんなゲラゲラ笑うんだもん。

ぼくはバスのいちばん奥の席にシモンと座るのが好きだ。

アメッドはいっつもジェラールのすぐ後ろに座るんだけど、べそをかくからだれもとなりに座りたがらない。

ジュジュブも指先にばんそうこうをまいたままひとりで座ってる。ポリーヌに指のばんそうこうを見せると、ポリーヌが「まあ、かわいそう！　痛いの？」って身を乗りだす。かわいそがってもらえたジュジュブは大満足でポケットからお菓子をだして、ムシャムシャ食べだすんだ。

アリスは真ん中に座ってる。ベアトリスのとなり。ベアトリスはバラ色のめがねをかけた黒人の女の子で、いつも指をお鼻につっこんでいて、お鼻につっこんだあとはお口につっこむんだ。

アントワンとボリスのシャフアン兄弟は、アリスとベアトリスの二列後ろに座ってる。このふたりがバラバラに座ってるのは見たことないし、いっつもなにかしらおもしろいお話をしてるんだ。

アントワンとボリスはパパとママが交通事故にあって孤児になった、ってシモンが教えてくれた。シモンに「コジってなあに？」って聞いたら、シモンは「愛してくれる人をなくした子どもたちのことさ」って答えた。でもロージーはぼくたちみんなを愛してくれるじゃないか、って言ったら、シモンが「それとこれとは別の話だっての」って言うから、「別じゃないよ、同じだよ」って答えたら、「ほんとにバカじゃねえの、おまえ」って言うから、髪の毛を引っぱってやったらシモンが叫んだからポリーヌがあいだに入ってきて、そのせいでその晩は「手すり磨き」をさせられたんだ。

ときどき、バスでとなりのシモンが眠っちゃったとき、シャファン兄弟が「辞書ゲーム」をしてるのが聞こえる。

ボリスが聞いたこともないようなへんな言葉を言う。「きょしょくしょう《拒食症》」、「じ《痔》」、「てんかん《癲癇》」

そしたらアントワンは「くるびょう《佝僂病》」、「ひぽこんでりーかんじゃ《ヒポコンデリー患者》」、「ついまひ《対麻酔》」なんて答えるんだ。

なんのことだかさっぱりだよ。

じゃなかったら、ボリスは耳にヘッドホンをつけてジェラールと同じくらいの大声で歌をうたう。問題はジェラールとボリスが違う歌をうたうことさ。そうするとポリーヌが来て、学校に着くまでヘッドホンを取りあげちゃうんだ。ボリスはふくれっ面をして「しり軽のくせに」って言うから、みんなゲラゲラ笑う。それでボリスも一緒に笑っちゃうんだ。

シャファン兄弟は、ふたりでおもしろいお話をしていないときは、縫いものをしてる。真っ白な布に色つきの太い糸で刺繍《ししゅう》して、壁を飛び越える馬や、バラの花束を描くんだ。ぼくはそれを見て、いたずらをしたときに原っぱでママのために摘んだ野花を思いだした。

この前、道に飛びだしてきたねこを避けようとして、ジェラールがグイッてハンドルを切った。それでぼくたちみんな席から落っことされちゃったんだ。でね、シャファン兄弟は刺繍の針が、馬や花束じゃなくて、指に刺さっちゃったの。でも、ふたりとも声さえ出さなかったんだよ。

けがをした人がいないかポリーヌが見まわりに来たとき、ぼくはふたりが針を抜き取って、血が止まるまで指を吸ってるのを見てた。みんな大丈夫だった。でもジュジュブだけは足の骨が折れたって言って泣きべそをかいたから、ポリーヌはどこも折れていないジュジュブの足をさすってやらなきゃならなかったんだ。シモンは「相手にするなって。みんなの気を引きたいだけなんだよ」って言った。


それから、ジェラールのスクールバスは駐車場に入っていって、ぼくたちは学校に着く。学校は、ほかの子どもたちが住んでいるねずみ色の雨戸の大きな寄宿舎のとなりにあるんだ。

だからこのあたりは、もう愛してくれる人がいなくなった子どもたちの国っていうことになるんじゃないかな。

先生の名前はムッシュ・ポール。とてもやさしい先生だよ。先生は黒板に大きな地図をぶら下げてこの国の地理を教えてくれる。でもほんとは、どうしたらぼくやママやバスや電車やみんなのおうちや畑や森がこの地図のなかに入るのかがちょっとよくわからなかったんだ。

それでぼく、いつも日曜日に会いに来てくれるレイモンのことを思いだして、川がどこにあるかポール先生に聞いてみた。そしたら先生は、「大きな町」から出発して、「ほかの川に枝わかれする」グニャグニャしたヘビみたいのを指さした。

ポール先生はときどきデタラメを言う。川に枝があるわけないよ。

枝があるなら葉っぱやお花もあるはずじゃないか。

地理のほかにも、ポール先生は、ぼくたちが来る前にここにいた人たちのお話をしてくれる。クロマニョンの人たちのことだ。この人たちはお猿さんに似ていて、二つの石をお互いにこすりあわせながら火を発明したんだって。けものの皮をかぶってみんなそろってほらあなで暮らしていて、自分たちでこしらえた弓矢みたいな武器を使って動物をつかまえて、それを食べていたんだ。弓は木の切れはしとつるでつくって、それに、よく刺さるように先を尖《とが》らせた矢を引っかけていたんだって。

ポール先生にターザンもクロマニョンの人だったんですか、って聞いたら、クラスじゅうが笑ったから、顔が真っ赤になって、先生のお返事が聞こえなくなった。それ以上はずかしくてなんにも聞けなくなっちゃったんだ。

クロマニョンの人たちはシャワーを浴びてたのかどうか、シモンが聞いたら、先生はその当時まだ石けんもシャワーもお風呂もなくて、クロマニョンの人たちは水に落っこちてしまったときに、気まぐれにからだを洗うだけだったのです、って言った。「ほら見ろ、石けんは子どもたちにいやがらせをするために親が発明したのに決まってらぁ」ってシモンがとっても大きな声で言ったから、みんな笑っちゃったんだ。ポール先生も笑った。

チビの黒人、ベアトリスが鼻くそを食べたから、ポール先生は先生の指も食べてみたいかね、って聞いたんだ。そしたらベアトリスは「いいえ、結構です」って言った。

アリスが髪の毛で顔を隠したまま親指をしゃぶってたから、ポール先生はその髪の毛を耳の後ろに束ねて輪ゴムで留めちゃったんだ。アリスはふるえながらそのままにしてた。

おびえた黒いひとみが二つと、くちびるの薄い小さな口がひとつ、とんがったお鼻がひとつと、それからそばかすが百個くらい見えた。

ポール先生が「ほら、これで黒板がよく見えるでしょう」って言うと、アリスは両手で顔を隠しながら首を縦に振って「はい」って言った。でも、先生がアリスの机に腰かけた途端、アリスは教室から飛びだしちゃったんだ。ポール先生はアリスを追いかけて教室から出ていった。

しばらくして、ポール先生はアリスの手を引いて戻ってきた。

ぼくたちはといえばみんな机の上に立ってたんだ。クロマニョンの人たちのまねをして、みんなで「フンガ、フンガ」って言って遊んでたんだよ。そしたら、ポール先生のおっかない声がして、ぼくたちはせっかくのぼったお山をおりなきゃならなかった。シモンだけはそれでも「フンガ、フンガ」ってあきらめなかったんだけど、結局先生に耳をつねられたまま教室のすみまで連れていかれた。休み時間が来るまでそこで手を後ろに組んでじっとしてなきゃいけなかった。

チャイムが鳴ると、先生はパン、パンッて両手を叩く。ぼくたちは一目散に校庭を目ざすんだけど、休み時間なのに先生に質問があるって思う子がいつも三、四人はいるから、先生は大変だよね。でも、たいていは施設の子じゃないんだ。

デブのジュジュブは気分が悪いとかお腹が痛いって言って保健室に行って、指にばんそうこうをまいて治してもらうんだ。それからジュジュブは嬉しそうにぼくたちに指を見せびらかすんだけど、シモンとぼくはそんなのかまっていられない。だって、シャファン兄弟やアメッドと一緒にビー玉をやったり、鬼ごっこをしたりするんだもん。

ぼくたちはあまり他所《よそ》の子どもたちとは遊ばない。でも施設にいるからってぼくたちのことはバカにしないほうが身のためだよ。前なんか、あのベアトリスでさえ、お鼻から指を抜いて、ぼくたちの悪口を言ったやつの目ん玉に鼻くそをくらわせてやったんだから。ぼくたちはそいつをいやっていうほど蹴っとばしてやった。アリスも一緒だったよ。ただ、アリスはポール先生の輪ゴムをはずしちゃって前が見えなかったから、キックがデブのジュジュブに命中しちゃったんだ。ジュジュブは床にはいつくばったそいつよりももっと大きな声で泣きだした。

そいつのママがポール先生に告げ口しに来て、先生は授業の終わりにぼくたちだけを残して、もうこんなことは二度としないように、って言った。ぼくたちは、反対言葉で「はい、ポール先生」って答えた。教室には自分の家から通っている子たちもたくさんいた。でも、ぼくたちには関わってこない。シモンが言ってたみたいに、「おれたちのこと、狼《おおかみ》かなんかと勘違いしてる」に決まってる。

ベアトリスがお鼻から指を抜いたその日、ぼくはなんでも知っているシモンに、どうしてベアトリスが施設に来たのか聞いてみた。

「ベアトリスのパパは、自分の子どもといちゃつこうとしたんだよ。奥さんといちゃついてればよかったんだよな。だから、奥さんがおまわりを呼びに行って、それ以来ベアトリスのパパはアメッドのパパと一緒に刑務所にいるんだ」

そんで、ぼくが「イチャツクってなあに？」って聞いたら、シモンは「それはな、ベロでペロペロ遊ぶことだよ」って教えてくれた。なんでシモンはこんなにたくさんのことを知ってるんだろう、って不思議でしょうがない。

お昼ごはんは、ねずみ色の雨戸が目印の大きな寄宿舎の食堂で食べる。ほかのクラスの子どもたちも一緒に食べるから、子どもだらけになる。先生とポリーヌは大人たちのテーブルで食べる。ポリーヌはポール先生のことをチラチラ見るんだけど、ポール先生のほうはおかまいなしさ。だって、ポール先生はぼくたちを見てるんだもん。ぼくたち、施設の子どもたちを。

ベアトリスは、ここぞとばかりにお鼻から指を抜いて、手づかみで食べる。そうするとポール先生がぼくたちのテーブルに来て、しみだらけのナフキンでベアトリスの両手を拭いてフォークを持たせる。ベアトリスは鏡を見るみたいにフォークを覗きこんで、ポール先生がほかのことに気をとられたすきにフォークを床に落として、また手でピュレを食べちゃうのさ。でも、ポール先生もベアトリスばかりにはかまっていられない。ボリスとアントワンがスプーンでエンドウ豆をはじいてとなりのテーブルの子どもたちと戦争をはじめるし、アリスがなんにも食べたがらないから。

アメッドは口を開けたままムシャムシャムシャ食べるのが大好きだ。そうなるとぼくたちにはそのムシャムシャしか聞こえなくなる。

最初に食べ終わるのはいつもデブのジュジュブで、アリスの残りをめぐっていっつもアメッドとけんかになる。両方からお皿を引っぱり合うから、たいてい中身をテーブルの上にひっくりかすことになる。それでポリーヌが「なんなのぉ、この子たち、信じられなぁい」って言うと、ボリスが声に出さないで「しり軽のくせに」って言うのが見えるから、みんなゲラゲラ笑うんだ。

午後の授業、ポール先生は、家のつくりかたを教えてくれる。教室は接着剤と材木のにおいでいっぱいだ。デブのジュジュブがそのせいで気持ち悪くなりそうだって言うから、ぼくたちは「ジュジュブ、いいかげんにしろ」って言うんだ。

ポール先生は材木をノコギリで切って、それに接着剤を塗ってくれる。ぼくたちは「夢の家」を建てるんだ。家のまわりにはプラスチックの芝生をめぐらして、窓には布の切れはしでカーテンをつける。

シモンは自分んちの窓全部に鉄格子をはめて、プラスチックの芝生も使おうとしなかった。「おれんちは全部コンクリート製なんだよ」。それに屋根に煙突もくっつけなかった。「おれんちでは暖炉は使わないからね」。ぼくは「シモンの家ってどこにあるの?」って聞いてみた。そしたら「大きな町」だって答えたから、「じゃあ、なんで施設にいるのさ?」って聞いたら、答えてくれなかった。

アリスは「お星さまやお月さまが見られるように」わざと屋根をつけ忘れた。

ベアトリスは芝生をたくさん使った。シャファン兄弟はふたりで全部ガラスでできた家をつくった。「こうすればみんなぼくたちを見ることができるだろう」ってアメッドはなんにもしないで泣きべそをかいた。手伝ってあげようって先生が近づくと、アメッドは、「夢の家なんて、どこにもないじゃないか！」って言って、教室を飛びだしちゃったんだ。ポール先生は今度はアメッドを探しに出かけてった。でもその前に、「いいですか、フンガ、フンガはなしですよ」ってみんなに注意するのも忘れなかったよ。だから、ぼくたちとってもいい子にしてたんだよ。プラスチックの芝生に動物を貼ってたんだ。でも、ボリスだけは接着剤をクンクン吸って、そのあとほんとにおかしくなっちゃったんだ。だからポール先生は、ボリスを保健室に連れていかなきゃならなかった。アメッドも一緒に行った。アメッドはもう先生の手を離したくなかったんだ。

子どもたちと一緒のとき、ポール先生はこういう感じなのさ。

先生には自分の子どもが六人もいる。土曜日や日曜日に施設まで会いに来てくれる人がいない子どもたちは、園長のパピノー先生のはからいで、ポール先生のおうちに泊まりに行ってもいいことになってるんだ、ってシモンが言ってた。

「おまえの場合、おまわりが面会に来てくれるからいいよな」

ぼくはレイモンが持ってきてくれるあめ玉を思いだして、「うん」って答えた。

学校が終わったら、教科書とノートと鉛筆をランドセルにしまって、ポール先生にお別れの挨拶をする。アメッドは握手したままポール先生にしがみついて離れない。それからぼくたちはまたジェラールのバスに乗って、ポリーヌが朝と同じように指を折って人数を確認し終わったら、朝と同じふうに席に座るんだ。

ジェラールはバスのステレオをつける。ときどき、シモンとジェラールとぼくの三人でアンリ・サルヴァドールの「ジュアニータ・バナーナ」をうたうんだ。そしたらポリーヌは「勘弁してぇ！」っていうんだけど、全然わかってないよ。そんな言葉、歌に出てこないんだから。

施設に着いたら、ぼくたちはみんな、今日あったことを話したり、つくった夢の家を見せたりして、戸棚に入ってるあめ玉をもらうために、パピノー先生に会いに行くんだ。

いつだったか、ベアトリスはお鼻の穴に指をつっこんだまま、ママと電話でお話ししたいって、パピノー先生にお願いした。

シモンの話では、ベアトリスのママはいつもベアトリスに会いに来るって約束するんだけれど来ためしがないんだって。車の音が聞こえるたびにベアトリスは階段を駆けおりるんだけど、いっつもだれかほかの人の車なんだ。だから面会日の日曜日の夜になると、ベアトリスの目は真っ赤になって、あまりかわいくなくなっちゃうんだ。

「では、七時にもう一度ここにいらっしゃい。お母さまにお電話してみましょう」ってパピノー先生は言った。園長先生は、今度こそはうまくいきますよとばかりに、大きな笑顔でそう言ったんだ。

でも、その週の日曜日、レイモンは会いに来てくれたけれど、ベアトリスには一台の車もやって来なかった。ロージーはベアトリスを抱きしめた。ロージーのデカパイのせいでベアトリスの頭は見えなかったけれど、やさしくなぐさめるロージーの腕のなかで、ベアトリスの肩がふるえているのは見えた。

園長先生にあめ玉をもらったあと、ぼくたちはロージーと一緒におやつを食べるんだ。ロージーはぼくたちみんなのほっぺたにキスするからそれでお腹いっぱいみたい。部屋じゅうがココアとパンを焼くにおいでいっぱいになる。アリスがロージーの膝にはいあがると、ロージーはアリスの長い栗色の髪をかきわけて、いつのまにかジャムトーストを食べさせちゃうんだ。

それからぼくたちは宿題をかたづける。ロージーは、2＋2＝8だって思いこんでるアメッドの宿題を手伝いに来る。だからシモンとぼくは肩をつつきあって、アメッドのかわりに答えを言っちゃうんだ。ロージーが「あなたたち、ほかにすることないの?」って言うから、「ないよ」って答えると、アメッドはべそをかきはじめるから、たいていロージーはあきらめたように天井を仰ぐ。

そのあとはシャワーを浴びる。「こんな熱いお湯を浴びてたら、おれたちいつか絶対に溶けてなくなっちゃうよ」ってシモンが大声を出すから、ロージーが見張りに来る。

きれいにからだを洗ったら、今度は遊びの時間。今は冬だから、家のなかで遊ぶんだ。

アリスは自分のお人形にズボンをはかせて、その上にドレスとセーターを二枚も着せて、それからお人形の髪の毛を引っぱって、おしりを叩くんだ。「悪い子ね。おまえはほんとに聞きわけのない女の子ね」

ベアトリスのお人形はいっつも服を着ていない。

ベアトリスはそのお人形を抱きしめて、歌をうたってあげるんだ。

この前、ベアトリスがお鼻の穴に指をつっこんだまま言った。「アタチのおうちではねぇ、いっつもおひさまが光ってるのよ。だからアタチのママは、いっつも水着で過ごしてるの。もうすぐママがおひさまと一緒にアタチに会いに来てくれるのよ」そう言ってベアトリスはケラケラ笑った。真っ白な歯と、バラ色のベロが見えた。

ボリスとアントワンのシャファン兄弟は「辞書ゲーム」で遊んでいるけど、このゲームをやりたがる人はふたりのほかにはだれもいないんだ。シモンとアメッドとぼくは鬼ごっこかかくれんぼをするんだけど、負けるのはいっつもアメッドで、負けたとたんに泣きだしちゃう。

この前なんて、シモンとぼくで、掃除用具入れに隠れていたアメッドをそのまま閉じこめてやった。ロージーがアメッドを見つけて心配そうな顔をしてたから、シモンとぼくはなんにも言わないで、アメッドに「告げ口したらひどいぞ」って言ったら、アメッドはその晩一度も口を開かなかった。

晩ごはんのあとは歯を磨いて、ふとんのなかでロージーのおやすみのキスを待つ。ときどきシモンはロージーに洗面所に連れ戻される。奥歯にはさまったパセリの葉っぱのせいで。

最初の頃、ぼくは毎晩テレビが見たくてしょうがなかったんだけど、ロージーは「テレビは月曜の夜しか見てはいけません」って言うし、それにチビたちがいるから「眠れる森の美女」とかのアニメしか見せてもらえない。これはガラスの釣り鐘の下で王子さまが迎えに来てくれるのを何年も何年も寝て待つ美人のお話なんだけど、この王子さまが、とにかくなかなか来ないんだ。迎えに行ったほうがいいか、やっぱり行かないほうがいいか、どれだけ悩むんだろう。

火曜日の夕方はプールに行く。

施設の子どもたちみんなが行っていいことになってるから、ジェラールのバスは「興奮しすぎのチビたち」で底が抜けそうになる。(「興奮しすぎのチビたち」って言ったのはポリーヌだよ。)ポリーヌもジェームス・ボンドの映画みたいな格好をしてるんだ。からだにピタピタにはりついた洋服を着て、目は緑や青に塗ってあって、真っ赤なぶ厚いくちびるで、手首や指や首のまわりに宝石をジャラジャラぶら下げてるんだから。

ポリーヌを見るロージーを一度見せてあげたいよ。

ロージーの目はまるでマシンガンみたいだなんだから。あんなおっかない目だったら、ミッシェルとフランソワの頭だって一発で撃ちぬけるんじゃねえの、ってシモンは言う。ミッシェルとフランソワはロージーと同じジドウ員なんだけど、ポリーヌと一緒にバスに乗りたいばかりにぼくたちとプールに行くんだ。

なんでもお見通しのシモンは「しり軽はプールでフィアンセに会うんだぜ」って言う。「ほんと。だって、ふたりだけでおれたちより先にプールからあがってってたの、おれ見てたもん。そんでふたりでバスにもたれかかってすっげーいちゃついてやんの。んでフィアンセのほうなんか調子に乗ってあのピタピタの服を手でまくりあげて、下のほうでなんかもぞもぞやってたんだぜ。ポリーヌはポリーヌで『アハン！　そこ！　ウフン！　違う！　ここじゃダメよ！　ああ！　そう！』とか言って、フィアンセに手を貸したけど、うまくいかなかったんだな。だからフィアンセは手を離して、ポリーヌもめくれた服を戻して、んで、フィアンセのほうは『またあとでね、ウサギちゃん』とか言ってどっか行っちゃったんだ」

シモンは、「『ウサギ』だってさ。ポリーヌにはぴったりだな。だって、ポリーヌは近くに男がいるとすぐ跳ねまわるんだから」とも言った。

いったいどこからこんな話を聞きつけてくるんだろう？

ときどきロージーは、灯《あか》りを消す前に子守歌をうたってくれる。

「一日が、お星様に見守られて眠りにつきます。おひさまも、おつかれさま。もう、おやすみの時間ですよ。屋根の上のねこだけが、影絵と戯《たわむ》れています。原っぱの蜘蛛《くも》は、銀色の夢をつむぎだします」

だけど、アメッドはいつも歌が終わる前に眠っちゃうんだ。

5

水曜日はみんなでサッカーする。そしてそのあと、もし雨じゃなければ、ミッシェルとフランソワと一緒に、みんなで森に散歩に行く。

ミッシェルの髪の毛は黒くて長い。それから顔の下半分はひげが占領してるんだ。

シモンがあの口ひげの奥には秘密があるって言うから、「どんな秘密?」って聞いたら、「ヒゲオトコの秘密だよ」だって。なんのことかさっぱりだよ。

ときどきぼく、ミッシェルのひげに手を伸ばしてその秘密をさがしてみるんだ。でも、木のまわりの苔みたいな感じがちょっとするだけで、なにも見つからないんだよ。

あと、ミッシェルはものすごい年寄りなんだ。ぜったいに四十歳以上。

それなのにいつもダブダブの服を着てるんだ。

ミッシェルにはお兄ちゃんがいるのさ。だから、服は全部お兄ちゃんのおさがりなんだよ、ってボリスが言うから、ぼくもお兄ちゃんがいればよかったなあ、って思った。そしたらダブダブの服をいっぱいもらえたのに。でも、ママには、ぼくにお兄ちゃんを買うより、ビールを飲むほうが大切だったんだろうな。


ときどきママもここにいればな、って思う。でも、ぼくに会いに施設まで来てくれることはもうないんだって、よくわかった。

レイモンがおうちから、ぼくの服を全部取ってきてくれたんだけど、そのとき、ぼくのおうちは「封鎖されている」って言っていた。

「どういう意味?」ぼく、聞いてみたんだ。

「つまり、だれも家のなかに入れなくなっているんだよ」

「でも、ママがお空でパパといるのに飽きちゃって、ビールが飲みたくなっても、うちに入れなかったらどうすればいいの?」

お空にはビールだってなんだってあるから、ママはずっとお空に住み続けるはずだよ、ってレイモンは言った。だからぼくはもうママには会えないんだって。だからぼく泣いちゃったんだ。


そのことをロージーに話してみた。

ロージーは、「なんなのそのデタラメは?」って言うんだ。「空にビールがあるわけないじゃない。あなたのお母さんは、竪琴《たてごと》をひいているのよ」

「タテゴトってなあに?」

「楽器よ」

「ほんと? でもうちのママが楽器をひいてるなんてびっくりしちゃうなあ。だって、ビールとテレビとがらくた市とセリーヌ・ディオンの歌のほかに、ママの好きなものなんてなあんにもないんだから」

ロージーは両手でぼくの顔を抱き寄せて言ったんだ。「そんなことを言っちゃだめよ。あなたのお母さんが一番好きなのはなによりもあなたなんだから。口に出して言わなくても、お母さんはだれでも絶対に自分の子どもを愛しているんですからね」

もうひとりのジドウ員、フランソワの頭にはもう髪の毛が生えてない。だからときどきボリスは、サッカーでボールを取りそこねたとき、「あちゃー、ハゲタマゴのせいだよ」って言うんだ。それがおもしろいから、みんな笑っちゃうんだけど、ハゲタマゴのフランソワだけは、「いいか、もう一度そんなふうにおれを呼んでみろ。庭の落ち葉掃除をさせるからな」ってボリスに言うんだ。でもボリスはくちびるを読める人だけのために声を立てないでもう一回「ハゲタマゴ」って言いなおすんだ。くちびるを読める人。ぼくたち、施設の子どもたちのことさ。

サッカーをするときは男の子だけが集まる。サッカーは女の子のスポーツじゃないんだ。女の子たちはバレーボールとかお人形とかお裁縫をして遊ぶんだ。

施設には、たぶん四十人以上の子どもがいる。

十人がひとグループになっていて、それぞれのグループに食堂と居間とみんなの寝室がある。だから、普段はほかのグループと一緒になることはないんだけど、サッカーのときとプールのときと森の散歩のときはみんな一緒なんだ。

でも、シモンとアメッドとぼくはあんまりほかの子どもたちと仲がよくない。だって、ぼくたち三人とってても仲がいいんだもん。


サッカーのときはジドウ員がよそ見してるすきをねらって、相手に足を引っかけてやるんだ。たまに転びながら泣きだすやつもいて、そいつらがぼくたちを指さしたときには「うそつき！」って言ってやるのさ。

怒られそうになったら、シモンとぼくで全部アメッドのせいにしちゃうんだけど、アメッドは「告げ口したらひどい」ってわかってるから「わざとじゃないよぅ」って言って泣きだすんだ。それでジドウ員は「ペナルティ」って言って、それでみんな試合に戻るんだ。

ぼくたちのチームでペナルティを蹴るのはいっつもアントワンだ。

アントワンはライオンでも食べたに決まってるよ。だってアントワンの蹴ったボールはすんごく遠くまで飛んでくんだから。この前なんか、ボールが見つからなくなっちゃったんだから。

敵のチームでペナルティを蹴るのはアジズってやつなんだけど、あいつ、いつもゴールネットじゃなくてぼくたちのほうを見て蹴るんだ。だから、ボリスの顔面にボールが当たっちゃったこともある。

でも、ボリスはなにがあっても痛くないいんだ。

ボリスが鼻血を出してるのを見て、真っ青になっちゃったのはハゲタマゴのほうだよ。ハゲタマゴはボリスを連れて保健室に行った。アジズは、シモンとぼくのほうをいじわるそうににらみつけながら、ヒゲオトコに「わざとやったんじゃないぜ」って言ったんだ。

お鼻にばんそうこうをつけてボリスが戻ってきた。

結局保健室から戻ってこなかったのはハゲタマゴのほうだ。

森に散歩に行ったとき、ボリスに「痛くないの?」って聞いたら、ボリスが「へっちゃらだよ」って言うから、ぼく、すんごく感心しちゃった。

ボリスのばんそうこうがうらやましくて、ふくれっ面してるジュジュブを除いて、ぼくたちみんなアジズのやつに仕返しをしてやりたくてしょうがなかった。アントワンが足を引っかけて、アジズは水たまりにひっくりかえった。起きあがったアジズは泥だらけで、半べそをかいた。アジズはぼくたちが押した、って言ったけど、ぼくたちは「うそつき!」って言いかえしてやった。ヒゲオトコがアジズを連れて引きかえしたから、ぼくたちはジドウ員抜きで森に残って、みんなで水たまりでケンケンしたり、枯れ枝をバキバキ踏んで歩いたりしたんだ。

6

金曜日は、おやつのあと、心理カウンセラーのコレット先生に会いに行く。

コレット先生は黒インクで描かれた絵を見せる。それを見て思いつくことを言わなきゃならないんだ。先生が粘土を渡してくれるときもあるよ。そのときは、それでなんでも好きなものをつくるのさ。

コレット先生の診察室には色鉛筆もいっぱいあって、診察に飽きちゃったときは、それで絵を描《か》いてもいいことになってる。で、一度、操《あやつ》り人形の劇場を描こうと思ったんだ。

ぼくがその絵を見せたら、コレット先生は「興味深いわ」って言ったんだけど、ぼくにはなにがそんなに興味深いのか全然わからなかった。だって、劇場はうまく描けなくて、赤い箱にしか見えなかったんだもん。赤い箱には、プレゼントみたいにリボンをつけた。なんでリボンを描いたのかは、ぼくにもわからない。


先生が黒インクの絵を見せるときは、頭に思いついたことを言う。

「オバケがトランペットを吹いてる絵」

「お猿さんを食べてる牛の絵」

「金髪女連続殺人犯のピストルの絵」

先生は、「そのピストルはどこから出てきたの?」って言う。

だからぼくは「テレビのニュースから」って答える。

ときどき、どうやったらこの先生はこんな質問を思いつくんだろう、って思うんだ。

黒インクの絵のあと、なにをしたいか先生は聞くから、「外に行ってシモンとアメッドと一緒に遊びたい」って言うと、そのまま遊びに行かせてくれる。それか、粘土でいろんなものをこしらえるんだ。「スター・ウォーズ」に出てくるような怪獣をつくると、コレット先生はなんなのかって聞いてくる。この先生、一度もテレビを見たことがないんじゃないかな。

ときどき、ぼくも自分がなにをつくってるのかわからなくなっちゃうんだけど、コレット先生はいつもなにか思いつくんだ。

「これ、ハートじゃない?」って先生は言うけど、ぼくにはどうしてこれがハートに見えるのかわからないから「違うよ」って答える。すると先生は、「じゃあ、ボール?」っていう具合に、ぼくが「うん」って言うまで続くんだ。だって、「うん」って言えば先生が嬉しがるのが見え見えなんだもん。たまに、「別になんでもないんだよ。こんなのむだだよ」って言うんだけど、先生は「そんなこと言っちゃだめよ。むだじゃないんだから。大切なのは、なにかに似たなにかをつくろうと努力することなの。先生の言いたいことわかるかしら?」って言うんだ。ぼくは頭を縦に振ってわかりますって合図するんだ。だって早くシモンと遊びたいんだもん。

「ときどきママのこと思いだす？」

「うん。月曜の夜テレビを見てるときや、森のなかでヒゲオトコが隠れてビールを飲むときや、ロージーやレイモンと話してるとき」

先生は書類に目を通して、高い声で言う。

「じゃ、レイモンはどういう人？　いい人？」

「もちろんさ。とってもやさしい人だよ。この前なんて、ぼくのためにラジカセを持ってきてくれたんだ。あと、レイモンにはぼくに似た同じくらいの年の男の子がいるんだって」

「なるほど。じゃ、ここの居心地はどう？」

「ここって、先生の部屋のこと？」

「いいえ、レ・フォンテーヌのこと。でも、あなたがそうしたいのなら、このお部屋のことについて話してもいいですよ」

「そうだなあ。あまり言うことないなあ。レ・フォンテーヌの人たちは、おたんこなすのアジズを抜かせばみんなとてもいい人だよ。それにごはんはおいしいし。そんな感じ」

先生の質問は、だいたいものすごく退屈なんだ。だから、外に出て友達と遊んでもいいかって聞くと、そうさせてくれる。でもその前に、今日描いた絵を、ぼくの名前のついた引き出しにしまわなきゃならない。

最初にここに来たとき、ぼくは引き出しの名札のイカールっていう部分を黒いフェルトペンで消して、その上に色鉛筆でズッキーニって書いといたんだ。

ぼくたちには、それぞれにひとつ、引き出しが割り当てられている。でも、シモンの引き出しはなかった。

どうしてなのかコレット先生に聞いたんだけど、先生は、シモンが会いに来ないだけよ、って答えただけだった。だから、「どうして？」ってもう一度聞いたんだけれど、先生は、好奇心はたちが悪いわよって言って、ドアまでぼくを送りだした。

しょうがないから、今度はシモンに聞いてみた。そしたらシモンは、「そりゃ、精神科の医者なんかに会いに行きたくないからさ」って言った。よくわからなかったからまたもう一度その理由を聞いたら、「おまえってときどきむちゃくちゃうざいよ」って言われちゃった。

シモンはぼくたちみんなについてはなにもかもお見通しだけど、自分のことはなんにも知らないんじゃないかな。

7

サバインカンはテレビで見た大男とは違った。ぼくのサバインカンは、とにかくやせっぽちで、テレビみたいに警察を出し抜いて犯人を見つけられそうな感じじゃなかった。それに立ちあがるとズボンがずりさがるから、座っていないときはズボンをずりあげてばかりいる。ぼくは、とにかく笑いださないように、ずっとほっぺの内側を噛んでなきゃならなかった。「裁判官というのは、とても偉いお方なのよ。いいわね、からかって笑ったりしてはいけませんよ」って百回くらいロージーに言いつけられてたからさ。

ロージーにはぼくの考えはすべてつつぬけだ。

ロージーは、「木の十字架、鉄の十字架、うそをつけば、ぼくは地獄に堕《お》ちます」っていうおまじないをして地面に唾《つば》を吐くのよ、とまで言った。いやだったけど、ロージーはすんごくしつこかった。

「いい印象を持ってもらわないとだめなのよ。少なくとも初めて会うときだけは、いい子にしなさいね。だから、言葉づかいにも気をつけて。乱暴な言葉は使っちゃだめよ。いい？　それから、とにかく、裁判官の質問には、知っていることを正直に答えるのよ」

サバインカンの横にはパピノー先生もいる。そりゃそうさ。だってサバインカンとぼくは園長先生の部屋にいたんだもん。パピノー先生もフラフラ散歩に出かけるわけにはいかないじゃないか。

園長室のドアは閉まってた。パピノー先生の部屋のドアが閉まってるときは、おしおきが怖いからだれもドアを開けようとしない。秘書のおばさんでさえ顔を出さない。いつかなんか、園長先生の目を見たとたん、「まあ、失礼いたしました、のちほどまた参ります」って口ごもっちゃったんだから。

「さあ、ぼくちゃん、ひとつ教えてほしいんだけど、お父さんのことは覚えているかな?」ってサバインカンは聞いた。

「あんまり。パパがメンドリと一緒に世界一周に出発したとき、ぼくはまだ小さかったから。ときどきママにそのときのことを教えてほしいってお願いしたんだけど、ママが教えてくれたのは悪口だけ。一度だけ聞いたことがあるのは、悪いことはみんな、パパみたいな都会の人間が、テカテカの靴と音痴なオンドリの鳴き声よりひどいうそと一緒に持ってくるんだってこと」

「それじゃあ、お母さんのことだけど、交通事故のことは覚えているかな?」

「あんまり。ママがあとからぼくに教えてくれたんだ。その日、ママはがらくた市に行ったんだけど、なんにも見つからなくて、運転してたポンコツに乗ったままおとなりのナラの木にごっつんこしちゃったんだ。おとなりのナラの木は、いじわるなおじさんとそのおじさんの持ってくる『サシオサエ』って書かれたいじわるな紙のせいで、ベッドとテーブルをつくるからってすぐに切り倒された。ママのところには『シンショウシャ』って書かれた紙が来て、パパは連絡先を残していかなかったし、ぼくもいたから、別のとってもやさしいおじさんが、もう工場で働かなくてもいいですよ、ってママに言ったんだ。それからは、ぼくの寸法に合ったシャツやごはんを買うお金を毎月くれるようになったんだ」

「じゃあ、事故の前、お母さんとの生活はどんな感じだったのかな？」

「楽しかったよ。ママがまだ工場で働いてたとき、ぼくは目覚まし時計のリンリンっていう音で起きてたんだ。自分で朝ごはんをつくって、お椀一杯のココアとイチゴジャムを塗ったパンを食べて、ランドセルをしょってスクールバスに駆けこむんだ。学校から帰ってくると、ママはコップ一杯の牛乳と、バターとお砂糖をかけたパンを用意して台所で待っていてくれるから、ママに学校であったことを話してあげたっけ。休み時間にデブのマルセルにビー玉で勝ったこととか、グレゴリーがチューインガムをしかけた椅子の上に先生が座っちゃって、だれも告げ口したくなかったからみんなで書き取りをやらされて、そのあとでグレゴリーがお返しに、集めてるシールをくれたこととか。ママは楽しそうだったし、ぼくも楽しかった。ママはビールが好きだったけど、飲みすぎてぼくをぶつことなんてなかった。テレビを見る前にぼくの宿題を手伝ってくれたし、ぼくも窓からとなりの家の子を見てばかりはいなかった。学校の成績ももっとよかったし、なんでもないのにママに怒鳴りつけられることもなかった」

「では、おかしくなったのはそのあとなんだね？」

「うん。ママ、ビールをいっぱい飲んで、テレビを見てばかりになって、テレビを消すことさえなくなって、部屋着はボロボロでしみだらけになって、スリッパは穴だらけで足の指が深呼吸できるくらいだったんだ。ママはもうぼくの宿題を手伝ってくれなくなったし、ぼくの成績表だって見ようともしないし、学校の参観日も全然気にかけてくれなくなった。学校に来てくれたためしがないよ。ママは、なんでもないのに怒鳴るようになったんだ。ぼくが悪い子だったからじゃないと思う。うちにお客さんが来ることもなくなって、ぼくたちふたりしかいないのに、ママはまるでぼくの耳が悪いみたいにいつも大声で怒鳴るんだ。だからぼくはいつも屋根裏部屋に隠れたんだよ。ママは足が悪いから屋根裏部屋なら安心だもの。ママは『ズッキーニ！　あたしにそこまでのぼらせたいの？』って叫ぶんだ。ぼくはそれを屋根裏で聞いてたんだよ。どうせママがのぼってこれないのはわかってるから、ぼくは返事をしないで、りんごでサッカーするんだ。そうするとママはさっきよりも大きな声で『調子に乗るんじゃないよ！　今に思いきり痛い目にあわせてやる！』って怒鳴るの。だからぼくは、ママがそのことを忘れるように、そのまま屋根裏部屋の床で寝るんだ。次の日、朝ごはんも食べないでおうちを逃げだして学校に行って、夕方は、道ばたで摘んだお花で花束をつくっておうちに帰るんだ。そしたらママは『あらまあ！　きれいなお花。今日はとってもいい子ねえ、あんた、なにか謝りたいことがあるんじゃないの？』って言うんだ。ぼくが『うん』って首を縦に振ったら、アッていう暇もなくママの手がバチッて飛んできて、手のあとがほっぺたからずっととれなくなるんだよ。ぼくはほっぺたをちょっとさすって、皮をひんむく前にインディアンをにらみつけるカウボーイみたいにしてママをにらみつけるんだ。涙をがまんして、こぶしを握りしめて、『いまにみてろ、その生皮をひんむいてやる』って。そしたらママは目をあげて天井に向かって『なにおかしなこと言ってるの。いつからズッキーニじゃなくなったの？』って言って、セリーヌ・ディオンの歌をうたいながら、お花を生けるために花瓶に水をいれに行っちゃうんだ。ママはそういう感じなんだ。ママは怒鳴るけど、ときどきなんで怒鳴ったのかすぐ忘れて歌をうたったりテレビを見たりするんだ。そうなったらもう、ぼくはいないのと同じなんだよ」

「いないのと同じって、どういうことかな？」

「なにかぼくに言いたいとき、ママはテレビに向かって言うんだもん。ぼくが学校から帰るとママは右手にテレビのリモコン、左手にビールの缶を持って、ボロボロのソファーに寄りかかってるんだ。ママはテレビに向かって『さあ、手を洗っていらっしゃい』とか『なにをもじもじしてるの、早く抱き寄せてあげなさいよ』とか『冷蔵庫から冷たいのを持ってきてちょうだい』とか『この女の人の衣装はずいぶん派手ねえ』なんて言うんだ。ぼくは手を洗って、ママの手から空き缶を取って、新しい缶を渡してあげるんだよ。それからぼくは自分の部屋に行って、先生が嬉しがると思って宿題をするか、じゃなかったら、窓からとなりの家の子を眺めるんだ。その子はいつもブタと一緒に泥遊びをしていて、ほんとうらやましかったなあ。ときどきぼくが下におりたら、ママがテレビをつけたまま、空き缶を床に放りっぱなしで眠っちゃってることもあった。テレビを消すとママは目を覚ましてぼくをぶつから、もうテレビは消さないことにして、音を立てないように缶を集めて、ゴミ箱に捨ててから二階にあがって眠るんだ」

「で、テレビはきみも見ていたのかな?」

「もちろんさ! テレビはとってもおもしろいんだよ。ぼくはニュースが大好きだったなあ。だって、戦争とか殺人事件とかいっぱい出てきて映画みたいなんだもん。それにあんまり長くないから、途中で眠っちゃうこともないじゃない? あと、お天気のニュースもあった。おばさんが出てきて、雨とか雷とか嵐とか言うやつ。『どうでもいいんだけど、そろそろ天変地異でも起こってくれないかしら?』ってママがおばさんに聞くと、おばさんは笑顔で『カリブ海方面で発生した台風〈アマンディーヌ〉が、我々の衛星写真で確認されました』って言うんだ。『タイフウってなあに、ママ』って聞いたら、ママは『屋根を吹き飛ばしちゃう意地悪な嵐のことよ』って教えてくれた。『へえ、そうなんだ。でもどうしていじわるな嵐なのに女の子の名前なの?』ママは『それはね、あんたの大バカの父親が連れていっためんどりみたいに、意地悪な嵐はいつだって女だからよ』って教えてくれたの。だから、『ええ? ニワトリが屋根を吹き飛ばすこともあるの?』って聞いたら、ママは『ああ、もう! わけのわからない質問ばかりしていないで、さっさと寝なさい』って言うんだ」

「テレビで見たのはそれだけかい？」

「ほかにはね、『私の選択』でしょう、『チャンピオンに聞く』でしょ、『赤絨毯《あかじゅうたん》』、『百万円はだれの手に』、なんでもだよ。ぼくたち、テレビの前でごはんを食べてたんだ。ぼくはそのまま眠っちゃうから、たいていは、ママはぼくの頭にビールの空き缶を投げつけて、ぼくが起きるとテレビに向かって『さあ、もうお休みの時間だよ』って言うんだ。あと、ときどき、一緒に映画を見てると、ママは泣きだしちゃう。ママはラブシーンを見るとぼくの大バカのパパを思いだすって言って、グビッてビールを飲んで、男なんて『みんな卑怯で、うそつきで、人でなしよ』って悔しがってたんだ。でも、ぼくもいつかは大人の男になるんだよ、って言ったら、ママはちょっとおとなしくなったんだ。半べそをかいたまま、鼻紙でジュルッて鼻をかんで、それから、『それはそうよ。おまえさんもいつかは男になって……、そしてやっぱりめんどりを見つけてあたしをひとりぼっちにするのよ』って。それからまた泣きだしちゃうんだよ。だからぼくは、メンドリなんて嫌いだし、ママのピュレはおいしすぎるからママをひとりぼっちになんてしないよ、って言ったんだ。それでママも笑顔に戻って、テレビに向かって『さあ、もう寝る時間だよ』って言うから、ぼくはママのおでこにキスして、二階の部屋に戻って、それから、とっても悲しくなっちゃうんだ。ぼくは雲に隠れた、バカでっかいパパを思って、きっとお空がママをかわいそうにしてるんだ、だからいつか映画のなかみたいに仕返しをしてやるんだ、不幸ばかりふらせるおねしょ雲が消えてなくなるようにお空を殺してやる、って心に誓ったんだ」

「なるほど、なるほど……。どうだろう、お水がほしいかい、ぼく？」万年筆をくわえたサバインカンが、字のびっしりつまったメモ帳ごしにたずねた。

「ありがとう、おじさん。もう、お外に遊びに行ってもいい？　退屈したわけじゃないんだよ。ただ、ビー玉でシモンを勝たせてあげるって約束しちゃったんだ。もちろん勝たせるなんて、大うそだけど」

「イカール！」まるでぼくが乱暴な言葉を使ったみたいにパピノー先生が言った。

「いいえ、いいんですよ。パピノー先生。行かせてあげましょう。それに、私のほうも充分な資料がそろいました。最後にひとつだけ聞いてもいいかな。ここの生活は気に入ったかな？」

　ぼくはコップに入った水を飲んでから答えた。「もちろん。だって、ごはんはちゃんと食べられるし、友達もいっぱいいるし。あ、でも、テレビはあまりおもしろくないなあ。録画したアニメのほかはなんにも見れないんだもん。ロージーは、ニュースは子ども向きじゃないって言うし。映画もダメ。ほかの番組もダメ。ロージーはテレビが嫌いみたいだけど、一度ちゃんと見てみればいいと思うんだけどなあ。ぼくなんか、ロージーが『私の選択』に出演して、お化粧して服を選んでもらって鏡の前に立ったら、大喜びするって思うけど」

それを聞いてパピノー先生が笑った。

サバインカンは立ちあがって、それからニコニコしながらズボンをずりあげた。

「きみは前向きで、明るくて、とてもいい子のようだね、イカール君。前向きなことは、生きてゆく上でとっても大事なことだよ。とくに、きみのような境遇では強い味方になるに違いないんだからね」

なんのことだかさっぱりわからなかった。でもロージーが嬉しがると思って、サバインカンのニコニコにぼくもニコニコを返したんだ。

よし、これで〝カンペキ〟なんじゃない？

「もう行ってもいいの？」

するとパピノー先生はサバインカンを見て、それからふたりして同じニコニコでぼくを見たんだ。とってもやさしい目だった。

「もちろんですとも。さあ、お友達のところに行ってらっしゃい」ってパピノー先生は言った。「でも、あまり大声で騒いではいけませんよ。昨日みたいにあなたたちの声がわたしの部屋まで聞こえるようなことはしないでちょうだいね」

「わかった。約束するよ、パピノー先生」

それからぼくはカニ歩きで園長室を出て、ドアを閉めた。もう、本当にホッとしたよ。

8

今日は日曜日。レイモンを待ちながらラジオをつけたらアズナブールが甘ったるくうたってて、全然おもしろくないからボタンを押して別の局にしたら、ロージーがいつも不愉快そうに発音する、「ディスコォ?」がかかってた。でもね、ぼくは大好きなんだ、ディスコ。アメッドはポール先生のおうちに遊びに行ってるからいない。シモンも出かけてるんだけど、どこに行くのかは教えてくれなかった。

だから、レ・フォンテーヌのいちばん上の階に行って、ロージーの部屋のドアをノックしてみたんだ。

「どなた?」

「ぼくだよ。ズッキーニ」

ロージーはドアを開けてくれた。部屋着にスリッパ姿のロージーを見て、ぼくはママを思いだしちゃったんだ。でも、ロージーの部屋着にはしみはついてなかったし、スリッパにも穴はあいてなかった。

「ねえロージー、シモンがどこに行ったか知ってる?」

「もちろん」

「ええ! じゃあ、教えて!」

ロージーはぼくの頭をなでた。

「そんな大きな声を出すことはないでしょう、おチビちゃん、ちゃんと聞こえますよ。でもね、シモンがどこにいるか私には言えないの。シモンが自分で話してくれるまで待ってあげてね」

「バッカみたい」ってぼくは言ったんだ。

そしたらロージーの機嫌が悪くなった。「私の前で乱暴な言葉を使うんだったら、今すぐ自分のお部屋に戻りなさい」

往復びんたはいやだから、ぼくはおとなしくした。

「教えてよ、ロージー！」

「もしあなたがみんなには内緒にしたい秘密を教えてくれたとしても、私はその秘密をだれにも言わないわ。シモンはあなたに教えてもいいって言わなかったの」

「シモンのやつ、言うのを忘れたんだ」

ロージーは天井を仰いで「お願いだから、いい子にしてちょうだい。無理なことを言わないで。そこで待っててもなんにも言いやしないわよ。それに今日はレイモンが会いに来てくれるんじゃないの？」

「うん。もう来る頃だ」

「じゃあ、急いでお部屋に戻らなくちゃ」

そう言って、ロージーはドアをバタンッて閉めちゃったんだ。

ジドウ員のなかで施設に寝泊まりしてるのはロージーだけだ。

ミッシェルやフランソワやポリーヌやほかはみんな自分の家がある。

でもロージーはぼくたちを愛しすぎちゃってるから、家なんていらないんだって。

だから日曜日、ロージーはベアトリスをなぐさめられるし、ぼくたちも、お話をしたいときにはロージーの部屋のドアをノックしていいことになってる。ときどきロージーは部屋のなかに入れてくれて、お茶をごちそうしてくれるんだけど、今日はダメだ。お茶もなにもくれなかった。

ぼくは自分の部屋に戻って、窓から外を見た。駐車場があって、砂利が敷いてあって、落ち葉掃除の並木があって、黒い柵があって、そのむこうには舗装された小さな道があって、川が流れていて、その先は雑草と木とおうちのかけらが見える。ロバが一頭いるんだけど、噛みつくから近づいちゃいけないことになってる。子どもたちが耳やしっぽを引っぱるから、ロバはいじわるになっちゃったんだって、ロージーが教えてくれた。


そのとき屋根の上に青いクルクルをつけたレイモンの車がぼくの部屋の窓の下にとまったから、ぼくは階段を駆け足でおりて行ったんだ。


大きなお腹のせいでやっぱりレイモンのシャツはズボンからはみだしていて、まるでおひさまを乗っけて運転してきたみたいに、ジャンパーの下は汗でビショビショだった。

レイモンが両手をひろげたから、ぼくは首に飛びついた。

「元気だったかい、チビちゃん？」ってレイモンはいつものドラ声で言った。だからぼくは、水曜日に友達とサッカーをしたことを話した。そして、森の水たまりでアジズに「やきをいれて」やったことも。

「やきをいれるなんて言葉、だれに聞いたんだ？」

「もちろんシモンだよ」

「ああ、あの子だな。あれは大した腕白だな」

「ワンパクってなあに？」

「悪ガキのことだよ」

「じゃあ、なんで最初から悪ガキって言わないの？　そう言ってくれればわかったのに」

「だって、悪ガキって言わないですむだろう？」

「でももう二回もそう言ってるじゃないか！」

レイモンもぼくもニコニコ笑う。今日は天気がいいから舗装された小さな道を散歩しよう。

レイモンの大きな手の中にぼくのを滑りこませる。

レイモンは目をニコニコさせながらぼくを見る。右と左のゲジゲジ眉毛がこんにちわ、って握手してる。

「ごらん、うちの息子の写真を持ってきた。ヴィクトルっていうんだ」

レイモンは、黄色いシャツを着たおばさんに抱きかかえられたヴィクトルの写真を見せてくれた。ぼくになんて、全然似てないって思った。

「このおばさんはだあれ？」

「わたしの奥さんだよ」ってレイモンは言った。そしてレイモンの目はニコニコじゃなくなった。「きみのママみたいに、お空に行ってしまったんだよ」

「どうして？」

「とってもからだが悪かったんだ。でもまあ、その話はやめにしよう。どうだい、ヴィクトルはきみに似ていると思わないかい？」

ぼくは、レイモンが嬉しがるって思って「うん」って答えたんだ。

でも、ぼくは金髪だけど、ヴィクトルは栗毛だし、ぼくの目は青いけどヴィクトルの目は茶色だし、なによりとにかくヴィクトルみたいな髪型は絶対にしたくないよ。

ぼくの髪の毛は手でとかせばそれでいいから、くしなんかいらないんだ。それに、ヴィクトルにはぼくみたいに鼻にほくろがないじゃないか。


シモンはときどきぼくのほくろをバカにする。「あれ、おまえ鼻にハエがとまってるよ」だからぼくはシモンの髪の毛を引っぱってやる。シモンは「おもしろいと思って言っただけだろ」って言うから、「ぼくだってそうだよ」って言うんだ。


レイモンは草の茎をちぎって、口にくわえている。

「ときどきうちに遊びに来ないか？」

レイモンがヴィクトルの写真の入ったお財布をズボンの後ろポケットにしまうのを見ながら、ぼくは、

「うん。行ってもいいの？」って言ったんだ。レイモンはぼくの手をギュッて握りしめた。

「園長先生にもそう伝えておこう」

たぶんヴィクトルはものすごくいい子だから、レイモンにはぼくみたいな悪ガキも必要なんだろうな、ってぼく思った。


ぼくたちは川岸の原っぱに座った。

「寒くないかい？」ってレイモンが言った。

「大丈夫だよ」

そう答えたのに、レイモンはジャンパーを脱いでぼくにかけてくれた。

大人って、ときどきなんにも聞いてないよな。


レイモンがぼくに会いにはじめて施設に来てくれたとき、おまわりさんの帽子も制服も着ていないからすごくへんな感じだった。おでこにはそれでも帽子のあとがついたままだったから、いつも帽子をかぶってるのはわかったけど、最初はシモンもアメッドもレイモンがおまわりさんだって信じてくれなかったんだ。でもそのあとでクルクルのついたレイモンの車を見て、それ以来アメッドはレイモンを怖がるようになった。シモンは、アメッドのパパは逮捕されたからだよ、って言ってた。でもぼくにはシモンがどうしてそんなことを知ってるのかが不思議だったんだ。だから、アメッドにそれがほんとのことかどうか聞いてみたんだ。

「アメッドがね、おまわりさんはみんなうそつきだって言うんだ」ってぼくはレイモンに言ってみた。

「みんながみんなうそつきなわけじゃない。それに子どもの前で親を逮捕しなきゃならないときはやっぱりつらいんだから。でもやっぱり、そうしたほうが子どもたちのためになるからなんだ。しかたがないこともあるんだよ」

そう言ってレイモンはボリボリ頭をかいた。「子どもたちは、泥棒や悪いことをするお父さんを選んで生まれてきたわけじゃない。だけど割れた壺《つぼ》を弁償させられるのは、いっつも子どものほうなんだ」

なんで壺が割れるとパパがタイホされるのか、ぼくにはよくわからなかった。

それからもずっと悪い人のお話をしたんだけど、だんだん寒くなってきたから戻ることにした。

レイモンはぼくを抱きしめて、「さあ、いい子にしているんだよ、チビちゃん」って言った。ぼくはレイモンにジャンパーを返した。レイモンは帰る前にぼくのほっぺたをキュッてつねった。

玄関の階段をのぼりきったとき、車の音が聞こえた。だからぼく、振り向いたんだ。だって、レイモンはときどきまた戻ってきて、もう一度さよならのキスをしてくれるんだもん。でも、その車には青いクルクルはついてなかった。

車からおばさんが小さな女の子を連れておりてくるのが見えた。女の子はぼくを見た。へんな気持ちだった。ぼく、もうその子から目を離せなくなっちゃったんだよ。おばさんは「ほら、もたもたしないでおくれよ」って、女の子の腕を引っぱったんだ。ぼくたちはものすごい目で見つめ合ったままだった。

おばさんはまるでぼくがそこにいないかのようにふるまった。

ぼくの目の前を横切って、女の子の腕を無理に引っぱりながら施設の玄関のドアを押して入っていった。

ドアはバタンッて閉まった。でも、閉まる直前に女の子がぼくに目配せしたのは確かさ。

9

その小さな女の子の名前は、カミーユっていうんだ。

ぼくはもうその子のことばかり考えてる。カミーユがそばに来ても気がつかないくらいカミーユのことばかり考えてるんだ。

カミーユに見つめられると、ぼくはほんとにまっ赤っかになっちゃう。

触ったら散ってしまうそうで、摘むのもためらっちゃうような野花。そんな感じ。

カミーユはベアトリスとアリスの部屋に住むことになった。

食堂では、アリスがカミーユの膝に座るようになった。アリスは、片手で前髪をたくしあげて、黒いひとみでカミーユを眺めまわしてる。もういっぽうの手の親指はくわえたままだ。

ベアトリスでさえ自分の鼻くそをカミーユに差しだしたくらいだ。もちろんカミーユは、「ありがとう。でも、遠慮しとくわ」って断ったけど。

だけど、あんまりやさしい「遠慮しとくわ」だから、まるで鼻くそを欲しがっているみたいにさえ聞こえちゃうんだ。

最初、カミーユの気を引こうとがんばったのはシモンだよ。

シモンは、「おまえ、どうせこのムショにあと三年はいるんだぜ」って言って、それから「毎朝オレさまのパンにバターを塗ってご機嫌をとるくらいのことはしたほうがいいぞ」って言ったんだ。

そしたらカミーユは、「ニコル叔母さんのところに一秒でも帰るんだったら、ここに百年残っていたほうがよっぽどましよ。それから、あんたのパンにバターを塗るって話だけど、もう一度そんなバカなことあたしに頼んだら、ナイフ持ってきてあんたなんかバラバラに切り刻んでやるから」って答えた。

それ以来、シモンがカミーユのパンにバターを塗ってる。

アメッドは自分が一度もカミーユのとなりに座れないって言ってべそをかいてみせた。ジュジュブはカミーユに自慢のばんそうこうを見せた。カミーユが「うわぁ、とっても痛そうね。早くよくなってね」ってなぐさめたら、ジュジュブは怪獣を見るみたいに目をまんまるにしてぼくたちを見た。

あのボリスでさえお鼻のばんそうこうをはがして見せたくらいだよ。もちろんボリスのけがはほんものだけど。そしたらカミーユはそのかさぶたにチュッてキスしたんだ。だから、ボリスもぼくと同じくらい赤くなっちゃったんだ。

アントワンはTシャツをめくって、「ちゅうすいえん」《虫垂炎》（これも、例の辞書ゲームの切り札になる言葉かな）のあと、医者たちがどうやってお腹を縫いなおしたか、カミーユに説明したんだ。そしたら、ロージーが「ほらほら、いいかげんにサーカスは終わりにしなさいな！」って言ったから、ぼくたちみんな急いでテーブルについたんだ。だって、お腹がペコペコだったんだもん。

カミーユは「ズッキーニは？　痛いところないの？」ってぼくの耳元でささやいた。だからぼくはほくろを見せたんだ。そしたらカミーユはぼくのお鼻にチュッてキスして、そして、深い緑色の目でぼくを見つめたんだ。ぼくは口を開けたけど、言葉はひとつも出てこなかった。


水曜日、カミーユはお人形遊びもお裁縫もしないで、ぼくたちとサッカーをする。

カミーユだってお人形は持ってるんだよ。最初に施設に来たときパピノー先生があげたんだ。でも、カミーユがそのお人形で遊んでるのは見たことがない。

サッカーができる女の子なんて変な感じだった。ハゲタマゴなんて「少なくともルールは知ってるんだよな？」って言っちゃったんだ。そしたらカミーユはゴールに向かってバシッてまっすぐシュートした。アジズに「なんだよ、このちょろいシュート」なんて言わせるすきもなく、ぼくたち一点取っちゃったんだ。

「へえ、大したもんだ。じゃあ、試合もできるな」ってハゲタマゴは言った。

「オメェとは格がちがうんだよ、ハゲタマゴ」ってボリスが叫んだ。

「ボリス、いいかげんにしろ。そんなに落ち葉掃除がやりたいか?」

そしたらボリスは短パンをおろして、ジドウ員をにらみつけながらそのまま立ちションしちゃったんだ。ジドウ員はカンカンになって怒りだした。

「こらぁ、トイレってもんがあんだろうが。トイレってもんが。忘れたか?」

「間に合わなかったんだからしょうがないだろう」

そう言ってボリスは、チョンッて振って、大事なものをしまった。

「そう怒るなって、フランソワ」ってヒゲオトコが言った。

カミーユは、「試合するの? それともずっとボリスのおちんちん見てんの? どっちなのよ?」って言って怒りだしちゃったんだ。

まわりで見てたぼくたちはおかしくてしょうがなくて、もう試合どころじゃなくなっちゃったんだ。

「そ、それじゃあ、ボリスのポコチン見よう」って言ったのはたぶんジュジュブだったと思う。ボリスは走って逃げだした。


そのあと、ぼくたちはみんなで森に散歩に行った。

「あのフランソワっていう人、意気地《いくじ》なしだね」ってカミーユがぼくに言った。「でもミッシェルはやさしそう。おひげがあたしのパパにそっくり」

だからぼく、「ヒゲオトコの秘密ってなんなの？」って聞いてみたんだ。

「あたしたちが知ってたら、秘密じゃなくなっちゃうでしょ」

「じゃ、カミーユのパパってどこにいるの？」

カミーユは答えなかった。

そのかわりカミーユはぼくの手を引っぱって、ずんずん森のなかに進んでいった。ぼくたち迷子になっちゃたんだ。

みんなの声が遠くなっていった。聞こえるのは枝を踏むぼくたちの足音と、水たまりを通るぼくたちの運動靴の「パシャッ、ペシャッ」の音だけだった。

カミーユは大きな木の下に寝っ転がって、「おいでよ。木の葉が見えるよ」ってぼくに言った。だからぼくはカミーユのとなりに寝そべって、ふたりでおひさまと木の葉が一緒に遊んでるのを見たんだ。まるで何百個もの豆電球が葉っぱの緑ごしに点《つ》いたり消えたりしてるみたいだった。ぼくはカミーユの肩に頭を乗せた。そしたら豆電球が一斉に消えたような気がして、ぼくは眠っちゃったんだ。

ぼくが目を覚ましたとき、カミーユはまだ眠ってた。

カミーユは膝を折り曲げて、ジーパンと首まで覆うネズミ色のモコモコのセーターにくるまって眠ってた。ぼくはカミーユの長い栗色の髪の毛をさわってみた。細くて、指のあいだから抜けてっちゃうんだ。それからカミーユのトランペット型の小さなお鼻を見て、おもしろいから耳を寄せたらトランペットがやさしく息をしてるのが聞こえた。それから、どうしてかわらないけれどぼくは自分の口をカミーユの口に重ねたんだ。そしたらカミーユが深い緑色の目を開けたから、ぼくはカミーユに噛みつかれたみたいに飛びあがって後ずさりした。

カミーユはねこみたいに背伸びをした。

「もう戻らなきゃ、ロージーに怒られるわよ」

施設に戻ったら、ロージーとヒゲオトコとハゲタマゴが玄関の階段の上でぼくたちを待っていた。

ぼくたちはそのままパピノー先生の部屋に連れていかれた。ぼくたちが来ると先生はバタンッと入り口のドアを閉めたんだ。パピノー先生の部屋のドアは普段は開いてるから、ドアを閉めたってことは、怒られるに違いない、って思った。

「みんなからはぐれてはいけませんね」パピノー先生は、指で鉛筆をもてあそびながら、その大きなめがねごしにぼくたちのほうを見て、お説教をはじめた。「ミッシェルとフランソワはとっても心配したんですよ。あなたたちふたりを探してあちこち歩きまわったんですから。いったいどこにいたんですか？」

カミーユのほうを見たらカミーユもぼくのほうを見て、「パピノー先生、あたしのせいなんです。ごめんなさい。あたしたち森に入って木の葉のあいだからおひさまを見ていたら、眠ってしまったんです」って答えたんだ。

だからぼくは「ちがうよ、先生、カミーユがしかってもダメだよ。しかるならぼくのほうなんだからね」って言ったんだ。

「イカール、『カミーユが、』ではなくて、『カミーユを』でしょ」

「どっちだって同じだよ。とにかくカミーユのせいじゃないんだって言いたいんだ」

「よろしい。これからなにが待っているかはわかるわね？」

「手すり？」

「その通り。それからもう二度と同じことをしたら承知しませんよ。もしまたみんなからはぐれるようなことがあったら、手すり磨きだけではすみません。本当ですよ。もっとつらいおしおきが待ってますからね」

そう言ってパピノー先生は万年筆で机をガチンッって叩いた。あの万年筆にはなりたくないって思ったよ。

「それとカミーユ、あなたの叔母さまが日曜日にこちらにみえます。いいですね。じゃあ、行きなさい。わたしはイカールとお話があるから。すぐに宿題をすませるんですよ。それが終わったら、イカールに手すりの磨き方を教えてもらいなさい」

カミーユはなにも言わずに立ちあがった。

そのままドアのところまで歩いてったけど、目はぼくを見つめたままだった。

でもその目は、いつもの濃い緑色じゃなかった。

「イカール、今度の日曜日レイモンはこちらに来られなくなったそうよ。お子さんが病気で、そばにいてあげないとならないのですって。それでもあなたのことはちゃんと想っているから、と伝えるように言われました。今度の日曜日はポール先生がみんなをパリに連れていってくださいます。ヴィレットの科学博物館を見学に行くそうよ。あなたも参加するといいわ。さあ、部屋に戻って宿題をかたづけてしまいなさい。もうおやつの時間は過ぎました。それから、もう絶対にみんなからはぐれてはいけませんよ。わかったわね？」

「わかったよ、パピノー先生」

「イカール、ジュヌヴィエーヴって呼んでちょうだい。そのほうが年寄りくさくないでしょう？」

「ぼくをズッキーニって呼んでくれたらそうするよ、パピノー先生」

そう言って、ぼくはレイモンのことを考えながら、園長室を出たんだ。ぼくにそっくりな自分の子どものためにレイモンは日曜日来ないことになった。それから日曜日にやって来るっていうカミーユの魔女みたいな叔母さんのことも考えた。この叔母さんの名前が出るたびにカミーユの目は緑じゃなくなるんだ。それから日曜日にはみんな大きな町に行く……。

……でもカミーユが来ないんだったら、行ってもしょうがない。

部屋に戻ったらシモンはノートから目をあげて、ロージーはアメッドの肩から手を離して、みんなでぼくのほうを見た。

「さて」ってロージーが言った。「シモンのとなりに座りなさい。今、ココアを持ってくるわね」

「ぼくもココアがほしいよう」ってアメッドが言ったら、ロージーは「あなたはもう二杯も飲んだでしょう。あんまり飲むとお腹がふくらんじゃうわよ」って答えて、部屋を出ていった。アメッドは、ほんとに自分のお腹がブクブクにふくらんだと思ってべそをかきだした。シモンは、「ほんとに赤ん坊みてえなやつ」って言った。ぼくは鼻先でぬいぐるみのおねんねウサちゃんを振ってアメッドをあやした。

「おい、どこ行ってたんだよ？」ってシモンが聞いた。「そこらじゅう探しまわったんだぜ。まあ、いっつも同じところにアホ臭いあめ玉が隠してある宝探しゲームよりはおもしろかったけどな」

「みんながいなくなっちゃったから木の下に寝そべることにして、そしたら眠っちゃったんだ。それだけだよ」

「おまえ、カミーユのこと好きなんだろ？」

「シモンは好きじゃないの？」

「さあな。少なくとも一緒に森で迷子になったりはしないな」

「どういうことさ？　シモンの言うこと、ときどきわからないよ」

「カミーユに恋しちゃったんじゃないかって言ってんの」

「コイスルってなあに？」

「恋するってのは、いっつも同じ人のことが頭から離れないことさ」

アメッドがすすり泣きの合間に「じゃあ、ぼくはパパに恋してるんだ」って言ったときにロージーがココアをのせたトレイを持って戻ってきて言った。「またおチビちゃんを泣かせたわね。今度はいったいどんな意地悪をしたの、あなたたち？」だからシモンとぼくは、世界一物わかりのいい子どもみたいに肩をすくめて見せた。

ロージーはトレイを小さな机の上に置いて、アメッドのベッドに腰かけた。

「アメッド、なにが悲しくてそんなに泣いているの？」

「ぼく、パパに恋してるの」

ロージーはシモンをにらんだ。「こんなバカなことを言うようにふっかけたのはあなたでしょう？」

シモンは首を振って「ちがうよ」って言って、アメッドはロージーの膝に丸まって親指をしゃぶった。

ぼくはりんごのタルトと宿題を大急ぎでかたづけた。だって早くカミーユと一緒に「手すり磨き」をしたかったんだ。

台所の流しの下に雑巾《ぞうきん》とワックスを探しに行って、それからカミーユの部屋に行った。

アリスはもう眠っていて、ベアトリスは一緒に来たがった。カミーユは「だめよ、あなたはおしおき受けてないでしょう。ほら、あたしのお人形をあげるから、一緒に遊んであげて」って言った。ベアトリスは大喜びだった。

階段のいちばん下で、雑巾にワックスをちょっとだけつけて、ぼくはカミーユに言った。「ぼくが先に行ってゴシゴシ磨くから、カミーユはあとから来てピカピカになるように拭いてよ」

そして二階ぶん磨いて、貸部屋のあるいちばん上の階にたどり着いた。

「このまえ手すり磨きをしたときは、シモンと一緒だったんだ」ってぼくは言った。「それで、ミリアムに会ったんだ。ミリアムっていうのはここの貸部屋のひとつに住んでる二五歳のおばちゃんだよ。ミリアムはずうっとレ・フォンテーヌに住んでいて、べんごし《アボカド》っていう八百屋さんをやっていて、いまもここにいるんだ。シモンは自分の家に住んだほうがいいんじゃないのって言ったんだけど、ミリアムは『でも私のうちはここなのよ』って。シモンは『あいつおかしいよ。ここは家じゃなくて、ムショなんだから』って言って、ぼくは『シモン、大きな声でそんなこと言っちゃダメだよ。明日も手すり磨きになるじゃないか』って言ったんだ」

「じゃあ、ズッキーニは？　ずっとここに住んでいたいって思う？」ってカミーユが聞いた。

「ええ？　わからないや。ときどきおうちを思いだすけど、でもどうせもうだれもなかに入っちゃいけないから、思いだしてもしょうがないんだ。ここにいれば、友達もいるし、レイモンも日曜にだいたい会いに来てくれるし、カミーユもいるもん」

「やさしいね。ズッキーニにはもう家族はいないの？　みんな死んじゃったの？」

「うん。テカテカの靴を履いてメンドリと一緒に世界一周に出かけたバカでっかいパパ以外はだれもいないよ」

「それならまだいいよ。あたしなんかニコル叔母さんしかいないし、ニコル叔母さんはすんごくいやな人なの。パパとママがいなくなったあと、あたしニコル叔母さんのうちに住んだんだけど、叔母さんのうちは臭くて、とっても汚かった。あたし毎日お掃除させられて、いくらきれいにしても、あの魔女は汚いって言って、いっつも晩ごはんを食べさせてくれなかったのよ。それかカチカチのパンとかお皿にくっついたスパゲッティとか真っ黒に焦げた肉とかを食べさせられたわ。でもそれはいいほうで、そうじゃないときは家じゅうにろうそくを立てて、その日の過《あやま》ちを懺悔《ざんげ》しなきゃならなかったの。叔母さんはいつでもどこでも過ちを見つけてくるんだから。……さあ、もう下におりましょう。じゃないとまたおしおきになるし、パピノー先生が次もふたり一緒に手すり磨きをさせてくれるとは思えないわ」

ぼくたちはものすごい目で見つめ合った。

「ねえ、知ってる?」ってカミーユが言った。「森んなかで、あたしほんとは寝たふりしてただけなんだ」

ぼくはなにを言っていいのかわからなくて、手で自分の髪の毛をとかした。

「でね、ズッキーニがキスしてくれたとき、いいなって思ったの。ほかにあたしにキスした人はだれもいないよ。旅行に出かけてないとき、パパはおでこにキスしてくれたし、ママは時間があるときには、ほっぺたにキスしてくれた。それからママはあたしをベッドに寝かしつけてくれるの。でもしばらくすると玄関の呼び鈴が鳴って、あたしはちっちゃくかがみこんで、だれが来たのか覗くんだけど、絶対パパじゃなくて、いつもちがう男の人だったの」

ぼくはカミーユの手をとった。お互いの手をしっかり握ったままふたりで黙って階段をおりたんだ。

その晩の献立は、野菜スープとトマトソースのスパゲッティとハンバーグとイチゴ味のヨーグルトだった。アリスはカミーユに食べさせてもらっていた。でもアリスはひと口もらうたびに親指を口のなかに入れちゃうんだ。アメッドも同じだよ。この癖がこのまま直らなかったら、あのふたりの親指、いつかなくなっちゃうに違いないよ。

ボリスとアントワンがテーブルをかたづけてたら、ジュジュブがコップを割って「ああ、い、痛いよう」って叫んだ。ロージーはジュジュブの指を確かめて、「痛いのはあなたじゃなくて、コップのほうですよ」って言った。

それからロージーは割れたガラスを掃き集めた。

シモンとぼくは、洗った食器を拭いて、それから歯を磨いた。ロージーは歯がよく磨けてるか点検したあと、シモンを連れて洗面所に引きかえした。ロージーが戻ってきて、「サンタクロースの歌」をぼくたちにうたってくれたときには、アメッドはもう眠ってた。

ロージーはぼくたちよりもよっぽど疲れたみたいだった。

なのにロージーはさっき舟をこいでたぜ、ってシモンが言う。ぼくはこんな夜中に舟に乗って、ロージーはどこに行くんだろうって思った。それから、カミーユのことと、「恋する」っていう言葉のことを考えた。

ときどき、シモンのことが怖くなる。

シモンはぼくたち全員の秘密を知ってる。たぶん、ヒゲオトコの秘密以外は。

10

ポール先生がローマ人について授業をしている。

ぼくはカミーユにこっそり教えてあげた。「前はね、クロマニョンの人たちのお話だったんだよ。クロマニョンの人たちっていうのはね、けものの皮を着ていて、ほらあなに住んでたんだ。先生にはクロマニョン人の知り合いがいっぱいいたんだってさ。それから、クロマニョンの人たちがいた頃は石けんはなかったからたまたま水に落っこちたときにだけからだを洗ったんだって」

そしたらポール先生が、「イカール、先生が今なんて言ったか、言ってごらん?」って聞いたから、「わかりません」って答えたら、黒板の横に立たされちゃった。

ボリスが、「先生、どっちにせよローマ人なんて大したことないと思います」って言ったんだ。「それに、ガリア人には魔法のくすりがあるじゃないですか。そのくすりさえあればローマ人なんて指一本で跳ね飛ばしちゃうんですよ。ローマ人なんてテントのなかでぶどうとやしの実を食べながら酔っぱらってるだけじゃないですか」

ポール先生は、歴史っていう学問はもっと真剣なものですよって言った。でもボリスは、「なんだ、じゃあ全然興味ないや」って答えたから、もう片方の黒板のすみに立たされちゃった。ボリスはぼくにニコッて目で合図したんだ。

アントワンは「先生、兄ちゃんの言ってることは正しいと思います」ってつづけた。「ローマ人なんて、囚人を虎のはいった檻《おり》に突き落とすような野蛮人《バルバール》じゃないですか。ローマ人のボスが親指を下に向けてげんこつを振りあげると、虎たちは囚人をムシャムシャ食べちゃうんですよ。虎がすぐなんでも食べちゃうのは、ローマ人たちがエサをやらないからなんだそうです。こんなに残酷なのに、観客はみんなで拍手するんですよ。ローマ人の歴史なんてバカらしいじゃないですか。ぼくはクロマニヨン人のいた先史時代のほうがおもしろいと思います」

ジュジュブが「ポ、ポール先生、バ、バルバールってなんですか?」って聞いたら、ポール先生が「野蛮人《バルバール》というのは「外国人《バルバドス》」という意味のギリシア語に由来する言葉です。今、アントワンはローマ人の残酷な部分について話してくれました。そうだろう、アントワン?」って答えた。そしたらジュジュブが、「ええ? そ、それじゃあ、ギリシア人は、ほらあなに住んでいたんですか、テントに住んでいたんですか? ああ、み、みんなごちゃ混ぜになっちゃった」って言ったのに、ポール先生が「さあ、もうこの辺で結構。ローマ人のお話に戻りましょう」って言ったから、ジュジュブはべそをかいた。

カミーユが「泣かないで、ジュジュブ。雑誌のバカンス特集で見たけど、ギリシア人は日焼けどめクリームを指先までバッチリ塗って砂浜でゆっくりお昼寝してたわ。だからギリシア人は、ローマ人もゴール人も先史時代のクロマニョン人も全然お構いなしなのよ」って言って、ポール先生を除いて教室じゅうが大笑いになったんだ。ポール先生はニコリとも笑わずに、カミーユを教室の後ろのすみに立たせた。

「さあ、まだ一カ所教室のすみが残っていますよ。いいですか、気をつけてくださいね！」

最後に立たされたのは、「ぼく、外に行ってボール遊びがしたいなあ」って言ったアントワンだった。

お昼ごはんのあと、カミーユはぼくたちと一緒に「夢の家」を建てはじめた。カミーユは窓に布きれを貼らなかった。

カミーユはポール先生に「あたしの夢の家は全部開けっぱなしなの。こうすればみんなが遊びに来れるし、窓から顔を出せばだれが来たかわかるでしょ」って言った。

ベアトリスは、お鼻から指を引っこ抜いておうちのなかに動物をいっぱい詰めこんだんだ。「アタチのママは、パパがおうちにいないとき、うちのなかでメンドリやクロブタと遊ぶのが大好きなのよ。それから急いでおうちの外に追いだそうとするんだけど、いっつもだめなの。おうちが汚いからパパはとっても怒るのよ。うちじゅうがウンコ臭いって言って、アタチたちが着てる水着は、まるで半分裸で歩き回ってるみたいでがまんがならないって言うのよ。それでパパはママをぶつの。アタチは流しの下に隠れるのよ」

先生はコホン、って咳《せき》ばらいをした。

ジュジュブが「ポール先生、ぼ、ぼくのうちに屋根を貼ってくれませんか。せ、接着剤のにおいで気持ちが悪くなりそうなんです」って言った。ジュジュブの家には家具もなんにもなくて、お菓子が入ってるだけなんだ。それでお菓子は窓や玄関から取れるようになってる。

シモンは、アメッドが「どこにもない」夢の家を建てるのを手伝ってあげていた。窓を全部真っ黒に塗って、なんだかわからないけどアメッドに耳うちしたら、アメッドはいつになくキャッキャッて笑った。

帰りのバスのなかで、アメッドになんて言ったのかシモンに聞いてみた。

「アメッドの夢の家ってのは、あれだろ、パパと一緒に住める家だろう。だから窓ぜんぶに鉄格子をつけてほんものの刑務所にしてやったのさ。それから窓をみんな黒く塗りつぶしたんだ。だって、一度刑務所に入ると、日の目は拝めないって言うだろう?」

「なんでそんなことまで知ってるのさ?」

「そりゃ……」

「そりゃ、なんなのさ?」

「おまえうざいよ」

「そんな言いかたないでしょう、シモン」ってカミーユが言った。

「こいつ質問ばかりするんだもん。おれのせいじゃねえよ。それに男同士の話に首つっこむんじゃねぇよ。おまえには関係ねぇだろう」

「あら失礼、関係ないですとも！」

って言ってカミーユがシモンの髪の毛を引っぱって、シモンもやりかえして、ポリーヌが「ちょっとぉ、いいかげんにしてよ、赤ん坊じゃないんだから。ほら、ふたりとも一番遠い席に離れて座りなさい。じゃないとパピノー先生に言いつけるわよ」って割りこんだ。でも、ボリスが後ろから「しり軽」って叫んだから、ポリーヌはチューインガムの入ったままの口をあんぐり開けて。「だれが言ったの？」って怖い顔で言った。ぼくたちが「だれがなんて言ったんですか、先生」って言ったら、ポリーヌは「やだ、なんでもない！」って言って、ジェラールのとなりでふくれっ面になったんだ。ジェラールはジェラールで「売春街のカワイコちゃん《レ・プティット・ファム・ド・ピガール》」を鼻歌まじりにバスを運転してる。

ポリーヌが「やめなさいよ、子どもたちに聞かせる歌じゃないわ」って言ったら、ジェラールが「あぁ、そう、ぼくちゃんのことも園長先生に告げ口しちゃうわけ？」って言ったから、ぼくたちはみんなゲラゲラ笑いだして、ポリーヌはレ・フォンテーヌに着くまで全然口をきかなくなっちゃったんだ。

ぼくたちはみんなで「売春街のカワイコちゃん」を合唱した。ウォークマンのヘッドホンをしたボリスだけは、カミーユと一緒に「ジョー・ル・タクシー」をうたってた。いちばん大きな声で歌ってたのはボリスだったけど、この日いちばんおもしろかったのがだれなのかは、もうわかんなくなっちゃったよ。

11

コレット先生の診察室のドアをノックしたら、「はい。ちょっと待ってね」っていう声が聞こえたから、廊下で待ってたんだ。

カミーユの「あんな人にはもう会いたくないのよ」って言う声と一緒にドアが開いて、「だだをこねないで。心配していらっしゃるのよ」っていうコレット先生の声がそれに続いた。「そんなのうそっぱちよ」って叫んでカミーユは飛びだしていった。涙のせいで、ぼくのことさえも見えなかったみたいだった。

先生のさしだす黒インクの絵を見ながらぼくは言った。

「ベアトリスをなぐさめるカミーユ」

「サッカーをするカミーユ」

「掃除用具入れに隠れるカミーユ」

コレット先生は「どうしてカミーユは掃除用具入れに隠れるの？」ってぼくに聞いた。

だから、「ニコル叔母さんに会いたくないからに決まってるよ」って答えたんだ。

コレット先生もたまにはちゃんと目を洗ったほうがいいと思う。

「ズッキーニはカミーユがお気に入りみたいね」ってコレット先生は言った。ぼくはそれが質問だったのかどうかよくわからなかったから、答えないでおいた。ぼくは椅子の上で足をバタバタさせて、粘土を手にとって、ハートを作って、「これ、コレット先生にあげる」って言って、先生にハートを渡したんだ。コレット先生はそれを受け取って、「あらまあ、とってもかわいいボールね。どうもありがとう」って言ったんだ。ぼくはなんにも言わなかったよ。だってこの先生ときどきほんとにノータリンなんだもん。

「カミーユとはときどきお話するの？」

「うん。いっつも一緒に話してるよ。でも、森に散歩に行くときはあまり話はしないんだ」そしたらぼく、イチゴよりも赤くなっちゃたんだ。「森のなかではね、木の葉をすかしておひさまを見るんだ。それだけだよ」

コレット先生は不思議そうにぼくを見た。「カミーユとはどんなことを話すのかしら？」

「ええと、ポール先生のこととか、ロージーのこととか、『しり軽』のこととか……」

「ちょっと待ちなさい。しり軽って、だれのこと？」

「しり軽なんて、ぼく言ってないよ」

「今言ったでしょう」

「ええ？　たったいま？」

「たった今じゃないけど、言ったでしょ、イカール」

コレット先生が冗談の通じそうな顔をしてるから、告げ口したんだ。「わかったよ。しり軽っていうのは、ポリーヌのことなんだ」

「そんなふうに呼ぶなんて、ずいぶんひどくない？　いい？　もうあなたの口からそんな言葉は聞きたくないわよ。わかった？」

ぼくはアメリカの映画みたいに「OK《オッケー》」って答えたんだ。


「ときどき、カミーユの叔母さんについても話すよ」ってぼくは言った。

「で、カミーユはどんなことを言うの？」

「まわりに人がいないと、カミーユの叔母さんはものすごくいじわるになるんだって言ってた。ここでは叔母さんはすごくやさしいふりをするんだって。ほら、最初の日のパピノー先生や、サバインカンみたいに。あと、まえ、ふたりが一緒に住んでいたとき、ニコル叔母さんはカミーユが一生懸命家じゅう掃除をしても文句ばっかり言ってたんだって。カミーユが指にけがをするまで床を磨いて、家じゅうがピカピカに光っていても、叔母さんは満足しなかったんだって。家はきれいになっても、カミーユは汚いままだよ。叔母さんは、彼女の服を一度も洗ってくれなかったんだ」

「カミーユがそう言ったの？」

「そうさ。そして叔母さんは家じゅうにろうそくを立ててカミーユに火をつけさせて、自分の間違いを許してくれるように神様にお願いさせるんだけど、カミーユには間違っている時間すらなかったんだから。だって、学校から帰るとすぐに家の掃除をさせられてたんだよ。それでもカミーユは神様に許してもらおうってお願いしたんだ。じゃないと叔母さんはごはんも食べさせてくれなかったから。でも、お願いしてもなんの役にも立たなかった。だって、どうせ叔母さんはカミーユのごはんを用意しなかったんだから。コレット先生、神様っていうのは、なにか別のことに気をとられてるか、耳が聞こえないか、すこしも心を持ってないかのどれかだと思うよ」

「いい？　世界のあらゆるところでありとあらゆる不幸が起こっているの。だから、神様も一度にみんなの面倒は見きれないのよ」

「でも、カミーユのためにだけでいいから、ここにいてくれればいいのに」

「神様はちゃんとここにいて、あなたたち全員のことを見守っているし、もうすぐ手を貸してくれると、先生は信じてるわよ」

「ぼくたちには関係ないよ。ぼくたちにはロージーがいるもん。それにロージーは雲のむこう側に隠れて、必要なときに全然頼りにならない神様なんかより、よっぽどぼくたちの面倒をよく見てくれるよ」

「神様は必要なときに全然頼りにならないなんて、だれが言ったの？」

「工場に行かなくなったときにママが言ってたし、ボリスとアントワンのママとパパが交通事故にあったときのお話をしたとき、シモンも言った」

「シモンともお話しするの？」

「シモンはほかの人のことについてはいつもいろいろ知ってるけれど、自分のことについては絶対に話さないんだ。コレット先生、どうしてシモンはここにいるの？」

「それは教えられないわ。秘密なのよ」

「ヒゲオトコみたいに？」

「ひげ男って？」

「そうだよ。ヒゲオトコには秘密があるっていうんだけど、どんな秘密か、ぼくまだ知らないから、教えてほしいんだ」

コレット先生が笑いだしたから、ぼくはふくれっ面をした。だって、人にからかわれるのは大嫌いなんだ。

「あらあら、そんな顔しないで。あなたが悪いんじゃないのよ。あのね、口ひげの人はひげの下になにか隠しているんじゃないかって、ふざけて言うだけなのよ。だから秘密なんてひとつもありっこないの」

それからぼくはコレット先生を見あげて、先生はうそをついてると思った。だってぼくたち子どもは、口ひげには秘密が隠れてるのをみんなよく知ってるんだもん。でもコレット先生は知らない。コレット先生は大人だから。大人たちは、いつも自分たちがなにもかも知ってると勘違いしてるんだ。

12

まだママと一緒だった頃、ぼくは一年じゅうサンタさんを待っていた。

「ほしいもののリストが長くなっちゃったから、一度には運べないかもしれないな」ってぼくは気を利かせて、靴下を一年中暖炉のわきにぶら下げといたんだけど、朝見るといつも靴下は空っぽで、それでぼくの心も空っぽになっちゃうんだ。

「ズッキーニ、サンタさんはクリスマスにしかこないんだって。何度言ったらわかるんだい」ってママは怒鳴り散らした。「早くそんな靴下はしまっちゃいな。まったく掃除も出来やしない」

ぼく、サンタさんがいったいどうやってあのデブッチョのお腹とモコモコの赤い服とプレゼントを持って、どこにも引っかからずに、なんにも汚さずに煙突をおりてくるのかもわからなかったんだ。ストーブよりもたき火のほうが安いって言ってママはいつも暖炉を使うからやけどしたら危ないし。そもそもなんで玄関の呼び鈴をならして、夏にTシャツと運動靴で来ようと考えないのかも、不思議でしょうがなかった。そうすればもっと身軽になるし、その分、袋にもっとたくさんプレゼントを詰めてこられるに決まってるのに。

それにサンタさんは夜、ぼくが眠ってるあいだに来るんだからたちが悪いよ。これじゃあ持ってきてくれるプレゼントがいっつもほしいもののリストに書いてないものばかりで、ほかのおうちの子どもが頼んだミカンやあめ玉やブリキの兵隊と配達間違いをしてるんだってことを、面と向かってちゃんと言えないじゃないか。ぼくが頼んだのはレーシングカーと大きなクマさんのぬいぐるみとグレゴリーのうちにあるような大きなミニカーのガレージだったのに。たぶんサンタさんは、テレビを見てるときのママがぼくのお話を聞いていないのと同じくらいに耳が遠いんだろう。

一度だけ、ぼくなりの考えをビシッて言ってやろうって思ってソファーの裏に隠れていたことがある。一生懸命目を開いたままでいようって思ったんだけど、たぶんサンタさんが魔法の粉をまいたんだ。それでいつのまにか眠っちゃったんだ。そしてママがぼくを揺すり起こして、「もしサンタさんがあんたの姿を一度でも見たら、もう遊びに来てくれなくなるよ」って言うから、もう二度とやらないことにした。それに、ブリキの兵隊で遊ぶのも、本当は結構楽しいんだ。

レ・フォンテーヌのクリスマスは、子どもたちみんなが集まる。ポール先生やコレット先生や園長のパピノー先生やジドウ員全員や貸部屋に住んでる大人たちも一緒だし、レイモンやカミーユの叔母さんや、ケイムショやお空から出てこられない場合を除いて、パパやママもやってくる。だからたくさん人が来るんだ。

でもハゲタマゴだけがインフルエンザにかかってお休みした。でもズル休みじゃないかなあ。だって、咳ひとつしていなかったんだもん。

ハゲタマゴは意気地なしでなんでも怖がるから、サンタさんのことだって怖いんだろ。

クリスマスの日、子どもたちはみんなで出し物をするんだ。変装して、授業みたいに、歌をうたったり、詩を朗読しなきゃならないの。シモンは運転手のジェラールが音楽を選んでくれたのがよっぽど嬉しかったみたい。先週パピノー先生のおうちへ行ったらモーツァルトしか流れてこなかったって言うんだ。

「シモンはなんで日曜日にパピノー先生のおうちに行ったの？　それに、モーツァルトさんってだれなの？　先生の友達？」

そしたらシモンに「なあ、おまえの質問ってときどきほんとにうざいよ」って言われちゃったんだ。

暗記は本当に苦手なんだ。ハートで覚えろって言うけれど、覚えるときにハートがなんで役に立つのか全然わからない。

ハートってのいうのは、カミーユの前に立ったぼくのみたいにドキドキするためにあるんだよ。

ボリスは、トランプのハートをひっくりかえすとおしりの形みたいだって言ったんだけど、ロージーは全然笑わなかった。

だけど変装はとにかくおもしろいよ。衣装はジドウ員たちがつくるのを手伝ってくれたんだ。ぼくは料理係のフェルディナン・ザ・シェフにアルミホイルを貸してもらって、「ターミネーター」になったんだ。あと、ピカピカ光って「タッタラ、タラタタ」って音の出る鉄砲も持ってたんだけど、ケイムショに行く前はおれも同じのを一丁持ってたぜ、ってアジズのパパが言うからボリスにあげちゃったよ。だって、鉄格子のむこう側に行ったら、おかゆしか食べるものがなくなっちゃうじゃないか。

ベアトリスは鳥になった。プールで使う青い水泳帽をかぶって、腰にクジャクの羽根をつけて。それでベアトリスが座ったらクジャクの羽根がロージーの顔をくすぐって、ロージーはハエを追いはらうみたいにしなくちゃならなかったんだ。

ベアトリスの衣装のために、クジャクの羽根を抜きに行くから一緒に来てくれない、ってポリーヌに言われたとき、ぼくは「ごめん。宿題がいっぱいあるんだ」って言ったけど、ほんとは違って、ぼくたちを怖がってる庭のロバみたいに、クジャクが足をかじるんじゃないかってとっても怖かったんだ。

シャファン兄弟は、クロマニョンの人たちに変装してた。ふたりはポリーヌに貸してもらった毛皮をかぶって、頭にはやっぱりポリーヌに貸してもらったカツラをしていて、それでお互いの頭を棍棒でポカポカ叩きあってるんだけど、どっちも全然痛がらないの。

ジュジュブは看護婦のイヴォンヌの包帯を借りてけが人に変装してた。包帯がグルグルまきで目と口しか見えないんだ。

アメッドは変装したがらなかったけど、カミーユがおねんねウサちゃんに変装させようって思いついた。ロージーがボール紙で大きな耳を作ってアメッドの頭の上につけたら、シモンがこいつほんとにオネンネだよな、って言った。そしたらアメッドは、シモンのカウボーイの格好は全然似合ってないし、もしカウボーイに変装するって知ってたら、ぼくはインディアンに変装して足を火炙りにしてやったのに、って言いかえした。ロージーは殴り合いになる前にふたりを引き離さなきゃならなかった。シモンが仕返しにアメッドのおねんねウサちゃんを隠しちゃったから、アメッドは泣きべそをかいた。でも、みんながプレゼントを開ける前にシモンはうさちゃんを持ってきてあげて、アメッドも「ありがとう、カウボーイさん」って言って、シモンもニコッて笑ったから、ふたりとも仲直りしたんだ。

カミーユ天使のでっかい翼には羽がびっしりならんでる。これをつくるのに、みんなで古いまくらに穴を開けたときはおもしろかったよ。ジュジュブだけは、くしゃみがとまらなくなっちゃったんだけど。

天使のカミーユ。カミーユが一緒ならお空なんか怖くない。

カミーユとだったら、ぼくどこへでも一緒に行くよ。

ぼくはポール先生に頼んで天使の出てくる詩をさがしてもらったんだ。プレヴェールさんの詩を覚えられたのは、カミーユのためだけなんだ。

「天使《アンジュ》でいるのは／エトランジュ《おかしい》／って天使《アンジュ》が言う。／驢馬《アーヌ》でいるのは／エトラーヌ／って驢馬《アーヌ》は言う。／エトラーヌなんて言葉はないよ／翼をひろげて天使《アンジュ》は言う。／でも／もしエトランジュ《おかしい》に意味があるのなら／エトラーヌはエトランジュ《おかしい》よりずっとエトランジュ《おかしい》／って言うのは驢馬《アーヌ》。／おかしいのは／って足を叩いて天使《アンジュ》は言う。／見知らぬあなた自身／って驢馬《アーヌ》は言う。／そして飛び去る」

ぼくは舞台にのぼったんだけど、のどがガラガラでぜんぜん声が出なかった。だからもう絶対にできないって思った。カミーユを感心させようと思ってやったのに、急に自信がなくなっちゃったんだ。みんながこっちを見てるのがわかる。ぼくにこの詩を三百回くらい復唱させたポール先生も。

先生は、「ほらほら、ズッキーニ、思いだしてごらんなさい。『アンジュでいるのは／エトランジュ』って言った。

だからぼくは「アンジュでいるのは／エトランジュ」ってはじめたんだ。カミーユから目を離さなかった。それでぼくはゆっくり、ひとつの間違いもしないで暗誦できたんだ。まるでカミーユの目の緑のなかの言葉を読んでるみたいだった。カミーユが拍手してくれるのが見えた。

カミーユの魔女叔母さんもいたけど、この叔母さんは変装なんてしなくても、魔女そのものだった。くちびるのない口やいじわるそうな小さな目や真っ黒な服は庭のロバよりもずっとおっかないから、叔母さんに近寄ろうとする子どもはひとりもいなかった。

レイモンはお出かけ用のスーツを着てネクタイをしてきた。ぼくはレイモンにぼくの天使を紹介したんだ。レイモンが「これはこれは、きれいなかわいい天使だね」って言ってくれて、カミーユが初めて赤くなるのを見れたから、可愛くって、ぼく嬉しかったな。

パピノー先生とお話して、週末レイモンのおうちに遊びに行ってもいいことになった、ってレイモンは言った。

「わぁい」ってぼくは跳びはねた。「でも、カミーユも一緒に来なくちゃいやだ」

「園長先生がだめだって言うはずないじゃないか」

そう言ってレイモンはとってもやさしく笑ってぼくたちふたりを見つめてくれた。

そこにサンタさんがやって来たんだけど、それでもぼくは、いちばんの贈り物はやっぱりレイモンの笑顔だな、って思ったのさ。

ぼくたちみんな席に着いたんだけど、アメッドだけはテーブルの下に隠れた。

ほんもののサンタさんに会ったのは初めてだよ。だから、ぼくはいっときも目を離さなかったんだ。

ちょっとハゲタマゴのフランソワに似てるって思って、パピノー先生にそう言ってみた。

パピノー先生は「とても想像力があるのね。でも、ほかの子どもたちには言わないほうがいいんじゃないかしら」って答えた。

ぼくはボリスに、ソウゾウリョクってなあに、って聞いてみた。

「想像力っていうのは、外部的な認識や経験を記憶のなかで再構成することとさ」

なんのことだかさっぱりだけど、まあいいや。

ぼくはシモンに、「ねえねえ、サンタさんは煙突から入ってきたの？」って聞いてみた。

「違うんだよ、それが。さっきアメッドのおねんねウサちゃんを取りに行ったとき部屋の窓から見ちゃったんだけど、あいつジェラールのベンツからおりてきたんだ」

「ええ？　じゃあ、ソリとか水牛はどうしちゃったんだろう？」

「バカ言え、水牛じゃねえよ、おたんこなす、あれはトナカイっていうんだよ」

「ナスじゃないよ、ズッキーニだってば」ってぼくは言いかえしたんだ。

プレゼントにはそれぞれ子どもたちの名前が書いてあって、クリスマスツリーの下にならんでる。ぼくは早く包みを開けたくてしょうがなかった。

サンタさんは「さてさて子どもたち、みなさん今年一年いい子でいましたか？」

ぼくたち、みんなそろって「ハ〜イ！」って叫んだ。ほんとはそうじゃなくても、みんな、そう言わないとなんにももらえなさそうな気がしてたんだ。

「よろしい。オッホン！　じゃ、クリスマスツリーの近くに、みんな集合！　いいかな、悪い子はみんなオシオキおじさんに言いつけるぞぉ」

ぼくたちみんなそぉっと静かにクリスマスツリーに近寄った。ただアメッドだけは、「真っ赤なおじさんもオシオキおじさんも」両方怖いって言って、テーブルの下から出たがらなかった。

ジドウ員がぼくたち一人ひとりにプレゼントを渡してくれた。ぼくたちはみんな一目散に自分のプレゼントに飛びついた。そりゃ、あまりお行儀よくないよ。でもきっと、オシオキおじさんもゆるしてくれるはずさ。だってクリスマスだもん。

こんなに大きなプレゼントはもらったためしがない。

ミカンやあめ玉やブリキの兵隊が詰まってるだけだと思っていたのに、グレゴリーのみたいなガレージが入ってるのを見て、ぼくは自分の目が信じられなかったよ。

やっとサンタさんはぼくのお手紙を読んでくれたんだ、って思った。ロージーがほかの子どもたちの手紙と一緒に送ってくれたんだ。

ママはサンタさんの住所を間違えてたに違いないよ。

だから、サンタさんにありがとうってキスをしたんだけど、白ひげが少しだけぼくの口にもくっついた。へんなの。


「おや、これもきみ宛《あ》てだよ」ってレイモンはぼくに言って、赤いリボンのついた黄色い包みをくれたんだ。

「なんなの?」目をキラキラさせてぼくは聞いた。でも返事はどうでもよかったんだ。歯でリボンの結び目を噛み切って、黄色い包み紙をビリビリ破ったら大きなクマさんのぬいぐるみだったから、ぼく「今日はどうなってんだ、チクショー!」って叫んだ。そしたらレイモンが「クリスマスなんだから、乱暴な言葉はなしだ」って言うから、「クリスマスだけ?」って言って笑ったんだ。ぼくが両手を差しだしたらレイモンは抱きあげてくれた。香水のいいにおいがした。


それからぼくたちはみんな席について、クリスマスのパテと、栗のピュレをかけた七面鳥と、サンタさんのブッシュ・ド・ノエルを食べた。

「結構なフォアグラですこと」ってカミーユの叔母さんは言った。

でも叔母さんはテーブルの下ではフォークでぼくの天使の足をつっついてる。ぼくは魔女なんて怖くない。だから叔母さんがポール先生と話してるあいだに立ちあがって、叔母さんのシャンペンにお塩をたっぷり入れてやった。それで、耳元で秘密をささやくおじさんに夢中で全然気がつかないポリーヌのパテの上に、叔母さんがゲホッてシャンパンを全部吐いたとき、大声で「メリークリスマス！」って言ってやったのさ。


ボリスは、自分たちのかぶってる毛皮がポリーヌのもので、ポリーヌは暖炉の火を見ながら恋人と一緒にこの毛皮の上で寝るんだ、って言った。それをロージーが聞いていて、歯をギシギシ噛みしめながら「どうしてやろうかしら」って言った。ロージーはポリーヌとそのとなりでニヤニヤしてるおじさんをにらみつけて、「ケガラワシイ！」って言って、わきのテーブルに行ってひとりでふくれっ面をした。

カミーユにこっちに来るように合図をしたんだけど、魔女のやつは牙《きば》みたいに爪《つめ》を立ててカミーユを押さえてて、「ここにいるほうがいいのよねえ、ねえ、私のいい子ちゃん？」って言った。

そしたら、そのいい子ちゃんは「離してよ！　痛いって言ってるでしょ！」って叫んだんだ。

ポール先生が魔女のほうを見て、「奥さん、今日はクリスマスですよ」って言った。

先生がおっかない声でそう言ったもんだから、魔女は赤くなって「ああ、もちろん。そうでした、そうでした」って言ってカミーユを離して、カミーユはぼくのところに走って逃げてきたんだ。

ポール先生はぼくに向かって目配せしてみせた。先生の大きな目を見れば、魔女の負けは一目瞭然だった。

魔女は椅子の上でまったくペチャンコになっちゃって、まるで百歳のおばあちゃんみたいに見えた。本当にいい気味だ。

13

今朝、アメッドはおねしょをしなかった。だからふとんを取りかえなくてすんだロージーはとっても嬉しそうだった。アメッドも嬉しそうに笑った。でもアメッドの笑い声は泣きべそかいてるときよりもたちが悪いんだ。黒板をつめでこすったみたいな音で笑うんだから、耳がおかしくなっちゃうよ。

だから、シモンとぼくは「まくらゲーム」をして遊んだ。

まくらゲームっていうのは、まくらでアメッドの頭を埋めちゃうことなんだ。そうすれば、泣き声も笑い声も聞かないですむんだもん。ただ、その瞬間にロージーとコレット先生がニコニコしながら入ってきたんだ。ぎりぎりシモンが「告げ口したらひどいぞ」っていうだけの時間はあったけど。

アメッドを見たロージーの顔から笑いが消えた。

「なんでそんなに赤い顔しているの、アメッド?」

それから、ぼくたちのほうを振り向いて「あんたたち、今度はアメッドになにをしたの?」シモンが、「なんにもしてないよ、ロージー。ちょっと笑いすぎただけさ。だからアメッドはそんなに赤い顔してるんだよ。なあ、アメッド?」って答えた。

アメッドが「ぼく、なんにもしてないよぅ。なんにもしてないったらぁ」って言って泣きだしたから、ロージーとコレット先生の視線は天井を仰いだまま固まっちゃったんだ。それからふたりはアメッドを連れてった。どこに連れてったのかはわからない。

アメッドのパパはケイムショから釈放されたんだけど、それでもムショが恋しいからわざわざここまでアメッドに会いに来たんだ、ってシモンが教えてくれた。

「アメッドのパパ、どうしてケイムショに入れられたの?」ってぼくは聞いてみた。

「銀行強盗をして、おまけに銀行員を人質に取ったんだよ」

「それでそれからどうしたの?」

「なんだよ、金のこと?」

「違うよ、銀行員のことだよ」

「いや、どうもなってないよ。アメッドのパパはおまわりにぶたれて、そのすきに銀行員は逃げたんだ。それでアメッドのパパは逮捕されたわけさ」

「じゃあなんで銀行員は逃げたのさ? 銀行員はなんにもしてないんでしょう?」

「おまえの質問ってときどきほんとにうざいよ」

アメッドのパパってどんな人だろう、って思った。いじわるな人は普通、ものすごい顔をしてて、髪の毛も汚くて、ひげも剃ってなくて、チューインガムばかり食べてて、乱暴な言葉ばかり話すはずなんだけど、もしかしたらアメッドのパパはいじわるな人じゃなくて、重病の奥さんを救うためにしかたなくお金を盗もうとしただけなのかもしれない。テレビのニュースで見たことある。

でも、銀行員を盗んでなんになるんだろう？

朝ごはんのあと、カミーユとぼくはふたりだけで森に散歩に行った。ふたりきりになるのはひと苦労だ。だってベアトリスやアリスはいっつも一緒についてきたがるし、男の子までついてきたがるときもあるから、そんなときはインディアンのスー族みたいに知恵をはたらかせなきゃならない。カミーユは部屋の女の子たちにパピノー先生の書斎に行ってあめ玉をもらってくるって言ってごまかした。ぼくはロージーに会いに行ってくるってシモンに言っておいた。

カミーユは今日もジーパンと首まで覆うネズミ色のモコモコのセーターを着ている。カミーユはぼくの手をとって、片足ケンケンで遊びながら進んでいった。ぼくも真似をして、まるで二体のかかしみたいにして、ふたりで施設から離れていった。

だけどぼくがバランスを崩してふたりして横に倒れちゃったんだ。

「痛かった?」ってカミーユがぼくに聞いた。

「だいじょぶ、カミーユは?」

「大丈夫」

それでぼくたちしりもちをついたまま、原っぱと川のあいだの小道に寝そべった。

「アメッドはパパに会ってるんだ」ってぼくは言った。

「わあ、いいなあ、アメッド!」

「アメッドのパパ、ケイムショから出られたんだ。お金と銀行員を盗んだんだって」

「あたしのパパもケイムショ行きになってもおかしくなかった、ってサ、バ、イ、ン、カ、ン、が言っていたわ。

でもそうなる前にパパはセーヌ川に身投げしちゃったの」

「ええっ? カミーユのパパ、セーヌ川に飛びこんだの?」

って言ってぼくは肘をついて体を起こしてカミーユを見つめた。長い髪の毛に草の葉が絡《から》んだまま、
カミーユはお空を見あげていた。

「そうよ。ママを殺したあと、自分も身投げしたの」

それで、ぼくは自分のしたことを考えてみたんだ。

、、、、、
サバインカンが「この少年は法的能力のない、子どもであります」って言ったこと。

レイモンが「おいおいチビちゃん、ピストルはおもちゃじゃないよ」って言ったこと。

それからぼくの手からピストルを取りあげようとするママが目に浮かんだ。痛いのをがまんしたらバンッと音がした。ぼくは頭の中でもう一度ママを殺した。

「ぼくもなんだ。ぼくもママを殺したんだ」

「知ってるわ。シモンが教えてくれた」

「あいつ、ほんとになんでも知ってるんだなあ」

それ以上ぼくはなんにも言わなかった。ぼくの質問でカミーユを苦しめたくないからさ。ときどき質問は人を傷つけるから。

で、カミーユはお空に向かって言った。

「あたしのママはお針子だったの。ママはおうちで仕事をしていて、いろんな人がほつれたシャツや靴下やカーテンやズボンを持っておうちに来て、呼び鈴をならしたわ。大きな布を持ってくる人もいた。ママの手にかかるとそれがアッという間にテーブルクロスやドレスになっちゃうのよ。あたしが学校に出かける時間には、ママはもうミシンに向かっていたわ。ママはあたしに手を振ってキスを投げてくれるの。学校から帰ってきてもママはやっぱりミシンの前にいて、生地の上で指をすべらせていたわ。ミシンの音がして、ママの横には空っぽのかごが置いてあるの。あたしはママの膝の上に座るんだけど、ママは自分のおでこを手でぬぐって、『さあ、おやつを食べてらっしゃい。ママはまだお仕事があるのよ』って言うの。だけど、お仕事はいつまでたっても終わらなかった。晩になってもまだ呼び鈴をならす男の人がいるの。でも晩に来る人たちは手ぶらで来るのよ。ある晩寝る前に、なんにも持たずに呼び鈴をならすあのおじさんたちはなにがほつれているの、ってママに聞いてみたわ。ママは笑いながら、『心よ、カミーユ』って答えたの。夜、呼び鈴がなると、あたしはもう自分のお部屋の外に出ちゃいけなくなるの。でも内緒で出たことがあるわ。ママがどうやっておじさんの心を繕《つくろ》うのか、あたしが見ていたことにママは気がつかなかった。指ぬきや針やミシンでするんじゃないの。ベロでするのよ」

「でも、カミーユのパパはどこにいたの？」

「おうちにはいつもいなかったわ。パパが呼び鈴をならすこともあったけれど、アッという間に行ってしまうの。パパは洗い物をママに渡して、何杯もお酒を飲んで、それであたしのおでこにキスするんだけれど、お酒臭いからいやだった。それからパパはママと大声でけんかを始めて、パパは玄関をバタンッて閉めて出ていっちゃうの。ときどきパパはママに電話してくるけど、けんかばっかりだったわ。ママは『あなたのせいであたしの人生だいなしよ』とか『また飲んだのね。もう勘弁してちょうだい』とか『あなたのバカのおかげでまたお金がないじゃない』とか『だれが生活費稼《かせ》いでいると思うのよ』って言うの。一回、電話でパパが、ママは毎晩どんなふうに過ごしているかって聞いたから、ベロを使って男の人たちの心を繕っているって言ったら、パパは電話を切っちゃった。あたし『さよなら』って言う暇もなかったし、ママにかわることもできなかったのよ。次の晩パパは呼び鈴をならしたわ。『ちょっと、なんであなたがここにいるの？』ってママが叫んだの。ママの後ろに隠れていたおじさんが『こりゃ失礼。じゃ、ワタシはこの辺で』って言うから、おいとましやすいように、パパはそのおじさんの服を全部窓から放りだしてあげたの。それからパパとママは大げんかになって、あたしは泣いていたんだけど、だれもあたしにかまってくれないのよ。だからパパの上着を引っぱったら、パパは振り向いて『なにやってるんだ、早く寝ろ！』って叫んだの。怖かったけど自分の部屋にあがるふりをして、階段に座ってじっとしてたの。パパが瓶ごとウィスキーを飲むのが見えたわ。そしてママが『ほら始まった。がぶ飲み。あなたに満足にできることってそれだけなんでしょうよ』って言うのが聞こえたわ。パパは、『なにが言いたいんだ、この淫売』って怒鳴った。ママも怒鳴りかえしたわ。『淫売？　ションベンにしか使えない粗末なモンしか持ってないくせに、あたしに言えるのはそれだけ？　あなたがそんなんで、あたしがどうやって生活費つくってると思ってるの？　あたしは自分を犠牲にしてんのよ。なのにあなたはあたしを淫売扱いするわけ！　なんでそんなひどいことができるのよ？　醜《みにく》いインポ野郎！』そのときパパがママをげんこつで殴ったの。ママがそのまま床に倒れてあたしは大声をあげたわ。でも、だれもあたしのことは気にかけなかった。パパはママの髪の毛を引っぱって、蹴っとばして外に連れだしたの。パパはバタンッてドアを閉めて、あたしには鍵を閉める音が聞こえた。あたし閉じこめられちゃったの」

「へえ。でも、インポってなあに？」

「知らない。でも、あんまりやさしそうな言葉じゃないよね。じゃなかったらパパがあんなふうになるわけないもの」

「それで、カミーユはずっとおうちに閉じこめられてたの？」

「うん。ふたりともすぐに戻ってくると思って。窓から外を見てたけれど、夜しか見えなかった。それで犬を連れたおばさんが見えたから、家に閉じこめられて、パパもママも出かけちゃったの、って叫んだの。おばさんは『大丈夫。そこでじっとしてらっしゃい。今警察を呼んできてあげるから』って。だから、おまわりさんが来て玄関のドアをこじ開けてくれるまで、窓辺でじっとしていたの。おばさんが犬を連れて入ってきて、あたしは泣いてばっかりだった」

カミーユのお腹に頭を乗せて、雲ひとつない青空を眺めた。雲がないから雲に隠れてる神様もいない。だれもいない。ママも、パパも。ぼくたちはこの世にたったふたりきりなんだ、ってぼくは思った。それからカミーユの手がぼくの髪の毛や顔をなでてくれた。カミーユの指はぼくの鼻のほくろのまわりをクルクル回った。

「ズッキーニのお鼻の黒ボタンってかわいいと思う」ってカミーユが言った。「なにか秘密を隠しているんでしょう?」

そしてカミーユはボタンを押してぼくの秘密を知ろうとした。ぼくはカミーユを見つめた。カミーユは身を起こしてぼくの口にキスした。

テレビみたい。

テレビに出てくるカップルはみんな年寄りだけど、それさえ別にすれば、ぼく、カミーユと結婚してもいいな。

「ぼくたち悪いことをしてるのかな？」ぼくは聞いてみた。

「なにが？」

「口と口でキスすること。いけないことだと思う？」

「わからない」ってカミーユが答えた。

「なにを考えてるの？」ぼくは聞いてみた。

「なんにも」ってカミーユはぼくのくちびるに言って、ベロを出したから、ぼくは口を大きく開けたけど、なにをしたらいいのかわからなかった。

「ズッキーニもベロを出して、あたしのベロと遊ぶのよ。追いかけっこするみたいに。ママがおじさんとやっていたの」

だからぼくはカミーユのベロと遊んだんだけど、むちゃくちゃへんちくりんな感じがして、からだがホカホカしてきちゃったんだ。

「ねえ、暑くない？」って聞いてみた。

それからなんでかわからないけどぼくたちはゲラゲラ笑ったんだ。

カミーユの髪には草の葉が紛れこんでいて、まるでスズランの妖精《ようせい》みたいだった。

ぼくはもうお空なんか見てはいない。カミーユの顔とカミーユのニコニコのくちびるだけだ。ぼくがカミーユをくすぐったらカミーユもやりかえしたから、ぼくたちはもっと大声で笑って、草の上をグルグル回った。こんなにしあわせだったことはいままでなかった。ママがピュレをつくってくれたときも、これほどしあわせじゃなかったと思う。

それからぼくたちは立ちあがって、どこに行くかも考えないで、手に手をとって、お空の青さを見つめながら歩きだした。

「それで、パパやママにはまた会えたの?」ってぼくは聞いた。空に小さな雲が出てきたからだ。

「ううん。ふたりとも死んじゃった」

カミーユはそう言って、ぼくの手をギュッと握りしめた。

14

ロージーに「ねえ、インポってなあに?」って聞いたら、ケーキが入ったまま口をあんぐり開けてふさげなくなっちゃったんだ。

みんなは、大きい町のいたち《ベレット》の科学博物館に出かけた。施設に残っているのはアメッドとカミーユとぼくだけだ。

「どこでそんな言葉を耳にしたの？」ロージーがむせかえった。

「ちょっとその辺だよ」

「だれが言ったのって聞いてるのよ、いたずらちゃん？」ロージーはしつこかった。

ぼくはカミーユだって告げ口したくなかったから、「アメッドだよ」って答えた。あとでアメッドに「告げ口したらひどいぞ」って言い忘れないようにしないとまずいな。

「じゃあ、アメッドとはあとで話しましょう。ひとつたとえ話をしてあげるわ。そうすればあなたにもわかりやすいから。あなたたちが遊んでいて、みんながとっても大きな声で騒ぐから、私がいくら静かにするようにお願いしてもあなたたちにはなんにも聞こえないでしょう。あなたたちを黙らせられないってことは、私には能力がないっていうことになるでしょ。そういうことよ。それを外国語で言っただけなの。わかった？」

「わかんないなあ。それじゃあカミ……、アメッドのパパとどんな関係があるのか全然わかんないよ」

「どっちにしろよくない言葉なんだから、忘れてしまいなさいな」

「じゃあどうしてわけのわからない中途半端な説明をするのさ？」

「お茶はいかが？」

ぼくは「イライラしてもなんにもならないよ」って言ってたアントワンを思いだして、あきらめることにした。

はじめからシャファン兄弟に聞けばよかったんだ。あのふたりは辞書ゲームをしているから、絶対になにか知ってるに決まってる。

ぼくはロージーの小さなベッドの上を見た。本がいっぱいなのにマンガは一冊もない。一冊手に取ってみた。『ジャルナの生誕』っていう本だった。なかには字しかなくて、絵はひとつもなかった。表紙には緑色のセーターを着てアリスみたいに髪の毛で顔が隠れた女の子がいて、その後ろには古い映画に出てくるような車が描いてあった。

「つまんないの」ってぼくは本をベッドの上に放った。

「そんなこと言っちゃダメよ、おもしろいんですから。とっても美しいお話なのよ。もう少ししてあなたが大きくなったら、貸してあげるわ」

「ぼくはおっきくなんかならないもん。それに貸してくれるって言っても、ロージーの美しいお話なんてほしくないや」

「イカール。もう少しやさしくお話しできないんだったら、今すぐこのお部屋から出ていってもらうわよ」

「ごめんなさい、ロージー」

それからぼくはケーキをひと切れ取って、「ロージーの部屋はとっても落ち着くね」って言ったんだ。ほんとはそんなこと思っちゃいないけど。だって、絵のない本ばっかりだし、小皿の上で燃やす神様のけむりは、教会みたいにいやなにおいがするんだ。

教会っていうのは神様のおうちなんだけど、神様はいっつもいない。それもそのはずだよ。だってこの前みんなで行ったけど、教会の中はいっつも、とっても寒いんだから。神様ってば、頭いいよね。雲のなかでおひさまと一緒ならとっても暖かいしね。おひさまが上からホカホカ暖めてくれるし、いっつもなんやかんやお願いを持ってうろうろしてる人たちに見つかっておねだりされることもないもんね。

「とくにお金のおねだりね」ってシモンは言っていた。

ロージーは神様はいつもぼくたちを見守っていてくれて、ぼくたちのことはなんでも知ってるって言うんだ。いたずらしてるときでさえお見通しなんだって。そして神様はぼくたちみんなを愛してるから、なんでも許してくれるんだって。

魔女叔母さんはいっつも正反対のことを言うってカミーユは言ってた。飲んだくれのカミーユのパパと「どこでも寝るマリア様」のカミーユのママのせいで、神様はカミーユを愛していなくて、カミーユが今度パパとママに会うのは地獄のなかで、みんなで悪魔に足を火炙りにされるんだって言われたって。ぼくはカミーユに、魔女のやつデタラメを言ってるんだよ、だって神様の女友達はどこでも寝れるんだよ、教会にはベッドもないじゃないか、って言った。そしたらカミーユは、どっちにしろママの名前はフランソワーズでマリアじゃないもん、って言った。ぼくは「ほらね、あの魔女はデタラメばっかりだ」って言ったんだ。そしたらロージーは「みなさんは神様のおうちにいるのですよ。静かにしてちょうだい」って言った。でもそれじゃまるでぼくたちが教会の役目も知らないみたいじゃないか。

アリスとベアトリスはなんにも聞いちゃいなかった。だってお互いに寄りかかってふたりとも眠っていたんだから。

アメッドはあめ玉をほしがったけど、ロージーはアメッドの宗教は同じじゃないから、食べちゃだめだって言った。ぼくは、アメッドが違うからっていってあめ玉を取りあげちゃうのはよくないと思った。だから、取ってきたあめ玉をこっそり半分あげたんだ。でもあめ玉は口のなかでフニャフニャに溶けちゃって、味もなんにもなかった。

ボール紙みたいだった。

ロージーは、白と黒のマントを着たおじさんは「神様のお使い」なのよ、って説明してくれた。ジュジュブが、神様のお使いっていうのは売り物の詰まった大きなカバンを持って玄関の呼び鈴をならすおじさんのことかって聞いたら、ロージーは「それとこれとは別の話です」って言って、カミーユは呼び鈴をならす男の人はカバンなんて持ってないわよって言って、ジュジュブは「持ってます」って言って、カミーユは「持ってません」って言い合うから、ロージーはぼくたちの耳が聞こえないみたいに「静かにしなさい！」って叫んだ。

ジュジュブとカミーユは声を出さないでけんかしてた。ふたりの口を見れば「持ってますぅ！」、「持ってませんっ！」って言っているのがわかる。ジュジュブがカミーユのももをつねって、カミーユが「やめてよ！」って悲鳴をあげたから、ぼくは「ジュジュブがカミーユをつねったんだよ！」って叫んだ。

ほかの人たちがいっせいにぼくらのほうを振り向くから、教会から出なきゃならなくなった。ロージーに起こされてベアトリスとアリスが泣きだしてもっとうるさくなっちゃったんだ。

外に出るとロージーは、こんなに落ち着きがないんなら、もう教会には連れていきませんよって言った。シモンは、ハンドルにうつぶせになって居眠りしてるジェラールのバスに乗りこみながら「そりゃいい。どうせつまんねぇんだし、それに教会なんて寒くてしょうがないよ」って言った。ポリーヌがスカートの裾を直しながら乗りこんできて、「あら、もうすんじゃったの？」って言った。ロージーが「あなたには関係のないことよ」って言ったら、ポリーヌは「あなたっていつもとっても親切なのねえ、ロージー。神様にそうするように教わったのかしら」ってやりかえした。ロージーはなんにも言わなかった。ロージーはピストルよりもたちの悪いギョロ目でポリーヌを殺しちゃったんだ。

ぼくは、教会のなかにいる人たちがどうして神様のお使いのことを「我らが父」って呼ぶのかロージーに聞いてみた。ロージーは天井を仰いだ。でも天井を見あげても答えは返ってこなかった。

「それは、教区内の迷えるひつじたちにとって主任司祭は父親に値するからなのよねぇ、ロージー？」って言ったのはポリーヌだった。でもロージーは聞こえないふりをしたから、ポリーヌは「ロージーったら、そんなふくれっ面しちゃってぇ」って言った。ロージーは「あなたねえ、子どもたちがここにいて幸運だったと思いなさい。そうじゃなかったら私があなたのことどう思っているか、はっきり言ってやるところよ」って言った。ぼくたちは「いいじゃんロージー、ポリーヌをどう思ってるかぼくたちにも言ってよ」ってけしかけた。そしたらロージーは急にシュンとして「素晴らしい人よ、みんな。ポリーヌは素晴らしい人なのよ」って言ったんだ。

「ロージー、みんなで教会に行ったときのこと覚えてる？」

「覚えてなかったらどんなに楽でしょうね」

ロージーはもう一杯お茶をいれてくれた。

「ねえ、そんな顔しないでよ、ロージー。ぼく、バスのなかでポリーヌの言ったことを思いだしていたんだよ、いま」

ぼく、ちょっと調子に乗ってたな、って思うんだ。

でも、ぼくたち子どもなんだからしょうがないよ。

だから勢いがついたら止まらないし、いやがることをわざとやったりするんじゃないかな。

「あなた考えすぎよ。ポリーヌは普通の人でしょう。私にはけなすこともないし、ほめることもないの。ただ、ああいう人だっていうだけですよ。それだけ」

「知ってた？　ぼくたちもポリーヌのことロージーと同じふうに呼んでるんだよ。『しり軽女』」。

ぼくはロージーを見つめたんだ。ぼくは天使になったような気分だった。

ロージーは「そんなふうにポリーヌを呼んではいけませんよ」って言ってゲラゲラ笑った。あまりゲラゲラ笑うからロージーがその反対を言いたいのは見え見えだった。だからロージーとぼくはパチクリッて目配せしたんだ。

だけどそのあとでロージーはぼくがカミーユを好きかって聞いたから、ぼくは目配せをやめた。だってカミーユとぼくのことはほかの人には関係ないから。

ぼくはケーキの最後のひと切れを取って、黙って食べた。

ロージーはノータリンじゃない。ロージーはやり場なさそうに髪の毛をいじったけれど、どうせなんの役にも立たないんだ。だって、ロージーの髪の毛はわらみたいに硬いんだもの。それからロージーは素《す》っ頓狂《とんきょう》な声で「ズッキーニ、私だっていつもあなたのことで頭がいっぱいなのよ」って言った。

ぼくはロージーを見て、ロージーの本や、ロージーの部屋の壁一面に貼られたぼくたちの絵を見まわした。

ロージーの宝物はこれだけなんだ、ってぼく思ったのさ。ほんとは、ロージーだって、ぼくたち施設の子どもたちと同じくらいひとりぼっちなんだって。だからぼくはロージーに寄り添って、抱きしめた。

言葉はいらない。こうしていればわかり合えるんだもん。

ぼくが部屋を出るとき、ロージーはニッコリ微笑《ほほえ》んだ。

ロージーにほんとの自分の子どもがいないのはもったいないなあ、って思ったよ。だって、ロージーはぼくたちよりももっともっと自分の子どもたちをかわいがるに決まってるから。そりゃどんなふうにかわいがるのか想像もつかないけど。ロージーはビールを飲んでテレビに話しかけるような人じゃない。もしぼくにこんなママがいたら、屋根裏部屋にのぼることもなかっただろうし、たんすの引き出しをあさることもなかっただろう。それにたんすの引き出しをあさったとしても、ピストルは出てこなかったんじゃないかな。でも、ロージーみたいなママがいたとしたら、カミーユには会えなかったし、きっとこれでよかったんだよ。ときどき、サバインカンの言ったみたいに、ぼくは「能力のない子ども」なんだって思う。たとえ考えすぎだって笑われるとしても。

能力のない子ども。

取りかえしのつかないことをしちゃったことはわかってる。

それでもときどき、もしそうしていなかったら、ぼくがここに来て新しい友達と一緒になることはなかったろう、なによりカミーユに会うことはなかったはずじゃないか、とも思うんだ。

そりゃ前もマルセルやグレゴリーがいたよ。でもここのことは全然違っていた。

デブのマルセルはビー玉が下手《へた》だったから、負かすのは楽だったし気分がよかったけれど、「おまえビー玉、へたっぴだな」って言うほかには、なんにも話すことがなかったんだ。グレゴリーだって、ボールで窓を割る以外、なにひとつわかっちゃいなかったんだから。

なにもかも忘れてしまいたいって言うんじゃないんだ。でもシモンやシャファン兄弟がいるいまとなっては、やっぱり前と同じままではいられないじゃないか。

15

魔女叔母さんはみみっちいカバンを脇の下にぶら下げて、いつものくちびるのない口をして、玄関の花瓶みたいなさえない帽子をかぶって帰っていった。

カミーユが部屋から出てきた。目はいつもの緑色じゃなかった。

「なんで叔母さんはあんないじわるなことを言いにわざわざあたしに会いに来るのかしら」

「パピノー先生にそう言えばいいんだよ」ってぼくは言った。「そうすれば魔女はもう来なくなるよ」

「もう言ったの。コレット先生にも言ったの。でも、あたしまだチビだから、だれもあたしの言うことなんて信じてくれないのよ」

「そんなことないよ。ぼくはカミーユの言うこと信じるよ」

それでぼくたちはものすごい目で見つめ合って、カミーユの目はもとのきれいな色に戻った。

「まわりに人がいると、まったく別の人に化けるのよ。叔母さんったら母親ぶって、あたしの髪をなでたり、『おお、かわいそうに』って言うんだけど、あたしは気持ち悪くてしょうがないの。あんなやつになでてほしくないし、声も聞きたくないんだから。だから叔母さんの手を押しのけて、『やめてよ、なんのまねなの。なでたりやさしいこと言うのは園長先生がいるからなんでしょう。園長先生やサバインカンやコレット先生がいるからなんでしょう。あたしとふたりだけのときはいじわるなことしか言わないくせに。アンタなんか大嫌いよ。顔も見たくないんだから』って言ったの。でもそうすると叔母さんは口をあんぐり開けて胸に手を当てて、サヽバヽイヽンヽカヽンヽとかパピノー先生とかコレット先生に向かって言うのよ。『ああ、まだこの子はショックから立ちなおっていないのですよ、かわいそうに。立ちなおれるとも思えません。いらだちをすべてあたくしにぶつけてくるんですよ。あたくしはこの子のことしか頭にないのに。でも、あたくしにはよくわかりますのよ。かわいそうに。あんな母親だったんですからね。無理もありませんわ。違いますか、コレット先生？』それでいっつも叔母さんの言い分は通っちゃうの。みんなの目を見れば、言われる前から『そんなに感情的になってはだめよ、カミーユ。ほら、叔母さまはあなたのことをこんなに愛していらっしゃるのよ』って言われるのがわかっちゃうのよ。もう、みんな大嫌い」

「いいこと思いついちゃった」

ぼくはスー族の知恵をカミーユの耳にささやいた。

「ほんとにそんなにうまく行く？」

「ボタンさえ間違えなければ、ぜったい平気さ」

ぼくたちはそのまま廊下で秘密の作戦を練った。そしたらアメッドがコレット先生の診察室からパパと一緒に出てきたんだ。

ぼくたちは急いでドアの後ろに隠れた。そしたら、「どうかご心配なさらないでください、ブゥルアジャさん。なにも驚くことはないです。あなたがいなくなったときアメッドはたった二歳だったのですから」って言うコレット先生の声が聞こえた。

一歩前に出たら、パパのキスをいやがるアメッドの姿が見えた。

アメッドがぼくに気がついたからぼくは急いで口に人差し指を立てた。アメッドがニコッて笑ったから、ぼくは声を出さないで「気にしないで」って言ったんだけど、アメッドが「無理だよ」って口を動かしたんで、そばでアメッドを見ていたコレット先生にすぐ見つかっちゃったんだ。

「イカール！　あなた、ドアの後ろに隠れてなにをやっているの？」

（イカールって呼ばれるたびに悪い予感がするんだよ。）

カミーユとぼくは手に手をとってふたりで前に出た。

「カミーユ。まあ驚いた。あなたも一緒なのね！　さあ、ふたりとも今すぐ診察室に入って待ってなさい。すみませんねえ、ブゥルアジャさん。ちょっとこちらでお待ちください。すぐ戻ってまいります」

アメッドのパパは「はぁ」って言ってぼくを見たけど、あまりいじわるな人には見えなかった。映画の悪役みたいにチューインガムも噛んでないし、ひげも髪の毛もきれいに剃ってあったし、乱暴な言葉も使っていなかった。ぼくが見たのは、さみしい顔をした普通のパパだった。

「あなたたち、ドアの陰でなにをしてたの？」

コレット先生が部屋に入ってきたのに気がつかなかったからぼく、びっくりして飛びあがっちゃった。

「なんにも悪いことしてないよ」ってぼくは言って、粘土をこねてハートをつくってカミーユにあげた。

コレット先生には「とってもかわいいボール」にしか見えないんだろうな、ってぼくは思った。

「あらカミーユにハートをあげるの?」

「ハートなもんか。ただのボールに決まってらぁ」

ってぼくはどうしようもないノータリンを見るみたいにして、コレット先生をにらみつけた。

「ドアの後ろに隠れたのはね」ってカミーユが言った。「コレット先生がアメッドとアメッドのパパと一緒に出てくるのが見えたから、怒られると思ったからなの」

「どうして怒られると思ったの?」

「だってあたしたちチビだからよ」ってカミーユが答えた。

「叔母さまとは仲良くできたのかしら?」

「ああ、またそのこと。いつも通り、とってもやさしくしてくれたわ、あの人でなし」

「カミーユ、そんなふうに言っちゃダメよ。叔母さまにとってもつらいのよ」

「ああもう! あんなやつの言うことを信じるのね。先生はだれでも、なんでも信じちゃうのね!」

「さあ、イカール、あなたは先に行っていいわ。先生はカミーユとお話があるから」

「いやだよ。行かないよ。カミーユと一緒にいるんだ」

「イカール。言う通りにしないと放りだすわよ」

て部屋まで一気に走った。

「ＯＫ」

ぼくはカミーユを見て、口だけで「人でなし」って言って部屋を出た。ドアは開けっぱなしにしといたんだ。そしたら「ドアを閉めなさい！」っていうコレット先生の声がしたから、聞こえないふりをして部屋まで一気に走った。

アメッドはかけぶとんにもぐっていて、おねんねウサちゃんのお耳以外見えなかった。

「死んでるの？」って言ってぼくはふとんをまくった。ぬいぐるみのとなりに涙でビショビショの小さな顔が見えた。

アメッドは親指をくわえたままなにか言ったけど、なにを言ってるのか全然わからなかったから、ぼくはアメッドのベッドに腰かけて親指を引っこ抜いて、「なあに？」って聞いてみた。

「ぼくのパパじゃない」

アメッドの目から涙がボロボロ落っこちた。

「アメッドのパパじゃないってどういうことさ？」

「ぼくのパパはひげもじゃで、いっぱい髪の毛があるんだ」

「おまえノータリンだなあ。全部剃ったんだよ。ケイムショってきびしいんだぜ。テレビで見たことあるもん。悪者は機械で丸ボーズにされちゃうんだよ。それから牢屋にぶちこまれて、おかゆが山盛りになったお皿を穴から渡されるんだ」

「そんなこと知らない。ちっちゃな頃、パパのひげや髪の毛で遊んだんだから」

「いいなあ、そんなこと覚えてるんだ。ぼくなんかパパのこと全然覚えていないよ。でもパパはバカでかくてオンドリみたいにしゃべってそんでもってテカテカの靴をはいてるっていうから、会えばすぐにわかると思う」

「ママは知らないおじちゃんと出かけちゃって、ぼくには会いたくないって言ったんだって。ぼく、パパのことはずうっと忘れてたんだよ。でも会いに来るって言うから楽しみにしていたのに、来たのは知らないおじちゃんなんだ。怖いからなんにも言わないでだまってたの」

「でもそのおじさんやさしかったんだろ?」

「うん。お仕事を見つけなきゃならないけれど、トニーが手伝ってくれるって言うの。それで三カ月か四カ月したらぼくを引き取りに来るって。大きなお庭とプールのあるきれいなおうちに引っ越するって」

「トニーってだれさ?」

「ケイムショのお友達だってあのおじちゃんは言ってた」

「そんで、大きな庭とプールのあるきれいなおうちに住みたくないの?」

「そんなの知らない」

「知らないってどういうこと?」

「トニーとサンドラと四人で暮らそうっておじちゃんは言うの」

「サンドラってだれなの？」

「サンドラはあのおじちゃんのツレなんだって。でもぼく、おじちゃんもトニーもサンドラもだれも知らないんだから。行きたくなんかないよ。おじちゃんにもそう言ったの」

「そしたらなんだって？」

「おじちゃんはぼくのパパだって。こんな施設にいつまでもいるわけにはいかないし、ぼくにはサンドラやトニーやおじちゃんみたいなほんものの家族が必要だって言うの。そして、『人はどんなことにもすぐ慣れるもんだ』って。だからぼくはおじちゃんの家族なんていらないよって言ったんだ。だってシモンやズッキーニやカミーユやロージーがいるんだもん。だから逃げだしたんだけど、コレット先生にシャツをつかまれておじちゃんのところに連れ戻されちゃったの」

「アメッドはパパに恋してるって言ってたじゃないか」

「うん。ほんとだよぅ。いつもパパのことばかり考えていたんだから。だけどぼくの頭のなかはもじゃもじゃのひげと髪の毛ばかりだったんだ。あのおじちゃんはパパじゃない。あんな人、会いたくないよ」

「で、コレット先生はおまえのパパになんて言ってたの？」

「先生はおじちゃんにぼくが早く慣れるように何度も遊びにくるようにしてくださいって言ったんだ。でもおじちゃんは、できるかぎりのことはするけれど、仕事で三カ月ほど留守にしなきゃならないって言ったの。コレット先生は『お察ししますわ』って。おじちゃんは『一度刑務所に入ってしまうとそう簡単に仕事は見つからないですからねえ。でもダチのトニーのおかげで、アメリカで一旗揚《あ》げられそうなんですわ』って言ってた。『どんなお仕事なんですか』って先生が聞いたら、おじちゃんは『不動産関係の事業でして』って答えてた。

「フドーサンってなあに?」

「知らないよ」

そこにシモンが帰ってきた。「おまえたちもったいねぇことしたなぁ。博物館むちゃくちゃおもしろかったんだぜ」そう言ってからシモンはアメッドを見て、言った。「どうだった、おまえのパパ? そんな顔してるってことは、あんまりいい調子じゃなさそうだな」

アメッドはまたかけぶとんを引っぱってそのなかに隠れちゃったんだ。

「なんなんだ?」ってシモンはぼくに聞いた。

ぼくは、ひげや髪の毛を剃られちゃったからアメッドはもうパパに全然恋してないんだって、って言った。庭とプールつきのきれいな家やトニーやサンドラよりも、ぼくたち施設の子どもたちのほうがいいんだって。

「アメッド、相変わらずなんもわかってねぇなあ!」かけぶとんに向かってシモンは言った。「おれたちが住んでるのは、おまえのパパのよりたちの悪い、最悪のムショのなかなんだぜ、わかってんのかよ。おまえの父ちゃんと違って、おれたちいつまでたってもここから出れないんだぞ。そりゃプールやヴィレットの博物館には行けるけど、結局はこのアホたれのあばら屋に帰ってこなきゃなんないんだから。だれも出ていかねえし、出てくとしたらむちゃくちゃ歳とってからじゃねえか。なのにおまえは父ちゃんに毛が生えてるとか生えてねえとかってだけで、せっかくのプールと庭つきのきれいな家よりも『ムショ』を選ぶのかよ。そんなあきれた話聞いたことねえよ」

アメッドがかけぶとんをちょこんとずらして言った。「もう怒ったぞ！　いつもわかったようなこと言うくせに、シモンなんかだれも面会に来ないし、コレット先生だっておまえの引き出しをつくろうともしないいじゃないか。おまえなんかみんなの嫌われ者だ。生きてても死んでてもだれも相手にするもんか！」

「言ったな！　生きてるか死んでるか、よぉく見てろ！」

そう言ってシモンはベッドに飛びかかってアメッドを殴った。ぼくは「シモン、やめなよ」って叫んだんだけど、シモンはおねんねウサちゃんを投げ飛ばして、今度はアメッドが大声を出した。ぼくはシモンの肩をつかんで抑えつけようとしたんだけど、シモンのげんこつを顔面にくらっちゃったんだ。ロージーが飛んできた。シモンはロージーも蹴っとばした。ロージーはシモンの髪の毛をつかんだ。

「シモン！　いいかげんにしなさい。今すぐ園長先生のところに連れていきますからね、わかった？　イカール、アメッドを連れてすぐに保健室に行きなさい。それから鼻血が出てるからすぐに鼻紙を詰めるのよ、いいわね？」

鼻紙が見つからなかったから椅子にぶらさがっていたシモンのTシャツをとった。チーンッて鼻をかんだら真っ赤だった。

それからぼくはほっぺにアザをつくったアメッドとアメッドのおねんねウサちゃんを連れて保健室に行った。

「あら大変！」って看護婦のイヴォンヌは言った。

「先生、痛いのはいやだよ」ってぼくはあらかじめ言っといたんだ。

「おねんねウサちゃんが死んじゃった」ってアメッドが言った。

なのにイヴォンヌはぼくたち三人にものすごく痛いお薬を塗りつけた。だからぼくたちみんなギャーギャー叫んだ。でもおねんねウサちゃんは文句も言わずにいい子にしていたから、イヴォンヌは「あら、このウサちゃんはえらいのね。ほら、終わりましたよ」って言った。それからはアメッドのほっぺにひとつ、ぼくのお鼻にもうひとつ、おねんねウサちゃんのお耳にもうひとつ、ばんそうこうを貼ってくれた。

「これでウサちゃんは元気になるわ。あなたたちもね。さあ、お部屋に戻りなさい」

ぼくたちはダッシュで外に出たんだ。だって保健室、ものすごく臭かったんだもん。それに、おねんねウサちゃん以外、なんにも遊ぶものがないんだ。あんなところにずっといられるのはジュジュブくらいだよ。

階段の近くで、シモンが手すりを磨いてた。

アメッドはシモンにアカンベーをしてぼくの手を突き離しておねんねウサちゃんと一緒に逃げていっ

た。目を凝《こ》らしたら、ワックスにシモンの涙がポタポタ混じってるのが見えた。ぼくはなんだかのどにボールがつっかえたような気持ちになって、階段をおりてシモンのところに行ったんだ。

シモンはなんにも言わなかった。涙さえとっても静かだった。

なんにも言わずにシモンはぼくの肩に手を置いた。ぼくは「泣くことないよ。なんでもないんだから」って言ったんだ。でもシモンは階段に座りこんで、両手で頭を抱えた。なんでもないわけがなさそうだった。

言葉が見つからなかった。だからぼくはシモンのおしりのとなりに腰かけて、悲しみが飛んでいくのを待った。いつのまにかカミーユがいた。「お鼻どうしたの？」って聞くから、ぼくは口に指をあててシーッて言ったんだ。カミーユはぼくたちのとなりに腰かけて頭をぼくの肩に乗せた。ぼくたちすんごく長いあいだそのままでいたんだ。

そしてカミーユが立ちあがった。ワックスを手にとって、ぼくに雑巾を渡した。

「ひとりでやれるよ」ってシモンが言った。

「シモンがつらい時はみんなもつらいんだよ」カミーユとぼくはまったく同時にそう言った。

それでぼくたちは、まるで世界にぼくたち三人以外だれもいないみたいにして見つめ合った。

それから一緒に手すり磨きにかかった。それでやっとシモンはニッコリ笑った。

16

アメッドはおねんねウサちゃんを持ってベッドに戻った。

「いじわるなおまわりさんになんか会いたくない」

「いじわるなんかじゃないんだったら」ってぼくは言った。「それにぼくに会いに来るときはおまわりさんの格好もしてないじゃないか」

「でもおまわりさんを見るたびに、ぼく、逮捕されて手錠をかけられて、頭をつかまれて車に押しこまれるんじゃないかって怖くなるんだよ。みんなが『アメッドったらいたずらばっかりするから』って言ってぼくを笑いものにするの。それでぼくは牢屋に入れられて、いつまでもそのままで、やっと出たらぼくを知っている人なんていなくなっちゃうんだから」

「おまえときどきほんとに絶望的だよな」ってシモンが言った。「いいか？　おまえの人さらいオヤジに比べりゃおまえのいたずらなんてなんでもねぇんだよ。そんなことでムショ行きになるわけないじゃねぇか。どうしようもなく無責任な親のもとに生まれちまったのはおまえのせいじゃない。ズッキーニの場合は毎週日曜日にあのおまわりがあめ玉をいっぱい持って笑顔で遊びに来てくれるけど、それは運がいいだけさ。この週末はカミーユもだ。おれたちはルーヴルに連れてかれてロージーやポール先生にどうでもいいような話を聞かされるってのに、あのふたりは別行動なんだぜ。美術館があめ玉をさし出して、ニコニコおれたちを引き取ってくれるわけねえじゃねえか」

「なんの話か全然わかんないよ」アメッドはおねんねウサちゃんの耳をくわえながら言った。

「おまえの、ぬいぐるみの脳みそじゃ無理もねぇよ」ってシモンは答えた。「おい、ズッキーニ、レイモンが駐車場から合図してるぞ。レイモンの子どももこっち見てんじゃねえか。にらみかえしてやれ」で、シモンのアカンベーがあんまりひどいんで、ヴィクトルはそそくさと車のなかに戻っちゃったんだ。


「お腹減っちゃったよ。ごはんにしようよ」って車の中で、レイモンの目しか映ってない鏡に向かってぼくは聞いてみたんだ。

「着いてからのお楽しみ！」ってレイモンは答えた。

お楽しみってぼく嫌いだな。心臓が口から飛びだしそうになるか、ものすごくがっかりするか、どっちかなんだもん。


レイモンのお楽しみはデコボコだらけでおしりの痛くなる小道のむこうにあった。

レストランだったんだ。

一張羅《いっちょうら》を着たおじさんがぼくたちをテーブルまで案内してくれて、テーブルではまるでぼくに能力がないと言わんばかりに、おばさんがぼくが座ったままの椅子を引いてくれた。それからおばさんはものすごく大きい献立表をぼくたち一人ひとりに配った。レイモンがぼくに「なんでも好きなものを食べていいよ」って言うから、ほんとにびっくりしちゃった。

「レストランって来たことある?」ぼくはカミーユの耳に聞いてみた。

「うん。ときどき。パパとママがけんかしていないとき」

「ぼくはね、テレビのなかでは見たことあるけど、ママはレストランなんてお金持ちしか行かないって言ってた」

「デタラメばかり言ってたのね、ズッキーニのママ」

「ママが悪いんじゃないんだよ。みんなみんなビールと病気の足のせいなんだから」

「さあさあ、チビちゃんたち、なにを食べるか決まりましたか?」ってメモ帳とペンを持ったさっきのおばさんが聞いた。

「ゆで卵のマヨネーズ和《あ》えとローストチキンとポテトフライをお願いします」カミーユが答えた。

「えっと、ぼくも同じの!」


何回もおかわりして最後のおかずが食べられなくなると、ロージーはいつもぼくに、自分の食べられるだけよそえばいいのよって言う。でもほんとのことを言うと、献立表にのってたサラダもお肉もお魚も、全部注文したかったんだ。

おばさんはぼくたちの注文をみんなメモ帳に書きこんだ。書かないとあっという間に忘れちゃうんだよ、大人って。

デザートはアイスクリームにかぶりついた。

お腹が深呼吸したがってたから、レイモンはベルトを緩めてズボンのボタンをはずしてたばこに火をつけた。

「お父さん、たばこはからだによくないよ」

「そうだった、そうだった」

って言ってレイモンはたばこを灰皿にこすりつけた。

ヴィクトルはパパの面倒をすんごくよく見てるんだ。さっきなんて、お酒もよくないよって言って、レイモンはいりませんってワインを断った。レイモンの目はほしくてたまらなそうだったんだけど。

そのあと、みんなで川沿いを散歩したんだ。カミーユは原っぱのお花を摘んで、ヴィクトルはパパの手を引いて、おひさまはお水とじゃれあって、お母さんアヒルは酔っぱらった赤ちゃんアヒルを連れて川を横切ってってった。ぼくはときどき青い空を見あげながら歩いた。雲がひとつもなかったから、とっても嬉しかった。

なのに「さあ、そろそろ行く時間だな」ってレイモンは言うんだから、大人ってムードないよね。

「ねぇ、きみのママどこにいるの?」車のなかでパパのとなりに座ったヴィクトルがぼくに聞いた。

「ヴィクトル、そんなことを聞いちゃいけないだろ」ってレイモンは言った。

「ママは、ビールとタテゴトを持って空にいるんだよ」ってぼくは答えた。

「ぼくのママはお墓にいるからときどき会いに行くんだ。花を持っていってあげるんだよ。カミーユのママは？」

「パパが突き落とした場所よ。川の底」

「ねぇ、じゃあ、ぼくたち三人ともママがいないんだね」ってヴィクトルが聞いたんだ。

「そうね、まったくその通りよ」ってぼくの手をギュッて握りながらカミーユは答えた。

「ヴィクトル！　きちんと前を向いて座りなさい。お友達を困らせちゃだめじゃないか」

「でもあたしたち困ってないんですよ、おじさん」ってカミーユは言った。

「おじさんじゃなくてレイモンって呼んでいいよ、おチビちゃん。さあ、着いたぞ」


レイモンは通りに面した小さなおうちに住んでいた。おうちの裏には大きなお庭があって、お花がいっぱい生えてる。ここはぼくが住んでいた村の反対側。だから屋根の上で背伸びをしても、いまはだれも住んでないママの家が見えるかどうかはわからない。

「いまはお父さんが庭の手入れをしてるんだ」ってヴィクトルが教えてくれた。「お父さんはお花のことなんてなんにも知らなかったから、本をたくさん読んだんだ。花も最初はぼくしか面倒をみる人がいなかった。でもぼく、ほかにもしなくちゃいけないことがいっぱいあったから、いつのまにかお花はみんな、天国へ行っちゃったの。でもいまはお父さんがジャズを聴かせるから、夢中になって育つよ。お花はジャズが大好きなんだよ」

「お花が音楽好きだなんて知らなかったよ」ってぼく言った。

「ほんとだよ。ママはクラシックを聴かせてたんだ。そのときはとってもおりこうに育ったんだから」

「ええ？　じゃあ、ディスコは試してみた？」ってぼくは聞いてみた。

いっせいに横を向いて元気に育つお花を想像していたら、「ズッキーニ、カミーユ、部屋の支度ができたからあがっておいで」っていうレイモンのドラ声が聞こえた。

部屋はすごく広かった。ベッドもそうだ。窓からは原っぱが見える。レイモンがカミーユの摘んだ野花を花瓶にいけてくれたから、ぼくはスゥッてお花のにおいをかいでみたけど、なんのにおいもしなかった。

レイモンがお庭の雑草取りに行ってすぐヴィクトルがぼくたちを呼びに来て、競馬スゴロクをしようって言った。だから持ってきた着替えもホッポリ出して、そのまま遊ぶことにしたんだ。

こういう場合、インチキするのがぼくのやり方で、だれも気がつかないから、いつもぼくが勝って、いちばんになるんだ。

休み時間にデブのマルセルとビー玉で遊ぶときは、空を飛んでる飛行機や先生の髪の毛を指さして、ノータリンのマルセルがそっちを向いてるすきにビー玉を動かすんだ。マルセルは「ああ、おまえズルしたなっ！」って叫ぶけど、ぼくは「してないよ、だってぼくいちばん強いんだぞ。早く青いビー玉全部よこせ」って言うのさ。

テレビしか見てないから、ママ相手にインチキするのもチョロいもんだった。

「いったいだれからそんなツキを授かったのかしら」ってママは言ってた。「おまえさんの大バカの父親は宝くじだってあたったことがないのよ。それにあたしなんかクロスワードの答えだってわかんないんだから」

でもカミーユがいると、インチキできなくなっちゃう。

いつものことだから、別にやってもいいんだけど。

サイコロに指を乗っけて、六にしちゃおうと思って、それからカミーユのほうを見たら、カミーユはまるで「ほら、やっちゃいなさいよ。勝ちたいんでしょう？」って言ってるみたいに、ヴィクトルに天井のしみを見せてる。でも、ぼくにはできない。

まるで指がやけどしたみたいな気分なんだ。だからぼくはサイコロをもとに戻して、三コマだけ進んだんだ。もしインチキしたらカミーユの緑色の目に映っちゃうって思った。ぼくはカミーユの目に楽しいことしか映したくないんだもん。

だから負けちゃって、大威張りでビリだったんだ。

レイモンは新聞を読みながら、ぼくたちが遊んでいるのを見てる。

ぼくがレイモンを見ると、レイモンは新聞を読んでるふりをする。だけど、レイモンがさっきから一ページもめくっていないってこと、ぼく知ってるんだ。

レイモンはなにかとっても大切なことを考えてるみたい。でもなんなのかわかんなかった。なんか聞きづらい感じだった。

少ししたらレイモンがお花とお話しにに行ったから、そのあいだにヴィクトルに聞いてみた。「パパってどんな感じ？」

少し考えてからヴィクトルは答えた。

「お母さんよりはだめだね」

「どうして？」ってカミーユが聞く。

「お母さんがいなくなったとき、お父さんはもうまったくやる気をなくして、家に閉じこもっちゃったんだよ。そこのソファーの上に座って、ウィスキーの瓶を持って、音を消したテレビを見てばっかりだったんだから。ときどきお友達のデュゴミエさんが様子を見に来てくれたんだけど、呼び鈴をならしても玄関のドアを叩いてもお父さんは動こうともしなかったから、開けっぱなしの窓から入ってこなくちゃならなかったんだ。ぼくはね、学校から帰ってきたら、お父さんのお財布やお母さんの貯金箱からお金を取って、買い物に行かなきゃならなかったんだよ。それから掃除をして晩ごはんの支度。そうしないとお父さんなんにも食べなかったんだから。デュゴミエさんがうまく取り繕ってくれなければ、お仕事もクビになっちゃうところだったんだ。ある日、デュゴミエさんは怖いくらいにお父さんを怒鳴りつけて、それでやっとお父さんは悪い眠りから覚めたんだ。ちょうどいいタイミングだったよ。だってもうお買い物に行くお金がなくなっちゃってたんだ。それでお父さんはお酒をやめて警察署に戻ったのさ。隊長が戻ってきたからデュゴミエさんやほかの仲間たちはとっても喜んだんだ。だってお父さんが留守なのをいいことに泥棒たちがあっちこっちのおうちで強盗していたんだもの」

「窓を開けといたのはヴィクトルなの?」ってぼくは聞いたんだ。

「そうだよ。もしデュゴミエさんじゃなければ鳥かハエかお母さんの幽霊が入ってきてお父さんをなぐさめてくれると思ったんだ。でもお母さんの幽霊は一度も来なかった。たぶん空を飛べない幽霊だったんじゃないかな。それにお母さんは窓をまたいで家に入るようなお行儀の悪いタイプじゃなかったからね。それでもお母さんの幽霊が来てお父さんの意気地なしをどうにかしてくれればいいなって思った。でもそのかわりにハチが入ってきてお父さんの手を刺したんだ。ぼくはお母さんの薬箱を使ってお父さんの手を治療して、もう少しでデュゴミエさんのために窓を開けっぱなしにするのもやめるとこだった。

だからその晩ぼくは神様にお祈りしたんだ。『神様、もしお願いを聞いてくれたらピン札を一枚恵んであげる。だからもうおうちにハチは連れてこないでよ。それからなんとかお母さんの幽霊を連れてきてよ、アーメン』って。そしたら珍しく神様はぼくのお願いを聞いてくれた。でも、ハチのお願いのほうだけで、お母さんはいつまでたっても来なかったんだ。だからピン札はやめて教会の貯金箱に銅貨を一枚しか入れてやんなかった。それから『チェッ、おまえになんかこれだけで充分だ。それからおまえなんか怠け者だ、アーメン』って言っといたんだ」

「つらかったでしょう、かわいそうに」ってカミーユが言った。

「しなくちゃいけないことがいっぱいあったから、そんなこと考えている暇《ひま》はなかったよ」

「ママがいなくなっても泣かなかったの？」ってカミーユが聞いた。

「うん。ときどきぼくはどこかへんなのかなあ、って思うんだ。何度も試したけど、涙は出なかった」

「ええ？　一度も泣いたことないの？」

ほんとにびっくりしちゃった。

「あるよ。自転車から落っこちたときとか、タマネギの皮をむくときとか。でも涙はすぐ止まっちゃうんだ」

「じゃあレイモンにぶたれたときは？」

「お父さんがぼくに手をあげたことは一度もないよ。ときどき大きな声を出すけれど、それでも涙は出ないんだ」

「でも、どうしてパパがママよりダメだって言うのかぼくわかんないよ。だって、もしぼくにレイモンみたいなパパがいたらピストルなんかで遊ばなかったもの。そりゃ確かにあのでかい図体が毎日テレビの前にいるのを見るのはあんまりおもしろくなさそうだけどさぁ。それに音を消しちゃってるんだからなおさらだよね。それでもレイモンは子どもに往復びんたもくらわせないんでしょう？　レイモンのからだのなかにはやさしさがあふれてるから、汗になってそこらじゅうから吹きだすんだよ」

「うん、それは本当だよ。ぼくのお父さんほどやさしいお父さんはいないよ。でもさ、お母さんっていうのは細かいところまでほんとによく目が届くんだ。それにいつもぼくの頭のなかにいたんだよ。買い物をしているときは『鉄分やビタミンやカロリーがあるからとか、値段とか季節がとか言って、お母さんはこれとこれのどっちを買っていたっけ』って考えたし、掃除をしているときは『ほこりが隠れているからタンスの後ろも掃除機かけてたなあ』とか、窓を開けるときには『もうぼくたちは出かけちゃうから、デュゴミエさんにしっかりとお父さんの面倒をみてもらわなくちゃ』とか、お父さんの手からウィスキーの瓶を取りあげて毛布を肩までかけてあげるときも『お母さんもやっぱりここまでやっただろう』って思ったんだもの」

「それで、レイモンはもうお酒を飲まなくなったの？」ってぼくは聞いた。いっつもぼくを怒鳴りつけてばかりだったママのことを思いだしたんだ。怒鳴られるだけだったらまだいいほうだったけど。

「夕方、仕事から帰ってきてから一杯飲むだけだよ。ぼくが注いであげるんだ。ほんのちょっとだけ。氷はいれないの」

「でもヒゲオトコのミッシェルみたいに隠れて飲んでるかもしれないよ。ミッシェルは森んなかで『自然の呼び声』って言ってぼくたちからはぐれるんだ。一度隠れてついてったんだけど、なにが呼んでるんだかやっとわかったよ。缶ビールなんだ。それにわざわざついてかなくても、においがプンプンするから同じことだよ。ビールのにおいがするとハエも寄ってこないんだから」

「その心配はないんだ。だって、瓶のありかを知っているのはぼくだけだし、警察署でもデュゴミエさんが同じように隠しているから。お父さんはときどきみんなにバカにされているって文句を言うけれど、そんなことないよ。みんなお父さんのためにやってるんだ。つらそうなお父さんを見るのはもういやなんだもの」

「ヴィクトルってほんとにとってもえらいのね」って、カミーユがすっかり感心して言った。「あたしのパパも、旅行に出ていないとき、ときどきコップじゃなくて瓶からお酒を飲んでいたの。それを見るとママはとってもいじわるになるの。ママは寝室のドアを閉めて鍵をかけちゃうから、パパはソファーで寝たのよ。ママはパパに怒鳴ってばかりだったわ。もしパパと結婚していなければ、別の人生を送れたのにとか。ママもお酒を隠しちゃえば良かったのよね。でも、ほかの人と結婚するべきだったのはパパのほうだったってあたし思う。だって、パパは悪い人じゃなかったのよ。でもママはその頃からもう叔母さんの血を引いていたのよ。ママには魔女の血が流れていたんだわ。ママはひとりぼっちのおじさんたちの心を繕って、昼も夜も働いていたけれど、ママの縫い針は他人のしあわせしか仕立てられなかったのよ。ママはいっつも自分の生活が不満で、それを全部パパのせいにしちゃったの。ママは仕立てのいい服が自分のわきをかすめてゆくのを見てたいのよ。それで、そういうドレスを繕いながら、それを着ている自分を想像してたの。いっつもほかの人生を夢見ていて、自分のはこれっぽっちも生きようとしなかったの。もちろん、あたしにはちゃんとよくしてくれたし、ママはあたしのことやっぱり愛していてくれたとは思うのよ。でもママがあたしを抱きしめてくれるとき、そうは感じられなかったの。チョウチョみたいにあたしのほっぺや腕に手を置くだけだったのよ。あたし、少しでもやさしくしてくれないかなって思ってママの膝っこぞうに座るんだけど、チョウチョがおでこにとまるだけで、あとは『さあ、おやつを食べてらっしゃい。ママはまだお仕事があるのよ』って言われるの。それだけだったの」

「カミーユのお母さんは夜も働いていたの？」ってヴィクトルが聞いた。

「うん。きりがなかったわ。でも、夜はちょっと違って、ミシンのかわりに指とベロを使っていたの」

「男の人たちと、っていうこと？」

「そう。たぶんそれでお母さんも気休めになったんだと思うわ。体操の時間みたいに」

「牢屋に入れられたそういう女の人をお父さんも知ってるよ。デュゴミエさんとそういうお話をしていたことがあるもの。ずいぶんひどい話だった。お父さんはそういうのを『人生を間違えた女の人』って呼んでいた。お父さんはその女の人を一晩だけ牢屋に入れてそのまま釈放したんだ。それからもう二度とぼくたちの村に来ないようにって言い聞かせたのさ」

「ママは刑務所には行かなかったわよ。それにおじさんたちは嬉しそうにしていたんだから、なんにも悪いことはしてないわ」

「たぶんね」ってヴィクトルは言った。「だからってカミーユのお母さんが『人生を間違えた女の人』じゃなかったとはかぎらないよ」

「ああ、だったらその通りよ。だって、ママはいつも人生は最悪だって言っていたもの」

「うーん」ってぼくは言った。「一度もそうは言わなかったけど、病気の足や、あれだけのビールだもの、やっぱりぼくのママの人生も間違ってたと思うよ。テレビにしか話しかけなかったし、服はしみだらけだったし、なんでもないのにぼくをぶって、それでぼくのほっぺたにはカエデみたいにあとがつくし。でもママのつくったピュレはとってもおいしかったし、たまにはテレビを見ながら一緒に笑ったんだ」


「こらこら」麦わら帽子をかぶってエプロンをして、手に大きな植木ばさみを持ったレイモンが言った。「こんなにおひさまが出ているのに、まさかずっと家のなかで過ごすつもりじゃないだろうね、みんな！どうだい、ちょっとお散歩に行かないか？」

だからぼくたちは「うん」って言ったんだ。だって、ぼくたちをひとりじめしたいってレイモンの目に書いてあるんだもん。


ぬかるみに足を取られながら原っぱを歩いてたら、突然見覚えのある小道に出た。

レイモンはわざとやったんだと思う。顔がそう言ってるんだもの。

久しぶりに自分の家を見るのは、なんだかとってもおかしな気分だった。

雑草がもじゃもじゃ茂っていて、台所の窓ガラスは割れていた。となりの子が卵を投げたんじゃなきゃ、風が遊びに来たに決まってる。返事がないから窓を強く叩きすぎたんだろう。

なかに入ってぼくの部屋をカミーユに見せたかったんだけど、レイモンはやさしくぼくを抱きかかえて「なかには入れない。禁止されているんだ」って言った。レイモンは玄関に行って封印と大きな南京錠《なんきんじょう》を見せてくれた。

「裏庭の地下への入り口から入るのも禁止されてるの？」

「どんな入り口だい、チビちゃん？」

「こっちだよ。みんなついてきて。ママに缶詰を取ってくるように頼まれたとき、いっつもそこから入ってたんだ」

「ＯＫ。でもあんまり長居《ながい》しちゃだめだぞ」ってレイモンは言った。

だからぼくたち膝まである雑草をかきわけてみんなでおうちの裏に回った。入り口の戸を開けて、真っ暗ななかにおりていったんだ。ヴィクトルは大はしゃぎだった。

「うわぁ、『インディー・ジョーンズ』みたいだ」ってヴィクトルは言った。

カミーユがぼくの手につかまった。レイモンは、まるでぼくらが今にも足をすべらせて骨折するかのように、「気をつけるんだよ、みんな。転ばないようにね」って言った。

野菜や果物が腐っていて、いやなにおいがした。

それから階段をあがって台所に行ってみたけど、床にはコップのかけらが転がっていて、天井にはクモの巣がはっていて、たくさんのほこりがおひさまの光のなかをフワフワ飛んでいたんだ。カミーユとヴィクトルは小さなネズミの死骸《しがい》を見てわあって叫んだ。それからぼくの部屋に行ったけど、やっぱりいやなにおいがしたんだ。それで雨戸を開けたら中庭にとなりの家の子がいてこっちを見てた。

「あのブタの上に乗っかっている子はだれ？」ってカミーユが聞いた。

「パパとブタ以外はなんでも怖がるはにかみ屋だよ」

ぼくはとなりの家の子に手を振ってみたんだけど、むこうもこっちに手を振るからびっくりしちゃったんだ。

「なんていう名前なの？」ってカミーユが聞いた。

「ナタンっていうんだ。一度、ぼくがひとりぼっちでふさいでいたら、ママがあいつを指さしてぼくは運がいいほうだって言ったんだよ。『ほら、あの赤毛の子を見てごらん。いっつもばっちいし、くさいし、着てるものは全部パパのおさがりだから、ズボンはひもで吊《つ》ってるし、Tシャツは蛇口で水洗いだろう。あのうちでは石けんも使えないんだよ。セーターはダニに食われてるし、泥だらけじゃないか。夏でも冬でもはだしだし。あの子に比べれば、あんたはまだずっとましさ。あたしのおかげで清潔だし、からだに合うシャツを着てるし、学校にも行ってるし、なににも頭に入らなくても、それはそれで暇つぶしにはなってるんだから。今のところはごはんも、家も、着るもんもなんとかなっているけど、この世の中には着のみ着のままで橋の下で寝るような子どもたちもたくさんいるんだ。それだって、橋があればまだいいほうさ』って」

「あんまり長くなっちゃだめだって言ったろう！」ってレイモンが大声で言った。

だからぼくたちは外に出た。その前にやっぱりもう一度窓を振りかえってみたら、ナタンはぼくのほうを見てニコニコ笑っていた。胸が締めつけられるような気持ちだった。ナタンがブタ以外に笑いかけてるのは見たことがなかったから。


レイモンはぼくたちをそのままシャワーに直行させた。だって服はほこりまみれで、顔も手も泥だらけだったんだもん。そのあときれいな服に着替えた。三人でレイモンの香水の取り合いをしてこぼしちゃったから、三人ともレイモンの香水のにおいがプンプンしていた。

それからヴィクトルのファミコンで遊んだ。


「ごはんだぞお！」って言って、レイモンはぼくたちを見て、まるで三人ともみんな自分の子どもみたいに、ニコニコ笑った。

ぼくたちはお庭のパセリをふりかけたトマトとチキンとピュレと、生クリームをかけたイチゴを食べた。なにを食べたかはみんなヴィクトルのTシャツのしみを見ればわかる。だってヴィクトルはベアトリスみたいに手で食べちゃうんだから。

「ヴィクトル、フォークだよ」ってレイモンが言う。

「フォークがなにさ?」

「お友達の前でダダをこねるもんじゃない。フォークがあるんだから、使って食べなさい」

それでヴィクトルはフォークをつかんだんだけど、手がふるえてみんなTシャツの上にころがり落ちちゃうんで、レイモンは天井を仰いだままになっちゃうんだ。でも、カミーユとぼくも同じでフォークをつかむんだけど、やっぱり手がブルブルふるえて着替えたばかりの服の上にみんな落っこちちゃって、ヴィクトルはゲラゲラ笑うんだ。レイモンもそうさ。


そのあと、テレビをちょっと見た。サッカーの試合だった。でもカミーユもぼくもあくびが出て、口が裂けちゃいそうだった。

「さあ、もう眠る時間だぞ」って言ってレイモンはぼくたちを抱きしめてくれた。カミーユの小さな手がレイモンのでっかい首に抱きつくのを見るのはとってもおかしかった。

ベッドに入るとすぐにカミーユは目を閉じた。

そのあとのことはぼくももうあんまり覚えていないんだ。

17

レイモンはコーヒーを飲んでいる。

で、今日はみんなで怪獣ランドに行こうって言った。

ぼく、食べてたジャムパンを落っことしちゃったよ。

「ほんとに?」ってぼくは聞き返した。だって信じられないんだもん。

大人たちの言うことってあてにならないからね。

「本当さ」ってレイモンは答えた。

「キャッホォ!」ってヴィクトルとぼくは叫んだ。

「怪獣ランドってなあに?」って不安そうにカミーユが聞いた。

「でっかい公園だよ」ってぼく教えてあげた。「オバケ電車とか乗り物がいっぱいあるんだ。一度グレゴリーとグレゴリーのおばさんと行ったことがあって、とっても楽しかったんだから。でも、おうちに帰ったら靴についてた泥で床が汚れたって言ってママが大声で怒鳴って、その日どんな乗り物に乗ったかも聞きたがらなかったから、往復びんたをくらわないように屋根裏部屋にのぼらなきゃならなかったんだ。結局乗り物のお話を聞いてくれたのはりんごだけだったよ」

怪獣ランドにはおひさまがさんさんとふりそそいでいた。

まるで公園じゅうの子どもたちが「手すり磨き」をしたみたいだ。乗り物はどこから見てもピカピカだった。

レイモンはぼくたちに「パパのおひげ《バーバパパ》」っていうわたあめを買ってくれた。

パパの顎にこんなバラ色のヒゲが生えてるの見たことない。

名前ってときどきほんとにデタラメだよ。

ぼくたちはあっちへ行ったり、こっちへ行ったり、乗り物をキョロキョロ見渡しながら四人そろって歩いたんだ。ヴィクトルはレイモンの手をとって、窮屈そうにオバケ電車の行列にならんだ。カミーユは手すりに腰かけて、わたあめの棒をくわえながら足をブラブラさせてる。

「危ないよ、飲みこまないようにね」ってレイモンが言った。でも、それじゃまるで、カミーユがわたあめの棒を飲み込んでお腹に穴を開けたがってるみたいじゃないか。


大人って、ときどき、余計なおせっかいをやいてほんとにバカなことを言うよね。

なんにも言わないで静かに見守ってればいいのに。

大人たちにかかると、結局子どもたちはみんなペロペロキャンディでのどに穴を開けたり、自転車から落ちて首を折ったり、階段から落ちて足や手を折ったり、コーラのかわりに漂白剤を飲むことしか考えてない、どうしようもないノータリンってことになっちゃうじゃないか。

でも、よく見なきゃダメだよ。大人たちって一人前のふりをしてるけど、ぼくたち子どもよりももっといっぱい悪さをしてる。そりゃぼくたちは絵みたいにピクリとも動かないでおりこうさんにしてるわけじゃない。でも人のおうちにあがりこんで泥棒したり、爆弾で人を吹っ飛ばしたり、ライフルをぶっぱなしたりするのは大人のほうじゃないか。ぼくを除けば。でもそれだってただのピストルだったんだし、わざとやったんじゃない。悪い大人の人たちは、いっつもわざとやるじゃないか。他人を痛めつけて、大事なお金を横取りするのはいけないよ。そんなことされたらみんな橋の下で眠って、お空に吸いこまれるまで苦しみ続けなきゃいけなくなっちゃうんだから。

オバケ電車は出発した。

棺おけからガイコツが出てきて髪の毛にさわったから、カミーユはギャーッて叫んでぼくの手を握りしめた。電車はときどき急にスピードをあげる。脱線しそうなんだけど、しないんだ。閉じたままの扉に向かって突き進んで行って、最後の瞬間に間一髪で扉が開く。それからバカでっかいクモの巣を突っきってったら、今度は頭の上を魔女がほうきに乗って飛んでくんだ。それから真っ暗やみのなかを走る。カミーユがぼくの腕をつねると同時に突然光のなかで頭のないオバケたちが血を振りまきながら踊りだして、ぼくたちは食べられないように目をつぶった。目を開いたら今度は目の前にいくつも閉まった扉があって、やっと戻ってきたと思ったその瞬間に手がぼくたちの肩をかすめたから、カミーユもぼくも一緒に悲鳴をあげた。すんごくおもしろかったんだ。

ヴィクトルは顔を真っ赤にして電車を飛びおりた。

レイモンは真っ青だった。

小さな電車からレイモンのでっかいお腹を出すのもひと苦労だった。

「ロシア山！　ロシア山！」ってヴィクトルが叫んだ。

「そうだよ、レイモン。ロシア山に行こうよ」ってぼくも言った。それで行列にならんで何年も何十年も待った。カミーユはロシア山を見あげて、ものすごく高いところから黄色い乗り物が落っこちてくるのを見つめた。

「っていうことは、ロシアの人たちってみんなこうやって山をおりるの？」ってカミーユが聞いた。

「ロシアってどこにあるの？」って同時にヴィクトルも聞いた。

「マルセイユのとなりだよ」ってぼく答えたんだ。

レイモンがぼくを見て「マルセイユのとなりだって？」って言った。

「そうだよ」ってぼくは答えた。自信たっぷりだったんだ。

「ロシアっていうのはフランスの三十倍もあるんだぞ。それにマルセイユとはなんの関係もないんだよ、おチビちゃん。ロシアっていうのはフィンランドとか北の国の南にあって、中国の北にあるんだよ」

「へえ、そうなんだ」ってぼくは言った。迷子になった気分だった。ポール先生が世界地図を見せてくれたとき、ぼくきっと居眠りしてたんだ。

「とにかくロシアっていうのはこの乗り物とは全然関係ないんだよ。ただ、ロシアのお山のようにとっても高いっていうだけなんだ。わかったかな、みんな？」

「はずれて落っこちたりしないのかなあ、あれ？」ってカミーユが聞いた。

「絶対大丈夫」ってぼくは言ったんだ。「はずれちゃうのは心臓のほうだけど、下までおりちゃえばまたみんなもとに戻るから大丈夫だよ」

「まあ」ってカミーユは言った。ほんとに心配そうだった。

「無理して乗らなくてもいいんだよ」ってレイモンが言った。あそこにあるベンチで一緒にアイスクリームを食べながらふたりを待っていることにしようか。

「ううん、もし落っこちちゃってもズッキーニと一緒にいられるように、やっぱり乗る」

「だけど落っこちることはありえないんだよ、ぼくのいい子ちゃん。困ったなあ。ぼくの言うことを信じなさい。怖がらなくても大丈夫。この機械はちゃんとテストずみなんだから」

「あたしを〝ぼくのいい子ちゃん〟て呼んでくれるのね、レイモンさん。ありがとう。だけどテストずみだってなんだって、あたしやっぱりちょっと怖いんです」

「それじゃあぼくのこともレイモンって呼んでくれないかな。それに乗り物はほかにもいっぱいあるんだよ」

「でも、怖いものがあるときは目をそらしちゃだめなの、レイモン……さん。じゃないと一生怖いままで終わっちゃうから」

「その通りだよ、カミーユ。でもほら、これはただの遊びなんだから」

「でも世の中ぜんぶ遊びじゃないですか、レイモンさん」

「レイモンだってば、おチビちゃん。それに人生のすべてが遊びだとはかぎらないだろう。そんなことだれが言ったんだい？」

「だれも言ってないわ。ニコルっていう魔女から身を守るためにあたしが自分で考えたの。ものすごくいじわるなのよ。床磨きをさせられているとき、これもただの遊びなのよって思うと、少しだけ心が軽くなったの」

「ニコルって？」

「カミーユの叔母さんだよ」ってぼくは言った。「ほんもののアバズレだよ」

「イカール、『アバズレ』なんてだれも言わないよ」

「いま自分で言ったじゃないか。とにかく、パピノー先生やサバインカンと一緒にいるときはカミーユがかわいそうな女の子みたいに嘆いてみせるくせに、まわりにだれもいなくなるとものすごくいじわるになるんだよ」

「そういえばクリスマスのときも妙な雰囲気だったな」

「それにほんとのことを言うと、あいつをこてんぱんにする作戦だってあるんだ」

「イカール、『こてんぱん』ってのはどういうことだい」

「そりゃもちろんほんとにけんかをするんじゃないよ。でもまだ教えてあげない。ぼくたちふたりだけの秘密なんだから」

「そのまま警察官になれそうだな、ズッキーニ」って笑いながらレイモンが言った。

「うん、泥棒を逮捕するのだって手伝ってあげるよ」

「ほう！　どうやって？」

「そりゃわかんないよ。教えてくれなくちゃ」

「そのうちにな、チビちゃん。ほら、ぼくたちの番だよ」


ぼくたちは四人そろって芋虫みたいな乗りものの先頭に座ったのさ。

レイモンがはしっこに座ったから、ぼくはカミーユを守るためにもうひとつのはしっこに座った。カミーユは両手をギュッて握りしめて膝の上に乗っけた。

芋虫はドキドキするような音を立てながらゆっくり急坂をよじのぼっていく。みんなキャアキャア叫んでる。

手を伸ばせばお空に手が届きそうだ。

下では人がとっても小さく見える。

「ほんとに怖くて我慢できなかったら目をつぶれば大丈夫だよ」始まる直前にぼくはカミーユに言った。

芋虫は急降下を始めた。ソレッ！ってぼくたちは真空に投げだされて、両手で目を隠したカミーユを連れてグゥンッて回った。それからまたちょっとのぼって今度はもっと速くなって、心臓はあちこちドキドキして頭も爆発しそうで、もうすんごくおもしろかった。ぼくの心臓はひとりで踊りだしてあちこち散歩に出かけちゃったんだ。レイモンを見たらレイモンも目をつむっていて、ヴィクトルは「うわぁ、もうだめ」って叫んでいて、ソレッ！ってものすごい急降下が始まって、グルグル宙がえりしながらもっともっと速くなって、ぼくの顔は真空に吸いこまれてちゃって、心臓が口から飛びだしそうで、もうおもしろすぎでおかしくなりそうだった。それで今のが最後の宙がえりで、カミーユのからだがぼくのからだにはりついて、カミーユの手がぼくの腕にしがみついて、カミーユの目がぼくを見つめて、緑色で、とっても緑色で、全部アッという間のことで、それで芋虫がゆっくりになっておしまい。

「もう一度乗ってもいい？」なごり惜しそうにヴィクトルが言った。でも真っ青なレイモンはぼくたちの番のあとになってできたものすごく長い行列を指さした。それにあんなにがんばったんだから、カミーユはアイスクリームが食べたいに決まってる、ってぼくは思った。

「あとにしよう」ってぼくは言った。カミーユが目でぼくをなでてくれた。

「あとって、なんのあとさ？」ってがっかりした目でヴィクトルが聞いた。

「大丈夫？」ってぼくはカミーユに聞いた。カミーユはうんってうなずいた。

「ねえ、お父さん、お願い」ってヴィクトルはしつこかった。

「やれやれ。チビちゃんたち、ぼくとヴィクトルとで一緒にもう一度乗ってくることにするよ。ここで待っていてくれるかな？　あまり遠くに行ってはいけないよ。さあ、これをあげるからアイスクリームを買いなさい」

カミーユはレイモンの手からお札を引っこ抜いてアイスクリーム屋さんまでぼくを引っぱっていったんだ。ぼくはカミーユとふたりきりになれて嬉しかった。ぼくの心臓はロシア山のときよりももっとドキドキしちゃったんだから。

ダブルコーンのアイスを買った。カミーユはチョコレートとバニラ。ぼくはイチゴとピスタチオ。

ぼくたち、ベンチに腰かけてそこでずっとじっとしてたのさ。まるで絵のなかのピクリとも動かないおりこうさんみたいに。

「アイスがたれてるよ」ってカミーユが言った。

「どこ?」って言ってぼくはシャツとズボンを見たんだけど、どこだかわからなかった。

「ここ」

って言ってカミーユはぼくの口にキスした。

「あらまあ!　かわいいのねぇ!」って通りがかった三十過ぎのおばさんが言った。

かわいらしいかどうか知らないけど、大人には関係ないじゃないか。だからぼくはおばさんが姿を消すまで待って、それからカミーユにキスを返したんだ。カミーユのくちびるはチョコレートの香りがした。それでからだじゅうが暖かくなっちゃったんだ。腕や足がチクチクしだしたから、口を開いてるすきにおひさまがぼくのからだのなかに入りこんだのに違いないって思った。

おりこうさんでいるのは飽きちゃった。

「おいでよ、大きなクマさんをあげるよ」

「でもそれはおまわりさんのお金でしょう」

「ぬいぐるみをいただくだけだよ、大丈夫だって」

射的場のおじさんはぼくにたまの入ったライフルを渡してくれた。ぼくは標的の囲いのなかでいまにも飛んでいっちゃいそうないろんな色の風船を見た。

「ゴメンね」ってぼくは風船に言った。

サバインカンだってここにいれば、ぼくに能力がないなんて言わないだろう。ぼくは風船をみんな殺して、大きなクマさんをもらったんだから。

「ああ、ぼくちゃん、パパはどこだい？」風船をふくらませていたおじさんがぼくに聞いたんだ。

「ぼくにはパパなんていないよ」

「おやまあ、レイモンの旦那《だんな》と一緒だと思ったんだけどな」

「レイモンを知ってるの？」

「うん。まあ昔の話だけどね。でもおじさんのこと、旦那に言う必要はないよ」

カミーユがぼくの腕を引っぱった。カミーユは大きなクマさんを抱きしめている。

「はやく戻らなきゃ。おまわりさんが心配するわよ」


レイモンとヴィクトルはベンチでぼくたちを待っていた。

「なんだい、そのクマは?」ってレイモンが聞いた。

「ズッキーニが風船を撃ってとってくれたんです。それにお店のおじさんもレイモンさんを知っているって。でも言わなくてもいいって」

「ほう、そんなことを言っていたのかい。クマ売りのおじさんってのはどこかな?」

「あそこ。格子柄の上着を着たおじさん」

「あれはいかさま師のジルベールじゃないか!」

「お父さん、ジルベールってだれ?」

「昔捕まえた、つまらん自動車泥棒さ」

「ほらね、ぼくのお父さんは世界一だろう!」って自信たっぷりにヴィクトルが言った。

それから小さな声で「とくにお酒を飲まなくなってから!」ってつけ加えたんだ。

だからぼくたち三人でゲラゲラ笑った。レイモンが「いったいなにがおかしいんだい、チビちゃんたち?」って言うから、ぼくたちは「なんにも」って答えて、それからもう笑いが止まらなくなっちゃった。

レイモンはぼくたちを見てにっこりした。「ハハ〜ン、みんなでぼくをバカにしてるんだな?　図星だろう？」ぼくたちは「ええ？　違うってば」って言ってまた笑いが止まらなくなっちゃったんだよ。

ハンバーガーとポテトフライを食べてから、バンパー・カーに乗りにいこうってレイモンが言うまで、ぼくたちはずっと笑ってた。


「ぼく、今度はズッキーニと一緒に乗る」ってヴィクトルが言った。

カミーユがちょっとだけほっぺたをふくらますのが見えた。それでぼくは嬉しくなったんだ。だって、もうふたり一緒じゃないとなんにもできないっていうことじゃないか。

「さあ、ダダをこねないで」ってカミーユの肩に手をかけながらレイモンが言った。「ヴィクトルは言いだしたら聞かないんだから、しょうがないよ」。

カミーユは顎をあげておまわりさんに微笑《ほほえ》んだ。

「そうね。でも、あのふたり痛い目にあわせてやるわ」

「そんな口のきき方をしちゃいけないな」

「いいか悪いか知らないけど、とにかくとっても痛い目にあわせてやるの、ねえレイモン」

って言ってぼくの天使は赤くなった。レイモンも。だってカミーユが初めてちゃんとレイモンって呼んだんだもん。

順番がまわってくるまで、コーラを飲みながらぼくたちすんごく長いあいだ待っていた。

レイモンはぼくたちをひとりずつ肩車してくれた。

むちゃくちゃ歳をとったおばさんがレイモンに「とってもかわいいお子さんですね！」って言った。

「どうもありがとうございます」ってレイモンは答えた。

ヴィクトルはぼくたちを見た。

そりゃそうさ。ぼくたちはレイモンの子どもじゃないんだから、こんなやりとりを聞いてヴィクトルが喜ぶはずない。

「ほらね、お父さん。ぼくに兄弟ができるとしたら、このふたりみたいな兄弟がいいよ」

って言ってヴィクトルは小さな涙をひとつこぼしたんだ。

レイモンがむせた。

カミーユとぼくはがんばって笑って、ヴィクトルにキスしてなぐさめたんだ。


ヴィクトルはぼくの手をとって、赤い車に押しこんだ。カミーユはレイモンを緑の車に引っぱってった。レイモンはお腹が邪魔でなかなか座れなかった。

よーい、スタート！

ヴィクトルはカミーユに全速力で向かっていったんだけど、カミーユがよけたからさっきのお世辞おばさんの車に衝突しちゃったんだ。それからヴィクトルはめちゃくちゃにハンドルを切って、コースの縁に寄って走った。こうすればカミーユの車をねらいやすいんだもん。レイモンはこぶしを振りあげて笑いながら「ようし見てろよ、目に物言わせてくれる！」って言い終わらないうちに、やせっぽちでのっぽのおじさんの車がぶつかってきたから、カミーユの車はほかの車にぶつかっちゃって、そのほかの車も全部ごっつんこしちゃったんだ。ぼくたちの車を除いて。だって、ぼくたちコースの縁を口笛を吹きながら走ってたから。車のかたまりがやっとほどけて、カミーユは仕返しのハンドルをグイッて切って、後ろからぼくたちにぶつかってきた。

「後ろから来るぞ！」ってぼくは叫んだんだけど、カミーユの車はぼくたちのよりも速かったから、大事故になっちゃった。ぼくたちなんかおしりを吹き飛ばされちゃったんだから。でもそこで終わりになっちゃって、まだあたたかい座席を次に並んでいた運のいいチビたちに譲らなきゃならなかった。

「さあ、もうだいぶ遅くなったね」ってレイモンが言った。「そろそろレ・フォンテーヌに帰らないといけない時間だ」

「お父さん！　もう一回だけロシア山に行こうよ、ねえ、お願い！」

「ヴィクトル、もう時間がないんだよ」

「まだ大丈夫だよ、ほら、もうだれもならんでないよ！」

「本当だ。でも、カミーユに悪いだろう」

「私ならもうなんにも怖くないわよ」ってカミーユは言った。「レイモンこそ怖いんじゃない？」

そうしたら、おまわりさんの目には最後にもう一回ロシア山に行ってきていいよ、って書いてあった。

だってレイモンは、ぼくたちみたいなワンパクを放っておくようなタイプじゃないもの。

18

書き取りにはもうお手あげ。

線の引かれた部分の意味がおんなじになるペアを見つけて、書き取らなきゃいけないんだ。

とんでもないよ、だってどれも意味がわからないんだもの。
一、お母さんは牛のしたごしらえをしています。
ええ？　動物のベロを食べるなんて気持ち悪すぎるよ、次。
二、モロッコ人はアラビア語にしたしんでいる。
シモンとぼくでアメッドのベロを引っぱりだしてよく調べてみたけど、ぼくたちのと同じなんだ。ぼくたちがベロを引っぱりすぎたから、アメッドはべそをかいた。
三、わたしの兄はよくしたが回る。
ぼくたちだれにもお兄ちゃんはいないから、次。

四、ブルーノはわたしに向けてしたを出す。
ぼくたちの知り合いにブルーノはいないんだ。

ああ残念。この文だけは意味がわかるのに。


そしたらカウンセラーのコレット先生が来てぼくをこのノータリンの宿題から救いだしてくれた。

「ズッキーニ、パピノー先生とロージーが待っていらっしゃるから先生の診察室にいらっしゃい」

「おまえ、よっぽどひどいいたずらをしでかしたな！」ってシモンが言った。

「いいえ、ズッキーニはなにも悪いことはしてないわ」

シモンはしかめっ面をした。

「どういうことさ？」

「そういうことよ。今のところは、ズッキーニの番なの。あなたについてはまたあとで考えるわ」


パピノー先生はコレット先生の椅子に座っていた。コレット先生は自分の机に座った。ロージーはぼくたちがいつも座る丸椅子に座っている。

ロージーのおしりは大きいから、子ども用の丸椅子は居心地が悪そうだった。みんながあまりにもまじめにすましてるから、なんだか緊張してきた。

「さあ、チビちゃん、おまわりさんとの週末はどうでしたか？　わたくしたちにも聞かせてください な」ってパピノー先生が言った。

「なんだ、そんなことでみんなここにいるの？　三人そろって？」

「そうよ」

「いたずらしたからじゃないの？」

「いいえ、わたくしの知っているかぎりでは」ってパピノー先生は言ってロージーのほうを見た。ロージーは手を振っていいえって答えた。

「じゃあ、ぼくのことをチビちゃん扱いするのはやめてよ。もうすぐ十歳になるんだぞ」

「そうね、あなたはもう小さくはないわね、イカール。でも、わかるかしら、『チビちゃん』っていうのは愛情表現なのよ」

「ぼくはもう赤ん坊なんかじゃない」

って言いながらぼくはレイモンもぼくをそう呼んでいることに気がついた。でも、レイモンはまた別の話だよ。レイモンだったらぼくをなんて呼ぼうとかまわない。

「それにぼくの名前はズッキーニなんだからね」

パピノー先生は天井を仰いだ。

「さあ、話してごらんなさい」

「とっても楽しかったよ」ってぼくは言った。「それだけ」

なんでかわからないけど、全部を話しちゃいけないと思った。だからなにを話すか考えていたらほんとに時間がかかっちゃった。

「なにを考えてるの、ズッキーニ？」ってコレット先生が聞いた。

「ええと、川沿いのレストランや、アヒルと一緒に散歩したことや、レイモンのお庭のお花がジャズを聴くこととか」

「花がジャズを聴くわけないでしょうに？」ってロージーが聞いた。

「だって、そうなんだもん。お花って音楽を聴きながら育つんだよ。知らないの？　ときどき思うけどロージーってクロマニョンのどうくつに住んでるんじゃないの？」

「ほかには、イカール？」パピノー先生がせっついた。

「ぼくたち大きなベッドで寝たんだ」

「ぼくたち？」

「ヴィクトルとぼく。カミーユはヴィクトルの部屋で寝たんだ」

「じゃあ、ヴィクトルはカミーユが部屋を使うのをいやがらなかったの？」

「うんうん、ヴィクトルはとってもやさしいんだ。ただ、いつまでたっても話やまないからぼく寝るのに苦労しちゃったよ」

それからぼくは、ダメだ、こんなにうそばかりついたらぜったいばれるよ、って思ったんだ。それにパピノー先生がレイモンに同じ質問をしたらもうおしまいじゃないか。

レイモンも同じうそをつくように電話しとかなきゃ。忘れたらひどい目にあうぞ。

「ヴィクトルはどんなお話をしてたの？」ってコレット先生が聞いた。

「ファミコンでヴィクトルがカミーユやぼくをコテンパンにやっつけたことだよ」

「ファミコンですって？」って、まるで牛のベロを食べたみたいにいやそうな顔をしてロージーが言った。

「今の子はそうなのよ」ってパピノー先生は言った。

「確かに私の考えは時代遅れもしれませんけどね、ああいうおもちゃっていうのは子どもたちによくないんです。社会的に孤立してしまうんですから」

「ロージー！　あなたの価値観はあまりにも退行的ですよ。子どもを一晩じゅう遊ばせておくなら確かにあなたの言う通りかもしれませんが、そうでないならば逆に反射神経が鍛えられていいんですから」

「タイコウテキってなあに？」ってぼくは聞いたんだ。ぼくも同じ部屋にいることを園長先生とロージーがうっかり忘れちゃうといけないと思って。

「古くさいってことよ」ってロージーが答えた。

「フル臭い？」

もうなにがなんだかさっぱりだよ。

「そうよ。園長先生はねえ、私がなににもわかっちゃいないって言いたいのよ」

「そうは言ってませんよ、ロージー」

「いいえ、そう言いましたわ、ジュヌヴィエーヴ。私はね、あんなばかげたおもちゃよりは子守歌のほうがずっとましだって自信を持って言えます。それに子どもたちだって一度も不満を言ってきたことはないじゃないですか。ねえ、そうでしょう？」

「もちろんだよ、ロージー」

もううそはつきたくないのに。またひとつ……。

「本題に戻りましょう。日曜日はなにをしたの？」

コレット先生の声はクルトンみたいに硬かった。

「怪獣ランドに行ったんだ」ってぼくは言った。「ロシア山でカミーユがちょっと怖がったから、ぼく守ってあげたんだ。それから射的でライフルを撃って、大きなクマを当てたんだ」

「レイモンはあなたに射的をさせたっていうの？」ってパピノー先生が聞きかえした。

まるで急に針で刺されたみたいだ。

あまり考えないで話しちゃったからだ。

「違うよ、レイモンのせいじゃない」ってぼくは言った。「ヴィクトルがどうしてももう一度ロシア山に乗りたいって言うから、レイモンはカミーユとぼくにお金を渡してアイスクリームを買って待ってるように言ったんだ」

「あんな大きい公園で子どもふたりだけ残して遊びに行くなんて考えられないわ！」ってロージーが言った。「だってなにが起こるかわからないのよ。迷子になるかもしれないし、もしかしたらさらわれちゃうかもしれなかったのよ！」

「ぼくはノータリンじゃないぞ。もし知らない人についてくるように言われたって、ついてなんか行くもんか。それに水曜日の柔道で習ったみたいにコテンパンにやっつけてやるんだから」

って言ってぼくはロージーの座っている丸椅子にパンチした。

それで園長先生はニッコリ笑ったけれど、ロージーは飛びあがった。

「それでレイモンは？　射的をやったことを知ったとき、レイモンはどんな顔をしたのかしら？」ってコレット先生が聞いた。

ぼくは痛くないって言うくせに絶対に痛くする歯医者さんみたいに平気でうそをついた。「もうそれは、ほんとにほんとに怒ったんだ！　こんないたずらをしちゃ絶対にいけないって。だからこれからは絶対にぼくたちをふたりだけ残して遊びに行ったりするものかって」

「それじゃ、怒っていないときのレイモンは、カミーユやあなたにどうだったのかしら？」

「すんごくやさしかったよ。わたがしを買ってくれたし、ハンバーガーも食べさせてくれたし、乗り物もいっぱい乗せてくれたよ。肩車もしてくれたし、いっつも手をつないでくれたよ。夜寝る前も、やさしくおやすみのキスをしてくれたんだ」

「ヴィクトルは？」

「ぼくたちみたいな兄弟がほしいって言ってたよ。でもどうすればそんな兄弟が見つかるのか、ぼく知らないんだ。子どもを売ってるスーパーがどこかにあるんじゃないかな。ママたちが買い物に行くんだ。でも、ヴィクトルにはもうママがいないから、ツイてないよね」

「よろしい」ってニコニコしながら園長先生は言った。「今度の土曜日もレイモンのおうちにお行きなさい。でも今度はカミーユは行けません」

「どうしてさ？」ぼくはガッカリして言った。

「叔母さまがいらっしゃるのよ」

「まだあの魔女はカミーユにつきまとってるの？」

「イカール、目上の人のことをそんなふうに言うもんじゃありませんよ」

「あんなヤツ、なんにも上じゃないよ、パピノー先生。それにカミーユと話してるときは人でなしってだって言っていたから人でさえないんだ。ポール先生やレイモンが魔女のことをどう考えてるか聞いてみなよ。すぐわかるから」

「そんなことは聞いてもしょうがないですよ。それは個人の見方なんですから。いずれにしても、あなたには関係のないことですし、カミーユと叔母さまがなにを話しているのか、あなたが知ろうとする必要はないのよ」

「別に知ろうとなんかしてないよ。でもカミーユが全部話してくれるから、結局は同じことさ。真実はぼくら子どもたちの口から出るってロージーは言ってたよ。あの魔女は子どもじゃないから、あの口からはうそばっかり出てきて、カミーユを苦しめているんだよ。それにカミーユがつらいなら、ぼくだってつらいんだからね」

パピノー先生は立ちあがって窓のそばへ歩いてった。なんだか外を見ているんだけれど、もうそこにいないみたいだった。

ロージーがぼくにパチクリッて目配せをしたから、ぼくもにっこり笑いかえした。

コレット先生は机の上の園長先生のノートを読んでいる。こそこそ人のノートを読むなんて、よくないよ。

「ねえ、もう行ってもいい？」ってぼくは聞いてみた。

園長先生が振り向いた。

「シモンにへんな様子はないかしら？」

ぼくはちょっと考えてから「別に」って言った。

「シモンがなんでも知ってること、へんだと思ったことない？」

「わかんないよ」

「どうしてシモンがあなたたち全員についてなんでも知っているのかなあ、って考えたことないかしら？」

ぼくは告げ口屋じゃない。それにシモンが園長先生に怒られるのはいやだから、「ううん、だってぼくたちシモンになんでも話すもん」って答えたんだ。

「わかったわ。さあ、お行きなさい」ってパピノー先生は言った。「でも、今のこと、シモンには話しちゃだめよ。約束してくれるわね？」

「もちろん」ってぼくは反対言葉で答えたのさ。

そしてぼくは部屋まで走っていって、シモンに全部話したんだ。シモンに言っちゃいけないって言われたことも話したのさ。

「言いつけは守らないといけないんだよ」ってアメッドが言った。

シモンは黙りこんだ。おかしなくらい静かだった。

「なんでなんにも言わないの？」心配になってぼくは言ってみた。

「おまえには関係ねぇよ」ってシモンは答えた。

そしてシモンはアメッドのおねんねウサちゃんを窓から放り投げた。

「チクショウ、むかつく」って言って、ドアをバタンッて閉めて出ていっちゃったんだ。

あとに残った空気はアメッドの泣き声より静かだった。

19

今日は水曜日、ベアトリスの九歳のお誕生日だ。

カミーユがいろんな色のろうそくのついたお誕生日ケーキの絵を描いて、それにぼくたちみんなが自分の名前を書いて、食堂にセロテープで貼っつけて、ごはんのたびにそれを見て、早く水曜日になってフェルディナン・ザ・シェフのチョコケーキを食べるのを、みんな楽しみにしていた。

ときどき一週間おりこうにしていると（でもとっても難しいんだ。だってポリーヌが言ったみたいにぼくたち「興奮しすぎのチビたち」なんだから）、レタスを洗ったり、イチゴやニンゲン豆のへたをとったりしてフェルディナンのお手伝いをさせてもらえる。

ジャガイモの皮をむくのにボリスが出刃包丁《でばぼうちょう》を持ちだしたことがあって、フェルディナンは「危ないじゃないか、手を切っちゃうぞ」って叫んだんだけどボリスは「大丈夫だよ。かたっぽ切れてももう一本あるじゃんか」って答えてジャガイモを二つに殺してたんだ。でもフェルディナンがボリスに指を突きつけてにらみながら「今すぐにその包丁を渡しなさい」って言ったから、ボリスは出刃包丁を投げつけて、包丁がフェルディナンの耳たぶをかすめて壁に刺さった。それ以来ボリスは台所に入っちゃいけないことになった。だからぼくたちが台所に行こうとすると、ボリスは「おまえら、兄ちゃんを裏切るのか」って呼びとめる。でもそれじゃまるでボリスのほんとの弟がアントワンだってぼくたちが知らないみたいじゃないか。

ジュジュブはイチゴのへたでもなんでも食べちゃわずにはいられない。前なんか焼いてないタルトを飲みこんで、そのあと二日間ベッドに寝たきりだった。全部学校に行きたくないからなんだよ、ってシモンは言っていた。それにときどきジュジュブは、ほんとに頭がお留守になっちゃうのさ。ある晩、すんごくお腹がすいてたジュジュブは、沸騰してるお湯のなかのスパゲッティを食べようとした。それで珍しくジュジュブの指のばんそうこうは仮病じゃなくなったんだ。

シモンは「ジュジュブみたいなヤツはこの世にふたりといないよ」って言った。そしたらベアトリスがお鼻から指を引っこ抜いて、「そのほうがいいわよ、だってじゃなかったらアタチたち食べる物なくなっちゃうもの」って言った。

ボリスはポテトフライにケチャップをかけてる。

ぼくはボリスの耳に「インポってなあに?」って聞いてみた。

ボリスはポテトの上にケチャップを全部こぼしちゃったんだ。ロージーがうなったからボリスは「おれのせいじゃないよ」って言って、それだけだった。

ぼく、ほんとに焦っちゃったよ。だってボリスがロージーに告げ口すると思ったんだから。

ぼくがデザートのプリンを食べてたら、「インポってのは、モッコリしないことさ」ってボリスがぼくの耳に教えてくれたんだけど、なんのことだかさっぱりわからなかったから、ジェラールのバスに乗りこむまで待って、ボリスをわきへ呼んで、「モッコリってなあに?」って聞いたんだ。

「ポコチンが材木みたいに硬くなることだよ」

「へえ」ってぼくは言った。「痛いの？」

「おれ、知らない」

「それにどうしておちんちんが材木みたいに堅くなるのさ？」

「勃起《ぼっき》しているからだろう」

「で、ボッキってなあに？」

「おめぇ火星人かよ？　まったく。ブタ映画を見たことないの？」

「うん。でもブタは知ってるよ。田舎にはブタがいっぱいいるんだもん。でもおちんちんが硬くなるのとブタと、どういう関係があるのさ？」

「シモンの言う通りだ。おまえ、ネジ一本足りないわ」

「シモンがそんなこと言ったの？」

「いいから。ブタ映画がなんだか知りたいの？　どうでもいいなら、おれ、ウォークマン聞くし」

「ダメだよ。教えてよ」

「いいか、ブタ映画って言うのはな、お母さんが買い物に行ったり、お友達と遊びに出かけたり、夜だから寝ちゃったりしたときのお父さんたちのためにあるんだよ。世のお父さんたちは退屈しちゃうから、ブタ映画を見るんだ。ものすごくつまんねぇんだよ、これが。だってブルース・ウィリスは出てこないし、カーチェイスもないし、宇宙人から惑星を救わなきゃならないわけでもないんだぜ。俳優たちが何人も出てきて服を脱いだり積み重なったりするだけなんだ。親がどっかにトランプをしに出かけて、ベビーシッターもソファーで眠りこけちゃったときに、アントワンと一緒に見たんだ。おれたちお父さんの書斎に行って、アントワンがビデオのリモコンを探してて見つけたカセットを見たんだ。ブタ映画に出てくるおばさんってのはベタベタに厚化粧してて、ちちがでっかくて、おっさんのポコチンの上に座ることしか考えてないんだよ。で、座るたびにいっつも違うおっさんなんだ。それから、ときどきあめ玉みたいにして食べちゃうんだ」

「ええ？　おじさんを食べちゃうの？」

「違うよ、とんま。むちゃくちゃでっけえポコチンを食べるんだよ。それでそのポコチンは最後に牛乳を吐いて、そのあとはみんな眠っちゃうか、たばこを吸うんだよ。そんで、ベビーシッターが起きちゃったから別のカセットにして、『ダイハード』とか『アルマゲドン』を見たんだけど、『悶絶《もんぜつ》、めす犬地獄』とはえらい違いだったわ」

「そんな映画ノータリンだよ。牛乳は牛のオッパイから出るに決まってるじゃないか。おちんちんから牛乳出してなにが嬉しいのさ。それに、牛乳を飲んだり材木とじゃれつくほかに、どうしてめす犬が出てくる必要があるんだよ。とにかく、カミーユのパパのおちんちんは材木みたいに硬くなかったから牛乳なんか出なかったし、おしっこするのに必要だったから食べられたくなかったんだ、ってカミーユに言っとくよ。そうすればカミーユも安心するさ」

ジェラールのバスには、コレット先生の診察室で絵を描いてるベアトリスを除いてみんなが乗ってた。ベアトリスのママが飛行機に乗る決心さえしてくれれば、ベアトリスへのいちばんすてきな誕生日プレゼントになるのにな、ってシモンが言った。パピノー先生がぼくたち一人ひとりにおこづかいをくれたから、ぼくは心配で五分ごとに二十フランがポケットからなくなってないか確かめなきゃならなかった。

ジュジュブはおこづかいを目ん玉に貼りつけて怪獣のまねをしたんだけど、うまく出来なかった。かたっぽの十フラン玉が落っこちて、ジェラールに話しかけてるポリーヌの椅子の下まで転がっていったんだけど、ジュジュブはデブすぎて椅子の下に手が届かなくてべそをかいた。ポリーヌが振りかえって「ジュジュブ、席に戻りなさい。あたしジェラールとお話中なのよ、わからないの?」って言ったら、ジュジュブが「そ、そんなのへのかっぱだい」って言ったからポリーヌは立ちあがってジュジュブの耳をつかまえて「へのかっぱかどうか、確かめてみようじゃないの」って言ったんだ。でもジェラールが「離してやれよ、大人げない」って言うとポリーヌはまるでやけどをしたみたいにジュジュブの耳から手を離して、すまして助手席に座りなおした。でもジェラールがカーステレオでパトリック・ブリュエルの古い歌をすんごく大きな音で流しはじめたから、ポリーヌはいやがって、ふくれちゃったんだ。

カミーユがポリーヌの席の下から十フラン玉をとってあげたら、ジュジュブがカミーユのほっぺたにお礼のキスをした。ぼくはなんでかわからないけど無性にジュジュブの顔をひっかいてやりたくなった。

町に着いたらぼくたちみんなバスをおりた。ジェラールは運転席に残ってたばこに火をつけた。

「あら、一緒に行かないの?」ってポリーヌが聞いた。

「ああ。デパートとかそういうのは苦手でね」

ぼくたちはデパートが大好きさ。

カミーユはベアトリスのめがねと同じバラ色の指輪を試してる。

「すごいきれい」ってポリーヌが言った。ポリーヌもあれやこれやと宝石を試してみるんだけど、値札のせいでどれも買えっこないんだ。

ボリスとアントワンはお互いの顔を口紅で塗りたくって、ふたりで鏡を見て笑っている。

でもお店の人とポリーヌは全然笑わなかった。

「申しわけありません」ってポリーヌが言った。「子どもって本当に、おわかりでしょう……」

「おわかりでしょうと言われましても、奥様。百十五フランになりますが」

ポリーヌはカバンからお財布を出して、お店の人に大きなお札を渡した。それからティッシュペーパーでお互いの口を拭きあってるシャフアン兄弟をにらみつけた。

「あなたたち、ちょっとはおとなしくできないの。それってあなたたちには頼みすぎ？　百十五フランの口紅！　園長先生に言いつけるわよ。いつまでもいい気でいられると思わないほうがいいわよ！」

お店の人はぼくたちに「いやな人ね」って感じでパチッて目配せした。

「告げ口なんかしないほうがいいぜ」ってシモンが言った。

「なんですって？」

「そんなことするなって言ったの。じゃないとおまえのフィアンセのことも園長先生に言っちゃうからな」

「フィアンセって、どのフィアンセよ？」まるでフィアンセが千人いるみたいな顔をして、ポリーヌが聞きかえした。

「おれたちがプールに行ってるときにいちゃついてる野郎だよ」

ほらね、ポリーヌの口は大きく開いたままふさがらなくなっちゃった。口からはなんにも出てこなかったけどね。


シャファン兄弟はふたりでお金をあわせて、お腹を押すとゲラゲラ笑いだすお人形を買った。ジュジュブはチョコレートクッキーを二袋買った。ひとつは自分用で、もうひとつはベアトリスのお誕生日用。それなのに、レジにならんでるあいだに両方とも食べちゃった。

アメッドはお店の人が「なに、このウサちゃんがほしいの？　これはひとつ百フランもするんだよ、ぼくちゃん」って言うのを聞いて泣きだした。

すぐとなりにいたおばさんが「なんてことをするんですか、あなた。子どもを泣かせるなんてひどいじゃないですか」って言って、怪獣をにらむみたいな目でお店の人をにらみつけて、アメッドにウサちゃんを買ってくれた。ぼくたちみんな、まるで妖精を見るみたいにしてそのおばさんを見つめた。ポリーヌを除いて。だってポリーヌはまだふくれたままだったんだもん。

20

みんなのプレゼントがベアトリスの席の前に積み重ねてあって、ベアトリスはもうソワソワしてる。まるでぼくたちが椅子の上に画鋲《がびょう》をしこんだみたいにクネクネして、プレゼントの山のむこうに見えなくなったと思ったら、指をお鼻につっこんだまま椅子の上によじのぼった。それでケラケラ笑うからバラ色のベロと真っ白な歯が見えてる。でもチョコレートだらけの手でバラ色のめがねをぬぐっちゃって、ベアトリスはなんにも見えなくなっちゃったんだ。

ポール先生が来て、みんなと一緒にごはんを食べてくれたからぼくたちはすんごく嬉しかったんだよ。だっていつもの「コナイ、クルナラ、クル、クルトキ、クレバ、コイ」よりはよっぽどましだったんだもん。

カミーユはベアトリスのスカートを引っぱって「さあ、プレゼントの包みを開けてみて」って言った。ベアトリスはお鼻から指を引っこ抜いて今度はお口にくわえた。今にも泣きだしそうな感じだったよ。

「アタチ、お誕生日にこんなにプレゼントをもらったの、初めてよ」

「じ、じゃあ、これから開けなよ」ってジュジュブが自分の包みを指さして言った。

「邪魔すんじゃねぇよ、ジュジュブ」ってシモンが言った。

「乱暴な言葉を使っちゃいけませんよ、みんな」ってロージーが叫んだ。

「ぼく、なんにもしてないじゃないか」ってアメッドがべそをかいた。

ベアトリスが背中を丸くして座りこんじゃったからカミーユはベアトリスの顔からめがねをはずしてあげた。それでベアトリスは自分のプレゼントがちゃんと見えるようになったけど、ぼくたちにはベアトリスの涙が見えるようになった。

「泣かないの」って言ってカミーユが手を握ったんだけど、ベアトリスは泣きやまなかった。まるで涙の蛇口だよ、ベアトリスって。

ロージーが膝の上に抱きあげた。ベアトリスはロージーの襟元に悲しみを隠したんだ。

「よしよし、私のこねこちゃん、大丈夫、大丈夫」って言ってロージーはベアトリスの頭をなでた。でもロージーもすんごく感動しちゃってるのは見え見えなんだ。だって声はふるえてるし、くちびるもウルウルしてるんだもん。このままにしてたらロージーだって泣きだしちゃうよ。

「ぼ、ぼくだって痛いんだじょ」って言ってジュジュブはばんそうこうを見せびらかした。

「いいかげんにしなよ、ジュジュブ」ってボリスが言った。「もう二週間も同じばんそうこうだけど、かさぶただってないじゃないか」

それでジュジュブはほっぺたをふくらませて黙りこんだ。ぼくたちもポール先生も慣れっこだから、みんなあきれて天井を仰いだのさ。そしたらベアトリスも握りしめた小さな手で涙を拭いて、プレゼントの山からいちばん大きな包みを取った。そしたらプレゼントの山がガラガラッて崩れちゃって、それでベアトリスもロージーもポール先生もみんな笑った。ジュジュブまで笑っちゃって、ふくらんでいたほっぺたもへこんじゃったんだ。

いちばん大きなプレゼントはロージーので、きれいな真っ白の包み紙に入った赤と白の格子模様のドレスだった。ベアトリスが包みを頭の上にのせたら、まるで花嫁さんみたいだった。でもだれが相手なのかはわからないよ。ベアトリスはもう泣いてる余裕なんかなかった。ベアトリスの指はまるでこのあと待ち合わせがあるみたいにせかせかとリボンをほどいて、いろんな色の包み紙を引きちぎった。ぼくたちもみんな椅子の上に立ってテーブルに乗りだしていたんだけど、ロージーは怒鳴りさえしなかったよ。だからぼくたちもベアトリスと一緒になって目でリボンや包み紙をはずして、ベアトリスより先にプレゼントの中身を見ようとしたんだけど、ベアトリスはもうそれを両腕で抱きしめてたんだ。アメッドのウサちゃんだった。ベアトリスはウサちゃんのフワフワの耳にボソボソささやいて、赤と白の格子のドレスの上にやさしく置いて、もう次の包みにかかった。今度はシャフアン兄弟の、お腹を押すと笑いだすお人形だった。ベアトリスはなんにも知らずに指でお腹を押しちゃったんだ。お人形が急に笑いだしたから、怖がって立ちすくんで、指をお鼻に突っこんだ。アリスがまたお人形のお腹を押した。そしたらベアトリスの目はほんとに大きく開いたままになっちゃったんだ。

でもすぐにベアトリスはアリスからお人形を取りあげて、「アタチのよ、これ」って叫んだ。アリスはブルブルふるえた。まるでアリスのまわりだけに冬が来たみたいだった。散る寸前だった木の葉がついに散ってしまったような感じで、残されたアリスはボロ切れと髪の毛のかたまりみたいだった。

「なんて意地悪なの！」って言ってロージーはベアトリスを椅子に放りだしてアリスをなぐさめに行った。

ベアトリスはポール先生のほうを見た。でも先生もベアトリスに向かってギロッて目をむいたから、カミーユが耳元になにかささやいたとき、ベアトリスはもう泣きだしそうだった。

ベアトリスはすぐに立ちあがってロージーの胸の上の髪の毛のかたまりに近づいていって、ロージーを見つめた。ロージーは見て見ぬふりをしていた。だからベアトリスはつまさき立ちになってアリスをちょっと揺すった。アリスが髪の毛ごと振りかえると、指でアリスの髪をかきわけてそばかすをなでてから、怖がる小さな目に笑い人形を差しだしたんだ。

「ほら、これ、アリスにあげる」

ベアトリスは横でロージーが笑ってるのには気がつかなかったんだよ。

だってベアトリスはただアリスの笑顔だけを見てたんだもん。マッチ棒ほどの大きさしかない口だけど。

「わあ、ありがとう」ってアリスは言って、お人形にキスした。

で、みんなはパチパチ手を叩いた。ジュジュブを除いて。「ぼ、ぼくだったら絶対にプレゼントはだれにもあげないじょ」って。でもシモンが「そうだろうな。おまえだったら全部食べちゃうもんな」って言ったから、人形まで笑いだしちゃったんだ。

ベアトリスはバラ色の指輪をはめて、ポール先生にもらった野球帽をかぶって、ジュジュブの絵をひろげた。ヤシの木のならんだ砂浜にバラ色の水着を着た黒い女の子が寝そべっていて、その上にすんごく大きなおひさまがある絵だ。

「ロ、ロージーもちょっと手伝ってくれたんだあ」ってジュジュブが白状した。

ベアトリスはおかまいなしだった。

まるでほんとにそのなかにいるみたいに、絵にくぎ付けだったんだ。

「アタチのおうちにそっくり」って言ってベアトリスは指で砂浜をたどった。そしたら小さな涙がまた出てきて、全然お誕生日らしくなくなっちゃったんだ。

「お、お腹減ったじょ！」ってジュジュブが叫んだ。めずらしくばっちりのタイミングだったよ。おいしいごはんが待ってると、悲しいのなんて忘れちゃうよね。ニンジンのラペ、お魚、スパゲッティ、そして最後は、フェルディナンの特製チョコケーキ。ケーキにはロージーとカミーユがろうそくを九本立てて、ぼくたちはみんなで元気に音痴に「ハッピバースデー」を歌った。それからベアトリスはろうそくを吹き消したんだけど、あんまり強く吹いたからチョコパウダーが全部アメッドの顔に吹き飛んだ。

アメッドはベアトリスと同じくらい真っ黒になった。

ジュジュブはたれたろうそくごとひと切れ食べて、笑い人形に夢中のアリスの分も飲みこんで、それから気持ちが悪いって言いだしてロージーに連れられて保健室へ行った。

それからぼくたちはポール先生と一緒に遊んだ。

ベアトリスは先生の肩にもたれたまま眠っちゃった。お人形の笑い声が聞こえる。シャファン兄弟は辞書ゲームを始めた。

「うんどうしっちょうしゃ《運動失調者》」

「りんぱせいたいしつ《リンパ性体質》」

「じんとうつうかんじゃ《腎疝痛患者》」

そのあとはなんにも聞こえなかった。

だって、ぼくもカミーユの膝の上で眠っちゃったんだもん。

21

ぼくはロージーに質問ばかりしていたんだ。

「何時に出発するの?」

「ポリーヌも一緒に来るの?」

「カバンにはなにを入れていけばいいの？」

「お山ではなにを食べるの？」

ロージーは「勘弁してちょうだい。まるで質問製造器ね」ってうめいた。

「ええ？　セイゾウキってなあに？」

そしたらロージーがっくりしちゃったからぼくは「冗談だってば」って言った。そしたらなんでかわからないけどアメッドがべそをかきだした。だからロージーは「あなたたち、私を殺す気？」って言ったんだけど、アントワンは「しっかりしてよ、ロージー！　ロージーがいなかったらぼくたちどうするのさ？」って答えたんだ。


でもこれはみんな、電車に乗る前のこと。今ぼくたちは、スキーの板と大きなカバンを持ってみんな電車のなかにいるんだ。駅でお菓子を買ったときにカバンを忘れてきちゃったジュジュブを除いて。ぼくは電車の窓ガラスに顔をすりつけて、ロージーの写真を見つめた。ロージーはぼくたちと一緒に来なかったけど、写真を持ってきたから、一緒に過ごしてるってことになるんじゃないかな。

お山はとっても高いのよ、ってロージーは言った。ロージーは椅子の上に立つだけでも怖いし、レ・フォンテーヌのいちばん上の階の自分の部屋の窓から外を見るだけでもふるえちゃうんだって言ってた。飛びおりたくなるんだって。そんな悪いこと、ぼくが許さないよって言ったんだけど、どっちにしろ雪合戦をするには私はおばさんすぎるのよ、だって。

ロージーが歳をとるなんて、ぼくが許さないよ。

だからぼくは重い足どりで旅立ったんだ。ただ、そんなにロージーと話したけりゃ着いてから電話すりゃいいだろ、ってシモンが言ってくれたから心が少し軽くなった。だけど、お山に着いたらロージーに電話することなんて完全に忘れちゃったよ。


何度寝ようとしても眠れない。

しょうがないからぼく、みんなを起こさないように静かに起きて、別の部屋で寝ているハゲタマゴのフランソワに会いに行くことにした。

「寝てるの?」って聞いてみた。

答えがないから灯りをつけて、ハゲタマゴを揺すり起こした。

「な、なんだ、おまえか。こんなとこでなにやってんだ?」

ぼくはハゲタマゴのベッドに座って、「眠れないんだ」って言った。

「自分の部屋へ戻ってひつじを数えなさい」ってこのノータリンのおたんこなすは言って壁に向かって寝返りを打った。

ぼくはちょっと考えてから「ねえってば、ひつじなんてどこにもいないじゃないか。それに部屋は灯りがついてないから数えられるわけないでしょ」って言った。

ハゲタマゴが答えないから頭にきた。

ぼくはハゲタマゴの耳に、「ひつじなんて、どこにも、いないじゃないかぁ！」って叫んだ。

そしたらハゲタマゴはベッドの上に飛び起きた。「な、な、なんだっていうんだ、おまえは？」って言って目をこすって、途方に暮れたみたいにぼくをにらみつけた。「わかったよ。じゃあなんで眠れないのか話してみな」って言ってハゲタマゴは大あくびをした。歯はみんな真っ黄色だった。


だからぼくは、モコモコの靴のなかの足の指やミトンであったかくしているはずの手を、カチカチに凍らせちゃう寒さについて話したんだ。ミトンってストックを持つのには便利だよ。それに、ぼくたちはおしりを雪んなかに突っこんでることのほうが多いから、ストックに寄りかかって立ちあがる時も。でもそれ以外は全然便利じゃないんだ（あめ玉の包み紙もむけないんだから）。

スキーっていうのは、まるでバナナの皮をふんだみたいな感じ。

だっていっつも転んじゃうんだもん。

どうしても雪かきボーゲンができない。雪もなんにもかかないで、前や後ろや横っちょに転んじゃうんだ。カミーユもさ。でもシモンはまっすぐ立ったままどんどん雪をかいておりていって、こんなのチョロいよって言うから、インストラクターは大喜びなんだ。ぼくたちも同じようにやればいいって言うけど、ぼくたちはもう歩き方も忘れちゃったみたいに転んじゃうのさ。

それに痛いんだよ。ボリスとアントワンを除いて。ボリスとアントワンはなにをしても痛がらないし、やめようともしない。ぼくたちは「タイム」って言って雪んなかに寝転がったまま、まるで怪物を見るみたいにしてインストラクターを見る。とくにジュジュブ。ジュジュブはどっちかって言えば転んだらボヨ～ンッてバウンドしそうなんだけどな。

でもそんなこと言うのはぼくたちのあいだだけさ。

インストラクターは怪物なんかじゃない。

名前はバルタザールさんっていうんだけど、ぼくたちはバタザって呼んでいる。だってベアトリスがそうしか言えないんだもん。

ベアトリスはぼくのこともズッチーニって呼んでるんだから、しょうがない。

バタザはやさしくしてくれる。ノータリンにボーゲンのしかたを教えるから、立ちあがってる時間より、転んだぼくたちを拾いあげるのに地面にかがんでる時間のほうが長いんだ。

先生のくちびるはいっつもキラキラしていて、イチゴのにおいがする。顔は真っ黒に焼けている。毎日おひさまの下で子どもたちと過ごすんだからしょうがないよね。それに先生のめがねは鏡でできてて、覗くと顔が映るんだ。

ぼくが好きなのはカニのぼりさ。

カニみたいに横歩きでゲレンデをのぼっていくんだ。これだけは自信を持ってチョロいって言えるよ。だけど問題は、のぼったらやっぱりいつかはおりてこなきゃならないことで、それはおしりでやるんだ。

アメッドがべそばっかりかくからインストラクターはアメッドを両足ではさんですべった。そしたらアメッドは全然転ばなくなって、「チョロいチョロい」って言った。でもインストラクターが手を離したとたん、アメッドはもみの木にごっつんこしちゃったんだ。でも平気平気。

それでみんなも同じようにバタザの足のあいだに入りたがった。ジュジュブとぼくを除いて。ジュジュブはお菓子を食べるからってて寝転がっちゃったんだ。ぼくはごっつんこをしたくなかったんだ。だってママの交通事故と、テーブルとベッドをつくるのに切り倒されたナラの木を思いだしちゃうから。ぼくはもうそんなこと、思いだしたくないんだ。

だけどカミーユが息を切らせながら、とってもおもしろいよって言うから、今度はカミーユの目の前でみんなに弱虫だって思われるのはいやだって思って、目をつぶって全部バタザの言う通りにしたんだ。

膝を曲げて、スキーの板で「ハ」の字を描く。

最後に目を開けたら、ぼくは未来のチャンピオンだってバタザは言って、カミーユはほっぺたにキスしてくれたんだ。カミーユのくちびるはオーブンみたいで、とっても暖かくなっちゃったんだ。

ときどき、ゲレンデをのぼろうとしてロープにぶら下がったまあるい腰かけを追いかける大人たちも見かけた。だけど腰かけはいっつも大人たちの手をかすめて、雪の上を跳ねまわりながら勝手にのぼってっちゃう。なんでもわかってるふりをする大人たちだってぼくたちと同じくらいへたっぴじゃないか、ってぼくは思った。

どっちにしろ大人になったら、ぼくはカニのぼりでゲレンデのいちばん上までのぼってやるもんね。

スキー教室のあと、ぼくたちは卵みたいなかたちのゴンドラに乗って山のてっぺんで昼ごはんを食べた。ハゲタマゴが冗談は短ければ短いほどいいって言って、ぼくたちはゲラゲラ笑った。

でもアメッドがねらったようにゴンドラの床の大きな穴からストックを落っことしちゃったから、ミッシェルは笑うのをやめた。

ぼくは山頂駅にたどり着いて、ほんとにほっとした。だって、オシッコがあとちょっとでもれそうだったんだ。でもトイレに入るには二フラン玉が必要だって言われてた。そんな大金を持ってるわけない。だからぼくはおちんちんをつまみながら、ハゲタマゴが二フラン玉を出してくれるまで片足ケンケンで踊りまわった。もうがまんの限界だったよ。

それからぼくたちはテラスでポテトフライとお肉を食べた。おひさまがからだじゅうをポカポカに暖めてくれた。ミッシェルがアメッドのストックを持って戻ってきた。でもミッシェルは悪い雪のせいで手を「クジ」いちゃったんだ。

ぼくにはなんにも聞こえていない。

ぼくはカミーユを見ていた。

それでとっても不思議な気持ちになったんだ。心臓がお腹とサッカーをはじめたような感じ。

でも、これはわからず屋のハゲタマゴには教えてあげない。そりゃ確かにオシッコもらさないですんだのはハゲタマゴのおかげだけどさ。

「へえ、それはよかった」ってハゲタマゴは言った。「さあ、もうわかったから部屋に戻って寝ろよ。じゃないと明日の朝、スキーしながら眠っちゃうぞ」

それでぼくが「でもお昼を食べたあとのお話はまだしてないじゃないか」って言ったら、ハゲタマゴは壁のほうに寝返りを打った。

「それは明日聞いてやるから」って言ってハゲタマゴはあくびをした。

「いやだよ、今聞いてくれよ」ぼくカンカンに怒って言った。

大人たちっていっつもなんでも明日にのばしちゃうんだから。そういうのってやっぱりイライラするよ。

「ほらほら、おれ寝てるんだから」ってハゲタマゴが言う。

「寝てないくせに。寝てたら『寝てるんだから』なんて言うわけないもん」

「こらっ、いいかげんにしろ。しつこいと怒るぞ」

「なんにも怒ることないじゃんか。少しはぼくのお話に興味を持ってほしいって言ってるだけだろ。どうせフランソワはぼくが嫌いなんだ」

「そんなことないったら。わかってんだろう」

「知らない！」

「ああもう」ってハゲタマゴはため息をついた。「わかったよ、聞いてやるよ」


大人たちってぼくたちよりもノータリンだよ。

だってぼくたちがどんなデタラメ言っても本気でオドオドしちゃうんだもん。


だから次はリフトのお話からはじめたんだ。

すんごく怖かったから、落っこちないようにずっと柱にしがみついてたんだよ。下をすべってる人たちを見たら足がビクッてふるえちゃったくらいさ。そして山の真ん中で急にリフトが止まっちゃったんだ。遊園地の乗り物みたいに風がビュービュー吹きつけてきた。

「落っこちちゃうよ」ってぼくは言った。ほんとに不安だったんだ。

そしたらカミーユがぼくのミトンを握ってくれて、もう不安はどこかにふっ飛んじゃったんだ。


山の上についてから、バタザはぼくたちの靴がちゃんとスキー板にはまってるか確認した。ぼくは、小さな男の子に同じことをしてるおばさんを見たんだ。見たのはぼくだけじゃなかった。

シモンは「ちぇ、いいなあ、あいつ」って。

ボリスは「でも、ほんとのお母さんだとはかぎらないだろ」って。

ジュジュブは「ほ、ほんとのママに違いないよ。だ、だってずっと同じ子しか見てないじゃないか」って。

アメッドは「あのママ、とってもきれい」って。

ベアトリスは「アタチのママのほうがずっときれいなんだから」って。

カミーユは「それはいいけど、上着のボタンが開いたままじゃない」って。

アリスは「でもママなんてもう、アタシたちには関係ないでしょ」って。

アリスは正しい。


そのおばさんがミトンをはずした手で男の子の上着のボタンを閉めて、耳を守るために毛糸の帽子を引っぱるのを、ぼくは振りかえってもう一回見た。

ぼくなんかいっつもひとりだけで着替えをしてたから、ボタンを互い違いにはめていてもだれもなにも言わなかった。

テレビばかり見てたママだって、一度も注意してくれなかった。

ぼくのママは、一度だってあの男の子のママみたいなママじゃなかったんだ。

「休暇なんてお金持ちのすることだよ」ってママは言っていた。

学校では、ぼくが一度も海や山に行ったことがないからマルセルやグレゴリーがバカにするんだ。

ふたりはキャンプ場にテントを張って寝たって言うんだけど、ぼくはそれ以上聞きたくなかった。お金持ちの夏休みや冬休みのお話を聞くと頭がキリキリするんだ。

でも、こうして冬休みに出かけているのを考えると、ぼくもかなりお金持ちになったっていうことだな。

もしあのときママを殺さなかったら、ぼくは絶対にお山なんか知らないままだったろう。

お山では道に色が塗ってある。

ぼくたちは緑の道をすべる。大人たちは黒い道をすべる。

シモンは、緑は水平で黒は垂直で、だからぼくたちは黒には絶対に行かないのさ、って言ってた。もし転んだら、いつまでも起きあがれない。ぼくたちのからだはバラバラに分解しちゃうから、ヘリコプターが来て部品を集めてくれるんだって。

でもぼくは緑もすんごく難しいと思うよ。

シモンがヘリコプターのことを教えてくれてから、ぼくは転ぶたびにお空を見あげるようになった。でもぼくに見えるのは、起きあがるのに手を貸そうとぼくのほうに身をかがめるバタザだけだ。

シャレーに戻ってからは大雪合戦をした。

アリスとアメッドは遠くからぼくたちを見てた。アメッドはウサちゃんの耳をしゃぶってるほうがよくて、アリスは戦争反対なんだ。

アリスは絶対に争いごとはしない、って言った。

でもぼくたちはコテンパンにやっつけ合うのが楽しくてしょうがないんだ。

それから雪だるまをつくった。だってそうすればアリスやアメッドが仲間に入れないまま長いあいだ過ごさなくてもすむから。石を二つくっつけて目にして、ニンジンをさしてお鼻にして、ストローで笑顔をつくった。


でもこんなことをハゲタマゴに話すのはやめにした。

だって、もう話してもしょうがないんだもん。

だって大いびきかいてるんだもん、このノータリン。

22

冬休み最後の日、ヒゲオトコのミッシェルが「山の澄んだ空気」を吸いに行こうって言った。でもそれじゃまるでレ・フォンテーヌではガスでも吸って生きてるみたいじゃないか。

ミッシェルのクジいた手はあちこちずいぶんモッコリしてたから、ほんとはもうスキーはしたくないんじゃないかな、って思った。

ぼくたちはモコモコのセーターとジャンパーのせいでみんなミシュラン人形みたいだった。

おひさまはもみの木の枝につもった雪をとかしていた。枝を揺すると、ときどきそれがドサドサッてまとまって落ちてくるんだ。そういうときは木の下にいないほうがいい。

カミーユとぼくはミトンをはずして手をつないで歩いた。ときどきぼくはカミーユと手をつないだまま、ぼくのジャンパーのポケットに手を入れる。それでちょっとだけ暖まるんだよ。

雪の上を歩くのはとってもおもしろい。だってぼくたちの足跡が、記念に残るんだもん。ときどきポキッてなんかを踏んづけちゃうんだけど、なんなのかはわからない。カミーユとぼくはガイコツの背中を想像してとっても怖くなったけど、白い絨毯の下で芽を出そうとしているお花を踏みつぶしちゃうよりは背骨のほうがましだよね。道はとっても狭くなることがあって、一列になってひとりずつ通らなくちゃいけなくなっちゃう。ぼくはカミーユが怖がらないように、後ろからついていく。

「気をつけて。すべったら落っこちちゃうからあまりはしっこを歩かないようにしなさい」ってハゲタマゴが言った。

でもそれじゃまるで、落ちたらどうなるか試すために、ぼくたちが飛びおりたがってるみたいじゃないか。

真っ白に着飾ったもみの木とおうちの屋根は、ほんとにきれいなんだ。それから、だれの足跡もない真っ白な雪も。その下ではお花や草が夏になって芽を出すのをじっと待ってるんだ。寒さは冷凍庫みたいにお花や草を保存してくれる。

「早く早く、急がないとみんなとはぐれちゃうよ」ってカミーユが言った。

ぼくはカミーユを見た。毛糸の帽子からはみだした髪の毛は真っ白で、まるで歩いてる最中におばあちゃんになったみたいだった。

こんなにきれいな笑顔はほかにない。カミーユの笑顔は、まるで頭の上から電球が照らしてるみたいに、顔じゅう明るいんだ。山のてっぺんや、谷間に続いてく真っ白なもみの木よりも、ずっときれいなんだから。

「なあに？　あたしの顔になんかついてるの？」

「カミーユよりもきれいなものって、ないね」ってぼくは言った。

カミーユは両手でほっぺたをねじってへんな顔をして「あたしよりきれいな女の子はたーくさんいるわよん」って言った。

「へえ、どこに？」

って言ってぼくはまわりを見まわしておたんこなすのまねをした。

「あたしがかわいいと思うの？」

カミーユは足を組んで、まるで白い絨毯から答えが湧きだしてくるみたいに、地面を見つめた。

「うん。いちばん」

ぼくはカミーユのほっぺにキスしてから、前を見たらもうだれもいなくなっていたから、「行かなきゃ、急ごう。じゃないと怒られちゃうよ」って言った。でも足を折っちゃいけないから、あんまり急げなかった。みんなは大きな木の下に座ってぼくたちを待っていてくれたんだけど、ヒゲオトコに怒られた。

ぼくたちはまた歩きはじめた。でもおひさまはいなくなって、そのかわりに大きな真っ白な雲が青い空を全部飲みこんだ。

「さあみんな、急ごう。山小屋はもうすぐそこだから」ってミッシェルが言った。

ぼくたちはみんな山小屋のなかにでサンドイッチを食べた。そのとき稲妻が光って雷が鳴ったから、ぼくたちみんなびっくりして飛びあがっちゃったんだ。アリスとアメッドは一目散にテーブルの下に隠れた。

「じきにやむから大丈夫だよ」ってハゲタマゴは言った。

でも全然自信なさそうなんだ。とんでもない意気地なしだよ、まったく。

「ぼくたちここに泊まるの?」ってぼく聞いてみた。だったらいいのになあ、って思った。

「いや、泊まれるようにできていないんだ」ってミッシェルが答えた。

「歯磨きと石けんがないからそんなこと言ってるんだろ」ってシモンが冷やかした。

「充分な食べ物を持ってきていないし、この山小屋には子どもたちを寝かせる設備がないんだよ」

「ええ？　じ、じゃあぼくたちここで飢え死にするの？」って口いっぱいにお菓子を詰めたジュジュブが聞いた。

「大丈夫だってば。こういう嵐はすぐにおさまるんだから」ってミッシェルは言った。

「ああ、こんなことならちゃんとラジオで天気予報を聞いておけばよかった」ってハゲタマゴが言った。

「今さらそんなこと言ったってしょうがないだろう」ってミッシェルが言った。「ボリス、暖炉に火をつけるから手伝ってくれ」

「おれに手伝わせてくれるの！　やったあ！」

「ぼくも手伝っていい？」ってぼくは聞いたんだ。

「もちろん。そこに古新聞があるから丸めてボールをつくってくれ」

「じゃあおれはなにすればいい？」ってボリスが聞いた。

「同じ」

「じゃあおれは？」ってシモンが聞いた。

「あそこにある薪をとって暖炉に重ねた新聞紙の上に置いてくれ。ほら、そいつだ。よしよし」

ミッシェルがマッチをすって、ぼくたちはみんなたき火にあたった。それでもアリスとアメッドはテーブルの下に隠れたままだったんだよ。

ミッシェルが遊びを思いついた。

その名も、「意味あり文遊び」。

ルールは、ぼくたちが一人ひとり好きな言葉を言って、となりの人が言った言葉につなげて、ひとつの文をつくっていくの。

ベアトリスは説明をわかってなくて、自分の番になったときにほかの人の言った言葉を繰りかえさなかったから負けちゃった。

次はハゲタマゴの番だったけど、ボリスの「拒食症患者」を忘れちゃったんだ。ジュジュブはベアトリスの「水着」をとばして、シモンはミッシェルの「行列」を忘れた。

いまのところの文は「パピノー先生が紫色の水着を着たままタマネギの行列のなかでズッキーニの皮をむく食欲過多症の拒食症患者を食べたのは郵便配達が帽子を配達するのを忘れたから」になってる。

カミーユは「だけど」ってつけ加えた。

アントワンは「それは」

ぼくは「ポール先生が」

ぼくたち三人の接戦になって、みんなたくさん言葉を足してったんだけど、まずアントワンがドジをふんでジュジュブの「食欲過多症」を忘れて負けた。

カミーユとぼくは目を見合わせた。

ぼくはカミーユが「パピノー先生が紫色の水着を着たままタマネギの行列のなかでズッキーニの皮をむく食欲過多症の拒食症患者を食べたのは郵便配達が帽子を配達するのを忘れたからだけどそれはポール先生が赤いクジャクの緑の屋根裏部屋にトマトを隠した」って読みあげるのを待って、自分の番のとき屋根裏部屋の「緑の」をわざと言い忘れた。だからカミーユが勝って、いちばんになった。とっても鼻が高かった。

ハゲタマゴは「嵐はやんだみたいだね」って、とっても嬉しそうに言った。

ぼくはセーターの袖《そで》で窓をぬぐってみた。外は真っ白で、ぼくたちの来た道にもう足跡は残っていなかった。だれかに後ろから手を握られたような気がして、ぼくは振りかえった。

「おうちに帰れるの?」ってアリスがささやいた。

「うん、アリス。おうちに帰るんだよ」

アリスは、もっと強くぼくの手を握りしめた。

23

雪の冬休みからレ・フォンテーヌに戻るのはまったくへんちくりんな感じだよ。なにより、真っ白な絨毯のかわりに雨ばっかりふって、それで森は水たまりだらけになっているから、もう散歩にも行けなくなっちゃったんだ。水たまりなのにハゲタマゴが、「おぼれちゃうよ」って言うから。

でも、それじゃまるで毎週火曜日にプールに行っているのに、ぼくたちが泳げないみたいじゃないか。沈まないようにいつも浮き輪をつけているアメッドは別にして。

それにどんな深い水たまりがあってもぼくたちが怖がるわけないよ。ハゲタマゴは最近新しい靴を買ったから、それを汚したくないだけなのさ。それでぼくたちの散歩をなしにしちゃうんだから、不公平だよ。

だから、シモンとぼくはシェフのフェルディナンのケチャップを盗んで、ハゲタマゴのアディダスにぶちまけてやった。いい気味だよ。

でもハゲタマゴが園長先生に告げ口したから一週間デザート抜きになった。でもフェルディナンもハゲタマゴが嫌いだから、どってことない。そっとぼくたちにりんごを渡してくれるしね。

ただ、ぼくたちの頭の上にでっかいタネが落っこちてきた。りんごのじゃなくて、心配のタネ。全部ポリーヌのせいなんだ。

レ・フォンテーヌにお財布を忘れて引きかえしてきたポリーヌは、朝の二時に偶然シモンに出くわした。

シモンは読んじゃいけないはずのえんま帳を読んでいた。

ポリーヌはみんなを起こして大騒ぎした。シモンが自分を殺そうとしたとか、財布を盗もうとしたとか触れまわったんだ。

「このくそガキがハンドバッグに手を突っこんでるの、この目で見たんだから」

でもみんなデタラメなんだ。問題はハンドバッグでもないし、手でもない。シモンの目が、そのノータリンえんま帳を見てたってことなんだから。

シモンはお財布なんてさわってさえいないんだ。

だってポリーヌのフィアンセたちの写真を見てなんになるのさ？

あわてふためいたのはロージーだ。

えんま帳の入っている引き出しの鍵を隠すときシモンに気がつかなかったのは、自分の責任だって思っちゃったのさ。

「ああ、やっぱり自分のポケットに入れておけばよかったんだわ。そうすればこんなことにはならなかったのだから」ってロージーは言った。

シモンがぼくたちについてなんでも知ってる理由はこれだったってわけ。

ぼくは秘密なんて守れない。

ぼくは秘密があると、それでベロがやけどしちゃうみたいにすぐみんなに吐きだしちゃうんだ。

ここまで来ると、もう「手すり磨き」でもデザート抜きでもすまされなかった。一年間デザート抜きでも許してもらえなさそうだった。シモンはものすごくおっかない顔で園長先生の部屋から出てきて、「捨てられた」って言った。


ぼくはパピノー先生の部屋までお願いに行った。

「ジュヌヴィエーヴ、どうしてこんなひどいことができるのさ。シモンはやさしい子どもじゃないか。それにポリーヌのお財布にはさわってもないんだよ」

「やっと先生のことジュヌヴィエーヴって呼んでくれたのね。嬉しいわ。でもね、こんなたちの悪いいたずらに罰を与えないわけにはいかないのよ。シモンはもっとしつけの厳しい別の施設に行くことになりました。シモンもこれでこりてくれればいいのだけれど。あなたたち一人ひとりに関わる記録は、絶対に人に見られてはならない、とっても大切なものなの。それにシモンがお財布のなかのものをなんにも盗らなかったのは知っているわ。不幸中の幸いね」

「でもジュヌヴィエーヴだってシモンのこと好きなんでしょう。だってモーツァルトさんのお話を聞きにシモンがおうちに遊びに来たりするんでしょう？」

「ずいぶんいろいろ知っているのね、チビちゃん」

「チビちゃんなんて呼ばないで！　ぼくたちみんなからシモンを取りあげようとするんならなおさらだよ！　ぼくはえんま帳なんて読まないけど、読まなくたってみんなの話は耳に入ってくるんだ。ジュヌヴィエーヴには心もなににもないのがよくわかったよ。じゃなかったらこんなことするわけないじゃないか。それに罰を受けなきゃいけないのはポリーヌのほうだよ！　だって毎週火曜日、ぼくたちがプールに入ってるあいだ、いっつもおじさんとイチャツイてるんだから」

「なんですって？」

「そうさ、スカートをまくられても、おじさんのベロをいれるために口を大きく開けるのもおかまいなしなんだから」

「わかったわ。ポリーヌにはあとでわたくしが話を聞いておきます。いいですかイカール、シモンもあなたたちと同じように不遇な子どもなんですよ。シモンはご両親を亡くしたの。わたくしはシモンのお母さまをよく知っていたから、もしシモンになにか不幸があったらしっかり面倒を見るって約束したのよ。いい、チビちゃん？　麻薬っていうのはね、不幸どころじゃないんですよ」

「不幸どころじゃないのは、ぼくたちからシモンを取りあげちゃうことじゃないか。ねえジュヌヴィエーヴ、シモンはここから遠く離れたらきっととってもさみしがるよ。ぼくたちだってもっとつらい思いをするんだよ」

「すぐにもと通り元気になりますよ。シモンに関しては、こうするよりほかにしかたがないの。もしポリーヌをおどろかせたのがあなただったら、あなただって同じように別の施設に送っていたはずですよ」

それを聞いてぼくは背筋がゾーッとした。

カミーユやみんなともう二度と会えなくなるなんて。

考えただけでぼく、すごく悲しくなっちゃった。

「おやおや、イカール、そんな顔しないでちょうだい。あなたじゃなくて、シモンの話なんですからね。それにだれがなにを言おうと、もう考えを変える気はありません」


ぼくは水に沈んでいく岩みたいに重い気持ちで園長室を出た。カミーユはドアのむこうで聞いていたから、パピノー先生がどんなに怒っているかわざわざ説明する必要もなかった。それにぼくの顔を見れば全部一目でわかるはずさ。ポール先生の聞き取り問題も答えが顔に書いてあればチョロいのに。


ロージーがたまたまそこを通りかかって、ぼくたちに笑顔を見せた。

「どうしたの」ってロージーは言った。

それしか言わなかった。

シモンが絶望的なのはロージーもよくわかっている。

ロージーはベンチにヘタりこんだ。まるで百歳のおばあちゃんみたいだった。

「しり軽女の告げ口屋」ってぼくは言った。「シモンが全部知ってたって知らなくたって、ぼくたちの生活はなんにも変わらないじゃないか、ねえ、ロージー？」

「そうね。なにも変わらないわよね」ってロージーは答えた。「ロージーのせいじゃないよ」ってカミーユが言った。

「ロージーはあたしたちを愛してくれるじゃない。ロージーだったら告げ口なんてしないでしょう」

「ええい、こうなったらもう黙ってはいられないわ！　ポリーヌったら、このままですむと思ったら大間違いよ！」

って言ってロージーは勇ましく立ちあがって、パピノー先生の部屋のドアを叩いたんだ。


食堂はシーンと静まりかえっていて、蚊の飛ぶ音さえ聞こえなかった。聞こえるのはただナイフやフォークがお皿にあたる音だけで、食欲があるのはジュジュブくらいのものだった。

ぼくは、「おれさまのパンにバターを塗らなかったらおまえの人生をめちゃくちゃにしてやる」ってシモンがおどかしてきた最初の朝ごはんを思いだした。

あれからもうすぐ八カ月になる。

今のシモンには、大威張りのチビオンドリの面影はこれっぽちもない。

目を伏せて、指先でパンの耳を丸めて灰色のボールをつくってるだけだ。

フェルディナンがシモンの大好きなメレンゲとチョコレートのケーキを焼いてくれた。でもシモンはケーキを牛のベロみたいに気持ち悪そうに見ただけだったんだ。

「シモン、フェルディナンがあなたのためにおいしそうなケーキを焼いてくれたわよ！」ってロージーは言ったけど、その声はからっぽに響いただけだった。ロージーはただシモンにまたにっこり笑ってほしかっただけなのに。

「食べたくない」

「ぼ、ぼくは食べたいじょ」って言ってジュジュブは大きなひと切れを取った。

「欲張るんじゃありません！」ってロージーが叫んだ。

そしてロージーはジュジュブの指をフォークで叩いた。

「い、痛いっ！　ロ、ロージーがぼくの指の骨を折った」

「その調子さ、ジュジュブ」ってシモンは言った。「で、頭はどうなんだ、痛くねぇのか？」

「痛いんでしょ、いつも通り」ってアリスが言った。

「も、もういいよ。み、みんなでぼくをいじめるんなら、ぼ、ぼく保健室に行っちゃうから」

「その調子さ、早く行ってイヴォンヌに見てもらえよ」ってシモンが言った。「そうすりゃおれたちも気兼ねなくゆっくりお休みできるってもんだ」

「お、お休みだとぉ」ってジュジュブは叫んだんだ。「で、でも、おまえなんか、お休みに入ったままもう帰ってこれないくせに」

って言って、ジュジュブはキツネに追われるウサギみたいに走っていった。

「あんなこと言うなんてひどいじゃないか」ってアメッドがべそをかいた。「シモンが行っちゃうなんてぼくいやだよぅ」

「ほらほら、私のこねこちゃん、泣かないのよ」ってロージーが言った。

でもそう言いながらロージーも涙声になった。それでベアトリスもシャファン兄弟も泣きだした。ぼくものどがくすぐったくなって、カミーユも同じで、アリスはテーブルの下に隠れて、シモンは両手で頭を抱えた。

そのあいだに蚊が何匹飛んだかはわからない。だってみんな鼻をジュルジュル垂らしたり、すすったりしたから、なんにも聞こえなかったんだもん。

そのとき、「いいこと考えた」ってカミーユが言った。


それでぼくたちはインディアンみたいに一列にならんで歩きだしたんだ。途中でポリーヌを見つけたらそのまま皮を剥いじゃいそうな勢いだった。みんな涙を手でぬぐった。だからみんなのほっぺたに残った涙のあとはスー族のお化粧みたいだった。そしてノックもせずに、みんなで園長先生の部屋に突撃したんだ。


「ロージー！　どういうことなのか今すぐに説明しなさい！」

「ジュヌヴィエーヴ、この子たちみんな、どうかシモンを追いださないようにってお願いしに来たんです」

「ロージー、あなたって人は！」

「わかっています。こんなことをするのは私の役目じゃありませんものね。それに三十年間ずうっと、私は不平ひとつ言わずにここで働いてきました。でもそれは、たとえ現実には違っていても、私がこの子たちを自分の子どもたちだと思っているからなんですよ。だから、この子たちがこんなに悲しい顔をしているのを、これ以上黙って見ているわけにはいきません」

「それでも、シモンがしてはいけないことをしてしまったということは充分わかっているはずでしょう？」

「園長先生」ってアメッドが泣きべそをかきながら言った。「もしシモンがどこかに行っちゃうなら、ぼくもう出ていくぞ。ぼく、知らないおじちゃんと一緒にアメリカに行って、それで世界でいちばん不幸な子どもになるんだ。そしたらみんな園長先生のせいだからね」

「アメッド、いいかげんにしなさい。あなたはお父さまと一緒に行くんだからそんなにつらいはずがないでしょう」

「ぼくのパパじゃないよぅ」ってアメッドはふくれっ面をした。

「アタシなんかだれもいないのよ」ってアリスが言った。「先生がシモンを追いだしたら、アタシもう絶対に笑わないから。でもシモンがずっといてくれるならば、髪の毛だってとめるし、いつもいちばんの笑顔で笑ってあげる」

「頼むよ先生」ってボリスがお願いした。「おれたちもう絶対にいたずらしないから。約束するよ」

「ぼくは、先生の部屋もお掃除してあげる」ってアントワンが言った。「見てよ、ほら、ほこりだらけじゃないか」

アントワンが本棚をなぞったら指が真っ黒になった。

「シモンはえんま帳よりももっとよくあたしたちのこと知っているんです」ってカミーユが言った。「それにあたしたちをつらくしてるのは、シモンがえんま帳で読んだことじゃないのよ、園長先生。つらいのはあたしたちからお兄ちゃんを取りあげちゃうことなの。あたしたちママもパパもいなくてこんな悲しい思いをして生きてるのに、先生はあたしたちにまだ苦しみが足りないって言うんですか?」

「そうだよ、カミーユの言う通りだよ」ってぼくも言った。「こんなことしないで、ジュヌヴィエーヴ。それにぼくたちが立ちなおれるなんて思わないほうがいいよ。ぼくたちみんな病気になっちゃうんだから。そうなったらみんな園長先生のせいだからね」

そしてみんなの声がいっせいに部屋じゅうに響きわたった。「お願い!」みんなの口が一緒に開いたのも、そのあとの音ひとつしない空気も、とってもへんちくりんだった。

パピノー先生は指のあいだで鉛筆をクルクルまわした。

ぼくたちはみんなでその鉛筆を見つめた。すんごく長いあいだ見つめていた。

それからやっと、パピノー先生は、「わかりました、考えなおしてみます」って言った。

ぼくたちはみんな園長先生に飛びついてキスで窒息させちゃったんだ。ロージーはシモンをいつもよりもずっと強くムギュギュッて抱き寄せた。ロージーは泣いていたと思う。だって、肩がダンスしてたんだもん。

24

ロージーはぼくが風邪をひいたって言う。雨のなかでサッカーをしたからだって。シモンやアメッドやほかのみんなはもう学校に行っちゃった。

ぼくはベッドに横になってなくちゃいけない。起きようとするとすごく気持ちが悪くなって、遊園地の乗り物みたいにクルクル目がまわるから、落っこちないようにテーブルにしがみついてなきゃならないんだ。

看護婦のイヴォンヌはぼくにナントカ計っていう棒を渡した。くちびるのあいだにはさめって言うんだ。それから先生はその棒を灯りにかざして見て、熱もあるって言った。このまま死ぬの、って聞いたんだけど、イヴォンヌはぼくのおでこに手を当てて、「まさか。なにを言うの、おバカさんね！　ただの風邪ですよ」って言ったんだ。でもぼく、信じなかった。

ぼくは、それ見ろ、もう終わりだ、ぼくもお空に行くんだって自分に言ったんだ。お空に行くっていうのに、ぼくはタテゴトのひき方も知らないし、ビールも全然飲みたくない。なにより、カミーユとはなればなれになりたいわけないいじゃないいか。

そのあとぼくは、なにかがまざってる水をコップ一杯飲んだ。おいしくないからオエーッて顔をしかめて、それから頭を枕にのせて天井を見てたんだ。そしたら翼の大きな黒い天使が見えた。それからあとは覚えていない。

たぶんちょっとのあいだ、ぼくは死んでたんだと思う。だってロージーが本を持っていつのまにかベッドに座ってたんだもん。

「具合はどう、私のカワイコちゃん？」

「死んだと思ったよ」

「そんなこと言っちゃダメじゃないの。寒かったから風邪をひいただけよ」

「うん。でもそれだけじゃないよ、熱もいっぱいあるんだもん」

「お薬を飲めば、熱もすぐ引きますよ。心配しないの」

声を聞いたからなのか、目を見たからなのかはわからないけど、ロージーが一緒だと安心なんだ。もう死ぬ心配なんてしなくなっちゃう。

イヴォンヌはギラギラする金属の機械ばっかり持ってくるから逆に不安になるよ。

それにイヴォンヌの持ってくる水にはいっつもなんか入ってるくせに、赤シロップの味さえしないから飲みたくないよ。それにほかにも病人がたくさんいるからすぐにどこかに行っちゃって、ぼくは風邪と熱とひとりぼっちにされるんだから、ひどいよ。友達もカミーユもみんな出かけちゃって、これじゃまるでぼくだけおしおきされてるみたいじゃないか。

病気になると、ひとつだけいいことがある。どんなに文句を言ってもだれにもしかられないことさ。みんなとってもやさしくしてくれるんだ。パピノー先生でさえぼくのご機嫌がどうか聞きに来たくらいなんだから。それでぼくがさみしい目をしたら、パピノー先生は「かわいそうなぼくちゃん」って言って、テーブルの上に両手いっぱいのあめ玉を置いていってくれたんだ。ぼくはそんなのほしくないようなふりをして、園長先生が出てったら、だれかに持っていかれちゃうと大変だから急いでかじりついた。そしたらちょっと気持ち悪くなって、やっぱり風邪と熱って、ふたつも病気してると大変だなあ、って思った。


「ねえ、その本なあに?」ってぼくはロージーに聞いてみた。枕の上で寝返りをうったんだけど、枕からはニワトリみたいなにおいがした。昨日からシャワーを浴びてないんだからしょうがないよ。

「これはねえ、砂漠のなかで生活しているトゥアレグ族の男の子のお話よ」

「トゥアレグってなあに?」

「トゥアレグ族っていうのは、アフリカのサハラ砂漠に住んでいる、遊牧民の一族なの」

「ユウボクミンってなあに?」

「遊牧民っていうのは同じ場所にあまり長いあいだ住まない人たちのことよ」

「じゃあ、ぼくたちと一緒だね?」

「そうね、そうも言えるわね」って言ってロージーは笑った。

そうしてロージーはトゥアレグ族のハッサンっていう、ぼくと同い年の男の子のお話をしてくれた。ハッサンは何日もらくだの背中に乗って、ぼくのおでこより熱いおひさまの下で砂漠を旅する。ハッサンは自分の足で地面歩きたいんだけど、砂漠の砂はとっても熱いし、底なし沼みたいに人を飲みこんじゃうから、一度足がはまったらもう二度と出てこれなくなっちゃうんだ。だからハッサンは夜を待つんだって。そのあいだテントのなかを檻《おり》のなかのねこみたいにグルグル歩いてまわるんだ。そして家族がみんな眠りについて、けものたちが目を覚ますようないびきをかきはじめた頃を見計らって、ハッサンは外へ出る。迷子になったときは、星が空に矢印を描いて行き先を教えてくれる。それにまだ暖かい砂は、ハッサンが足を取られないように固くなって、けものたちはハッサンを怖がらせないように暗闇にひそむんだ。それでハッサンは夢を叶《かな》えて、なんにも怖がらずに何時間も砂の上を歩くことができた。ハッサンがテントに戻って眠りについてるあいだ、明日の朝になったら元気に起きられるようにって、時間は止まってくれてるんだ。ハッサンは夢のほかになんの力も持っていないから、砂漠の天使たちが見守ってくれるんだ。だから安心してぐっすり眠れるんだって。

「でも、ハッサンにだって家族はいるんでしょう?」

「そうね。でも家族は食事や寝床の準備をしなくてはならないし、次の旅程を考えなければならないし、らくだたちが逃げださないように見張っていなくてはならないの。だからこのハッサンにはあまりかまっていられないのよ」

「じゃあそんなお話全然よくないじゃないか。せっかく家族みんなと一緒に暮らしてるしあわせな男の子なのに、その子の夢は、毎日らくだの背中で過ごしてるからたまには砂の上を歩きたいっていうことなの？」

「ただのおとぎ話よ、ズッキーニ」

「じゃあおとぎ話なんてだいっ嫌いだよ。ぼくたちだって大したものは持ってない。そりゃ確かにぼくたちは砂漠になんて住んでないし、ハゲタマゴが新しい靴を汚したくないとき以外は森をたくさん歩けるよ。でもぼくたちにはおうちはない。ハッサンみたいにいつかここから出ていきたいって思ってるんだから、ユウボクミンみたいじゃないか。それなのにママやパパがいるほかの子どもたちが、ハッサンと同じくらいふしあわせだっていうの？　かまってくれる気持ちや愛してくれる時間がないんなら、家族なんてなんの役に立つのさ？」

「でも、ハッサンが愛されてないなんてどこにも書いてないじゃない。砂漠の生活っていうのはとってもきびしいのよ。田舎や都会よりもずっとよ。だから家族にとってもそうするしかしかたがないのよ。ハッサンは、自分の夢が叶ったから、とってもしあわせなの。そしてハッサンは気がついていないけど、それは天使たちに見守られているからなのよ」

「じゃあロージー、天使はぼくたちのことも見守ってくれて、ぼくたちが道に迷ったとき、星は矢印を描いてくれて、ぼくたちが夜中森を散歩するとしたら、時間は止まってくれると思う?」

「もちろんよ、ズッキーニ」

「今朝ぼく、大きな黒い翼の天使を見ちゃったんだ」

「どこで?」ってちょっと心配そうにロージーが聞いた。

「ぼくの頭の上だよ。イヴォンヌのお薬を飲んだあとすぐ」

「あなた半分眠っていたのよ。雨戸が閉じていたから、その隙間から影が映ったのよ」

「違うよ、真っ黒な大きな翼をした天使だってば」って少し怒りながらぼくは言った。

ぼくの天使の話も信じられないのに、どうして子どもを見守る天使のお話なんて話して聞かせるのさ?

大人って、ときどき揺すって頭のなかに眠ってる子どもをふるい起こしてやらなきゃ、お話にもならないよ。

これだから大きくなんてなりたくないのさ。

妖精や天使はぼくをしっかり見守ってくれている。それはほんとだよ。だって、そうじゃなきゃ、どうしてカミーユに出会えたと思う?

天使たちがぼくをハッサンの砂漠まで連れていってくれた。でもぼくは天使の羽根をつかみそこねて落っこちて、おひさまの光のなかでグルグルまわって、ぼくのブロンドの髪の毛をなにかがなでるような気がして、目を開いたらぼくの天使が目の前にいた。


「灯りをつけたよ」ってカミーユが言った。「だって、真っ暗でなんにも見えなかったから」

「ロージーに気をつけたほうがいいよ。ここにカミーユがいるのをロージーが見たら……」

「みんな食堂にいるから、心配しないで。あたし気分が悪いって言って出てきたの」

「ほんと？」

「違うわよ」ってとびっきりの笑顔でカミーユが言った。「で、具合はどうなの？　一日じゅう寝ていられるなんて、いいわよね！」

「いいか悪いかよくわからないや」

それでカミーユはやさしくぼくの口にキスしてくれた。

「ダメだよ」ってぼくは言った。「熱がうつるよ！」

「怖がり！　ロージーが怖いんでしょ、ほんとは！」

「うん」ってぼくは言ったんだ。

もしだれかがぼくたちふたりをこの部屋で見たら大騒ぎになっちゃうよ。でもカミーユの口にかじりついて、ふたりでものすごい目で見つめ合いたいのもほんとなんだ。ぼくは落っことしたら割っちゃいそうなサラダボールみたいにカミーユの顔を両手で包んだ。そしてだれかが来たらすぐわかるようにギョロッて目を開いたままキスを返した。ぼくの心臓はいまにも爆発しそうで、ジドウ員にぼくたちの抱き合ってるところを見られたらって、とっても怖かった。でも、とっても嬉しかった。まるでおとぎ話のなかみたいに、少しでも長くキスできるように時間が止まってくれたような気がしていたんだ。そのときカミーユがベッドから跳ねおりた。

「いまなにか聞こえたわ」

「ぼくの心臓だよ」

「違う。ロージーの足音だわ」

「どっちが怖がりさ？」ってぼくは笑いながら言ったけど、ぼくも物音に気がついたから急いでカミーユに「早く！　ベッドの下に隠れて」って言ったときにロージーが入ってきた。ギリギリだった。

「具合はどう、おチビちゃん？」

「うん、ちょっと疲れちゃった」

「でもお腹は減っているみたいね」

ロージーはかがみこんでトレイを取った。カミーユが息をする音にロージーが気がついちゃうとまずいと思って、ぼくは自分の息をとめた。

ロージーは「じゃあ、今おやつを持ってきてあげますからね。すぐ戻ってくるわ」って言って出ていった。

死ぬかもっと最悪のことが起きるかと思ったよ。

「もう大丈夫、ロージーは出てったよ」ってぼくは言った。

でもベッドの下にはカミーユはもういなかったんだ。

やっぱりカミーユは天使なんだ。飛んでいったか消えていなくなったかしたんだろうな。

25

シモンが「ときどきなにもかもがグズグズして先に進まないような気がするときがあるだろう。それを憂鬱《ゆううつ》って言うんだよ」って言った。

ぼくはそうは思わないよ。

だって、朝起きるでしょ。歯を磨くでしょ。シャワーを浴びるでしょ。ぼくが石けんを忘れてないかロージーが確認するでしょ。朝ごはんを食べるでしょ。カミーユを見つめるでしょ。スクールバスに飛び乗るでしょ。「熱い」と「暑い」と「厚い」の違いについて習うでしょ。(教えてもらわなくちゃわかるわけないよ。だって話すときは同じに聞こえるんだもん)。休み時間になるでしょ。ほかの男の子たちとビー玉をしたり鬼ごっこしたりするでしょ。カミーユとは遊ばないよ。教室に戻るでしょ。ポール先生が電気について教えてくれるでしょ。さっぱりわからないでしょ。ポリーヌはぼくたちにさよならも言わないで施設を出ていった。だれも残念がらなかったよ。とくにロージーはね。パピノー先生に、ポール先生の電気実験でしびれちゃったことを話すでしょ。あめ玉入れからあめ玉をもらうでしょ。それからおやつとカミーユの視線を食べるでしょ。ジュジュブのお誕生日のお祝いをするでしょ。ボリスの分も。アリスのも。シモンとアメッドと一緒に宿題するでしょ。月曜の晩にはテレビを見て、火曜の晩にはプールに行くでしょ。それから週末はカミーユと一緒にレイモンのおうちへ行くでしょ。

もうこれ全部終わっちゃったのに、シモンはなにもかもグズグズして先に進まないってぼくに思わせたいのかなあ？

おまけにシモンは相変わらずいちゃいけないところにちゃんといるんだ。わざとやってるに違いないよ。シモンは、廊下を歩いてたら、ポリーヌがパピノー先生に火曜日ぼくたちがプールで泳いでる間にイチャツイてる相手のことで、しかられてるのを耳にして、少し開いたドアの後ろに隠れて聞いてたって言うんだ。

「みんなロージーのしわざね」ってポリーヌは言った。「どうせあの女、恥ずかしげもなくペチャクチャしゃべったんでしょうね」

「だれが言ったかなど問題ではないのです」ってパピノー先生は言った。「あなたの役割はプールで泳いでいる子どもたちを監視することなのですよ」

「子どもたちはミッシェルと一緒にいたんですよ。いいじゃない、だれもおぼれてないんですから」

「あなたがこのうちの外でなにをしようと、わたくしにはまったく関係ありません。でも、あなたが見知らぬ人と抱き合っているのを子どもたちが見るのはまったく言語道断《ごんごどうだん》ですよ」

「あら、見知らぬ人なんかじゃないわ。それどころか園長先生もよくご存じの方なんですよ……」

「お黙りなさい、そんなことを聞いているのではないのです。あなたのおこないは児童指導員にふさわしいものとは言えません」

「まあ、それではあたしが先生の言う通り児童指導員らしくして、それからクレルジェさんにシモンのえんま帳事件のことをバラしちゃったら、どうするおつもりですか？」

「事件なんてなかったのです」ってパピノー先生は答えたんだ。「それに裁判官にこのことを話すなんて考えないほうがいいですよ。さもなくば、わたくしの個人的裁量であなたのことは処分することにします。あなたがここから出ていくことになったらなんにもならないでしょう。わかって？」

「冗談ですよ、園長先生」って言ってポリーヌはバタンッてドアを閉めた。

ただ、部屋を出ていくポリーヌの様子はまったく冗談らしくなかったんだ。

ロージーがなにを言ったのかは知らないよ。でもぼくはシモンの面子《メンツ》を守るために自分が言っちゃったことを思いだした。だからポリーヌがぼくたちにさよならも言わないで出ていくのを見たとき、なんだか後ろめたい気がしたんだよ。

ロージーは「あなたにはなんの責任もないわよ。あのしり軽女は裁判官になにもかもバラしてしまったんだから、パピノー先生がどうやってシモンの件をうまくかたづけたのか、私には見当もつかないわ」って言った。

そんなことよりももっともっと大事なこと。それは、ぼくたちのスー族の知恵がうまくいったことだった。

魔女のほうはなにが起きるかなんにも気がついていない。

カミーユがボリスのテープレコーダーをポケットに忍ばせて部屋に入る。

魔女はドアの鍵を閉める。

「こうしておけば急にだれかが入ってきて聞かれることもないさね。アタシイは抜け目がないので通ってるんだ、この大バカタレが」

「ご機嫌いかが？」って耳が聞こえないみたいにしてカミーユは言う。

「あたしの機嫌がおまえさんになんの関係があるって言うんだい？」

「ただ元気にしているかって知りたかっただけなのよ、叔母さん」

「あたしのことを叔母さん呼ばわりするのはやめてくれよ。おまえさんとあたしが同じ家族だってことはとっとと忘れてしまいたいんだからねえ」

「だったら、わざわざここまであたしに会いに来る必要ないじゃないの」

「寝ぼけるんじゃないよ、チビ。義務なんだからしょうがないじゃないか。勘違いするんじゃない。おまえさんをここに入れたのも、おまえさんが邪魔だからなんだよ。そんな余裕はないからねえ。あたしは正直に生きてきたんだよ。おまえさんを引き取ることになったらいくらかかるか、怖くて想像したくもない。おまけにおまえさんが大人になったら、あたしにとってはまったくのお荷物になっちまうからねえ。ちょっとはましになってくれると思ったけど、どうやらそうでもないようだ。もっとも、ここからも引きはらわせようと思ってるんだ」

「どうして?」

「だっておまえさんに必要なのは愛なんかじゃないからだよ。おまえさんに必要なのは堅いげんこつなんだ。そうすりゃ性根《しょうね》から叩きなおしてくれるだろうに」

「性根って?」

「これ以上馬鹿なことを言うんじゃないよ。ここじゃおまえさんは、好き放題やって、外に出たらなにが待ってるか全然わかってないじゃないか。なに考えてんだい? 上を向いて堂々と生きていけるとでも思ってるのかい? もしあたしがおまえさんの母親だったら今頃……」

「死んでるんじゃない」

「あたしに向かってあのバカの話をするんじゃないよ。なにさまのつもりだい? おまえさんは出来も悪けりゃ行儀も悪い娼婦くずれのただの孤児さ。ええ? だれとでも平気で寝る母親と朝から晩まで飲んだくれの父親がいりゃ、おまえさんみたいなアバズレが生まれてきたっておどろくには値しないね」

「どうしてそんなにいじわるなの? あたしアンタになんかした? なんにもしてないし、なんのお願いもしていないじゃない。あたしアバズレかもしれないよ。でももしパパがまだ生きていたら、あんたなんかにそんな口、叩かせたりするもんか」

「そりゃそうだろうね。きっとあたしを殴りつけるんだろうよ、あの男にゃそれしかできなかったんだから。おまえの父さんが母さんにやらせたことを見りゃ、一目瞭然じゃないかい？　おまえさんももう母親に似てきたんじゃないかい？　おまえさんは淫売になるのさ」

「インバイってなんのことなの、叔母さん？　叔母さんもそうなの？」

「ふざけるんじゃないよ。あたしがいないのをいいことに、ぬくぬくとそんな口の聞き方を覚えやがって。でもそれも長くは続かないよ、覚悟しときな」

「アンタのおうちになんか絶対に戻らないからね。それに別の施設に移すって言うんならあたし、おまわりさんに言っちゃうから」

「おまえさんのおまわりさんはなんにもできやしないよ。あたしは法律の側にいるんだからね」

「じゃあ、アンタがこうして話してるのをだれかが聞いたらどうなるかわかる？　法律はだれに味方するのかしらね、叔母さん？」

「おまえさん、映画の見すぎじゃないのかい？　この部屋のどこかにカメラがしかけてあるとでも言うのかい？　それとももしかして汚らしいガキたちがドアに耳を当てて聞いてるとでも言うのかい？　おまえさんの言うことなんかだれも信じやしないよ。おまえさんがあたしのことをどう言おうと、大した意味はないんだから。園長にはおまえさんは完全な虚言症患者だってことにしてあるんだから。おお、かわいそうに。あんな母親を持ったもんだから、あたしがなにを言ってもアッという間に信用されるんだよ」

「キョゲンショウってなんなの？」

「つまりおまえさんは平然とうそをついて、ありもしないことをでっちあげるってことさ」

「それはアンタのほうじゃない！」

「いいかい、世間はおまえなんかが思うよりもずっと残酷なんだ。覚えときな。虚言症の孤児と正直な年増女《としま》、世間がどっちを信用するか、よく考えてみるんだね」

「アンタのどこが正直だっていうの！」

「あたしたちふたりのほかだれもそんなこと気づいちゃいないよ、バカも休み休み言うんだね」


パピノー先生とロージーとコレット先生がボリスのテープレコーダーを聞いてたとき、小さなネズミになってとなりにいたいと思ったのはぼくだけじゃなかった。サ、バ、イ、ン、カ、ンが書斎から出てきて、ものすごく腹を立てて「こんなことが許されてはなりませんぞ！」って言ったのをぼくたちは見たんだ。カミーユはぼくたちになにが起こったか全部話してくれて、ぼくはレイモンにも電話した。レイモンはすぐさまレ・フォンテーヌまで駆けつけて、パピノー先生と話し合った。

「やはりあの魔女には用心したほうがよいですな」ってレイモンは言った。「ですがやはりカミーユの叔母であることには違いないんですから、やっかいです。裁判官が児童福祉専門の調査官に通告しました。まあ、今度は魔女がいやな目にあわねばなりますまいな。いやいや、本官はこの調査官を個人的に知っているんですが、あまり気やさしいほうではないんですよ、子どもにこんなふうに話す人間に対しては」

そして、これだけじゃ盛りあがりが足りないと言わんばかりに、ベアトリスのママも、娘に会いにレ・フォンテーヌまで来ちゃった。

ベアトリスは心のなかで、おひさまがさんさんに輝いているってずっとはしゃぎまわった。ニコニコして、指をくわえないで白い歯を見せていつも笑顔でいるのを見て、ぼくたちもとっても嬉しくなった。ママが本当に会いに来てくれるって知ってから、ベアトリスはフォークを使ってなんでもおいしそうにたくさん食べたから、ロージーはその変わりぶりにすっかりご機嫌だった。

ただ、ベアトリスのママはひとりでは来なかった。カバンのなかに忍ばせたピストルも一緒だったんだ。

ベアトリスのママは、ベアトリスの心のなかの自分の場所をロージーに横取りされたと思ったんだ。だから、ベアトリスが部屋から走りだしてきてロージーに「早く隠れてぇ、ママに殺されるわよ！」って叫んだときにはもうおひさまどころじゃなくなっちゃった。

施設はとても静かだった。みんなはジドウ員とアステリクス遊園地に出かけてたからだ。パピノー先生も休暇を取って田舎のお友達に会いに出かけていた。親のいる子どもたちは家に帰っていたか、散歩に出ていた。

カミーユとぼくはレイモンのおうちにいた。

シモンだけは宿題をやりそこなってレ・フォンテーヌに残ってた。それでベアトリスの悲鳴を聞くなりシモンは一目散に部屋を出た。

そりゃ確かに「来る、する、見る、取る」の動詞の活用を覚えるよりはおもしろそうだもんね。

シモンは走って秘書のおばさんの部屋に隠れた。廊下にちょっと顔を出したんだけど、だれも気がつかなかったんだって。

まったくシモンらしいよ。


ロージーは、ギョロ目で怒りたける、ピストルを握りしめた黒人のデブおばさんと向き合っていた。

おばさんは「ベアトリスのママはアタイひとりよ」って叫んだ。

ロージーはまるでピストルなんか目に入らないみたいにして声を落ち着かせて、「おっしゃる通りですわ、奥さん。間違いようもございません」って言ったんだ。

「あんた、アタイからあの子をぶんどろうってんだね。見え見えだよ、ええ!」ってデブおばさんは怒鳴った。まるで言葉のひとつひとつが壁にぶつかって天井に跳ねかえるように、おばさんの声は響き渡った。

「とんでもない、私にそんな気はありません。私が求めるのはレ・フォンテーヌの子どもたちのしあわせ、ただそれだけです。早まったらおしまいですよ、奥さん。その銃をこちらに渡してください」

「アタイのチビちゃんはどこ？　アタイあの子に会いに来たのよ」

「安全な場所にいます。ピストルを怖がっているんですよ」

「怖がらせるために来たんじゃないのよ。ずっと会いたかったって言いに来たのよ」

ロージーは二歩前に進んだ。「ピストルを持ってですか？」

「こっちに来ないで。ぶっぱなすわよ」

「そうしたいのでしたらどうぞそうしてください。でもその前に、落ち着いてよく考えてみてください、奥さん。私を殺して気がすむのならそれで結構ですよ。でも、ベアトリスのことを考えてくださいな。そんなことをしたらもう二度とあの子には会えなくなるんですよ。私を殺すようなことになればもうだれも助けてくれなくなるんですよ」

「アタイはただ、チビちゃんに会いたいだけなのよ」

「さあ、だったらピストルをこっちに渡してください。それから考えましょう」

「しょっちゅう会いに来てやれないのはアタイのせいじゃないのよ。お金もないし、ベアトリスのパパはアタイが家にいないといやがるんだから」

「わかりますよ、奥さん」

「ふんっ、あんたなんかにわかるもんか。お上品ぶって『わかりますわよん、奥さん』って呼ぶしか脳がないくせに。でもあの子の母親はねえ、このアタイなのよ」

「だからおっしゃる通りだと先ほどから言っているじゃないですか」

「ああいやだ……。アタイ、もうクタクタなのよ」って黒いおばさんは言った。

そうしておばさんは銃をおろした。目から涙の粒がポロポロこぼれ落ちた。

「そちらに行きますよ」ってロージーは言った。

デブおばさんは答えなかった。

ロージーはゆっくりと前に進んで、やさしくピストルを取りあげて、それを床に置いた。それから素早く蹴っとばしたからピストルはワルツを踊りながらシモンの目の前で止まった。シモンはアッという間にそれを拾いあげた。

「さあ、もういいでしょう」って言ってロージーはベアトリスのママの手を取った。「このことはだれにも言いません。お約束します」

「あの子に会わせてもらえるかしら」

「もちろん。こちらです」


ふたりのデブおばさんはベアトリスに会いに行った。シモンはポケットに拾ったピストルを忍ばせてこっそりふたりについていったんだ。

「万が一ってことがあるだろう」ってシモンはぼくに言った。

でも「万が一」がなくてほんとによかったよ。

ベアトリスはほんとに怖がって、ひとりではママに会いたがらなかった。だからロージーも同じ部屋にいることにして、ほんもののママの愛が大きくふくらむように、すみで小さくなってたんだ。


「だれにも見つからなかったからよかったけどさあ」ってぼくは言った。「パピノー先生の部屋に忍びこむなんて、ほんとにシモンはわざわざ問題を起こそうとしてるみたいだよ。正気のさたじゃないよ」

「ベアトリスとロージーが心配だっただけだっての。それになにかあっても空に向けて撃つだけだよ、わかるだろ」

「とにかくもとの場所に戻しといたんなら大丈夫だね。それに部屋に戻って宿題をしてるふりまでしたんだから、大したもんだよ」

「ふりじゃないってば」

「シモンっ！」

「なんだよ、シモン、シモンって？　ちゃんと宿題やってたって。ロージーがおやつの時間だって呼びにきたときだって、ちゃんと句読点を読みあげて聞かせてやったんだから。『こんにちは、てん、って狼が言います、まる。外はあまり暖かくないですねえ、まる。寒さが肌をさします、てん、って思いませんか、まる。』」

「それでベアトリスは？」

「ベアトリスは、ロージーがせっかくつくったおやつにもさわらなかったんだ。どっちみち親指を口に突っこんでたんだから、おやつの入る隙間はなかったわけだけどね。ベアトリスのママはなんとかジャムパンを食べさせようとしたんだけど、ベアトリスはいやいやって頭をふって、おばさんはそりゃかわいそうだったぜ。おれはおばさんとはあまり目を合わせないようにしてたんだ。だって目で気持ちを読まれちゃうじゃないか。ベアトリスのママが帰るとき、おれ『バイバイ』って言ったんだ。そしたらロージーが不満そうな目をしたけど、まあ、しょうがないよ。おれだってピストル持ってるおばさんにさよならのキスをする気にはならないからね。ベアトリスはママに抱かれるままになってたけど、自分で抱きしめてたのはいつもの親指だけだったな。ママのほっぺたにキスしてたけどそれだけだったんだ。おばさんが帰っても、ベアトリスはロージーとも遊びたがらなかったんだぜ。ベアトリスはいつもの水着を着た人形をとって、冬よりひどく厚着させちまったのさ」

26

灯りがついてるから目が覚めちゃったんだ。ぼくは、「なんだ、なんだ」って言った。シモンがぼやいた。でもアメッドはなんにも言わなかった。当たり前だよ、アメッドのベッドはからっぽだったんだから。

「シモン」って小さな声でぼくは言った。「アメッドがいなくなっちゃった」

「ションベンしに行ったんだよ、早く寝ろよ」

「違うよ、だってアメッドはオシッコはベッドでするんだよ。アメッドが夜中にトイレに起きたのなんて見たことないよ」

「ああもう」

「わかった、じゃあここにいなよ。ぼくは新しいジドウ員を起こしてくる」

「おまえってほんとにうざいよな、ズッキーニ」ってベッドに座った目くそだらけのシモンが言った。

新しいジドウ員はシャルロットって言うんだ。髪の毛の色のせいで、頭はいっつも火がついてるみたい。それにふたりで揺すって起こしてるのに、すっかりぐっすり眠ってるんだ。

「な、な、な、なに？　だれ？　もう！　あなたたちここでなにやってんのよ？」って言ってシャルロットは大きすぎる真っ白な寝間着を着たまま、すぐにスクッて立ちあがったんだ。

「アメッドだよ」ってぼくは言った。「アメッドがベッドから消えちゃったんだ」

「わかったわ。今着替えるからあっちへ行ってて。自分の部屋で待っててね」

とってもやさしいんだよ、シャルロットは。

シモンはロージーがパピノー先生に「あんな小娘、この仕事には若すぎます。経験だって全然ないのでしょうし」って言ってるのを聞いたらしい。パピノー先生は「あなたってだれが来ても気に入らないみたいね、ロージー。児童指導員を見つけるのだって大変なのよ。女性が来るから嫉妬《しっと》しているんじゃなくて?」って答えたんだ。

「私が?」って言ってロージーは自分のデカパイを指さした。

「そうです。くれぐれも、今度来る指導員と仲良くやっていくことね」

シャルロットはすぐに友達になってくれる。もちろんぼくたちがいたずらをしたらときどき眉《まゆ》をしかめるけれど。遊びをいくつも教えてくれるし、ぼくたちと一緒に何時間も森を散歩してくれるし、木やお花の名前を全部知っていて、食べていいキノコを教えてくれて、そうでないキノコは踏みつぶしてくれるんだ。シャルロットはぼくたちにいつもやさしい言葉をかけてくれるし、ロージーにもそうだから、ロージーも結局はとっても仲良くなった。ミッシェルとフランソワの前を通り過ぎるふたりはとってもおもしろいよ。だって羽根をひろげたクジャクみたいに自信たっぷりなんだ。ミッシェルはシャルロットの友達になろうとがんばったらしい、ってシモンが言ってた。でも最初からおしりに手をやるのはいい考えじゃなかったと思うよ。おかえしに引っかかれたんだから。それ以来ミッシェルはシャルロットに近づかないようになって、臆病もののハゲタマゴはその前から女の人を怖がってるからいっつもミッシェルとばかりいるようになった。それでロージーは「ああ、男どもって!」って言うの。それでシャルロットは「え、どこにいるんですか？」って言う。そしたらぼくたちはまぼろしの筋肉をモリモリふくらますふりをしてゲラゲラ笑うんだ。体操が得意なシモンを除いて。そうするとヒゲオトコは地面に唾《つば》を吐いて、フランソワは「シカトすりゃいい」って言って、ロージーは「おまけに行儀まで悪いんだから、この腕白たちは」って言うんだ。

「懐中電灯を持ってきたわ」ってシャルロットが言った。「ロージーも起こしたほうがいいと思うの。アメッドを探すんだったら四人でも多すぎることはないでしょう」

「やったぁ！」ってシモンとぼくは言ったんだ。だってぼくたちシャルロットがベッドに残るように言うんじゃないかって心配してたんだもん。だからもうパジャマから着替えてたくらいなんだ。

ぼくたちはほかの子どもたちを起こさないようにつま先歩きをしながらシャルロットをロージーの部屋まで連れていったんだ。

ぼくはカミーユのことも考えたけど、シャルロットにあんまり無理を言ったら元も子もないぞ、って思ったんだ。

大丈夫。頭のなかでカミーユも一緒に連れてけばいいんだから。

ナイトキャップをかぶって、アイマスクをして廊下まで響き渡るいびきをかいて眠ってるロージーを見たときは、ぼくもシモンもシャルロットもバカ笑いが止まらなくなっちゃった。ロージーを起こすのはシャルロットのときよりもずっと時間がかかって、着替えもシャルロットよりずっとノロノロしていた。そのあいだずっとぼくたちはバカ笑いしてたんだ。

まず、レ・フォンテーヌのなかでアメッドを探すことにして、ドアを全部開けてみたんだけど、だれもいなかった。

「そんなバカな」ってロージーが言った。「どこに行っちゃったのかしら、あのチビちゃん?」

それからロージーはぼくたちのほうを振り向いて、弓矢のように指をふりながら「あなたたち、掃除用具入れにアメッドを隠したりしてないでしょうねえ?」って言った。

「だったらシャルロットを起こしになんて行かないさ」ってシモンが言った。

「ええと、どういう……」ってシャルロットが言いかけた。

「いいの、あとで説明するわ」ってロージーが話をさえ切った。「でもどうやって玄関から出たのかしら、いつも鍵が閉まってるはずだわ」

「あそこだよ」って言ってぼくは開きっぱなしになってる窓を指さした。それでぼくたち急いで外に出た。

「ああ、なんてこと!」ってロージーが嘆いた。「もしアメッドが森に入っていたら、警察に通報しないとだめだわ」

「ありえないよ」ってぼくは言ったんだ。「アメッドはいっつも水たまりに落ちるのを怖がっていたし、前に観た映画のせいで森を歩くと木の枝が覆い被さってくると思ってるんだから」

「なんの映画なの？」ってシャルロットが聞いた。

「ええ？　ああ、月曜日、リモコンのボタンを間違えて押しちゃったんだよ、イテテッ」ってぼくは言った。だってロージーが耳をつねったんだもん。

「ああ、アニメをつけたままあんたたちを放っておくんじゃなかったわ。今度からはそうは行かないわよ。さあて、アメッドはどこかしら……。あっ！　なにか見えるわよ、ほらあそこ、川岸！　急ぎましょう」

でもそれはロージーの思い違いだった。ただの薪《まき》だったんだ。ぼくたちはあちこち見まわしたんだけど、結局アメッドは見つからなかった。

「どっちにしても川のそばには行かなかったと思うぜ」ってシモンが言った。「だって絶対に怖がるはずだから。おれはアメッドは道路沿いにいると思う」

それでぼくたちは真っ暗な道路沿いにシャルロットの懐中電灯一本で歩いた。シャルロットの懐中電灯はぼくたちの足下を照らすか照らさないかで、それもちゃんと光っているときだけで、とっても不安だった。川岸だったらまだ月が水に映って明るいんだけど、こっちはシモンが言うみたいに「暗闇のなかの暗闇」だった。ぼくたちは学校に行くときのバスみたいに橋の下を通り抜けた。

「だめだわ、これじゃ探しようがない」ってロージーが嘆いた。「戻って警察を呼んだほうがいいわ。

時間のむだよ。車からもよく見えないでしょうし、ここを歩いているのは危険よ」

だれもなにも答えなかった。みんな足下に気をつけるので頭がいっぱいだった。道路の真ん中に出たら危ないいし、はしっこを歩けばすべっておしり一面にイラ草をくらって後戻りだ。

「気をつけて！」ってシャルロットが叫んだ。「車が通るわよ！　みんな、すぐにはしっこに寄りなさい！」

言われなくてもわかるってば。それじゃまるでぼくたちが車にひかれたがってるみたいじゃないか。

車がぼくたちの前を通りすぎて行くとき、シモンが叫んだ。「あそこだ、ほら、車のライトがアメッドを照らしてる」

ぼくたちよりずいぶん前のほうにパジャマを着たアメッドがいた。アメッドにはぼくたちの姿も見えてなかったし足音も聞こえていなかったんだ。それにアメッドは足が遅かったから、アッという間に追いついてつかまえられた。アメッドは最後の瞬間にぼくたちのほうを振り向いておねんねウサちゃんを握りしめたまま走りだそうとしたんだけど、シャルロットのほうが速かったから、そのまま抱きあげられちゃったんだ。アメッドがもがいたから、手から離れたウサちゃんは飛んでいった。アメッドはウサちゃんを取り戻そうとして手を伸ばした。

「ほら」ってウサちゃんを拾ってきたシモンが言った。

「どこに行くつもりだったの、チビちゃん？」って言ってロージーはアメッドの頭をなでた。

「遠く。毎週土曜日に来るおじちゃんに会いたくないんだもん」

「お父さんのことよ」ってロージーがシャルロットに言った。


ぼくたちは黙って夜道をレ・フォンテーヌまで戻った。

アメッドがおしおきを怖がってめそめそする声しか聞えなかった。

「大丈夫よ、チビちゃん」ってロージーは言った。「だれもおしおきなんてしないわ。でも、もうこんなふうに夜中に出かけちゃだめよ。もし私たちが見つけられなかったら、どんなことになっていたかわからないのよ。本当にあわてちゃったのよ」

「心配はかけたくなかったんだよう」ってアメッドがべそをかいた。「ほんとはね、もう戻ろうって思ってたの。それで、しゃがんて、いろいろ考えたの。そしたら、おしおきされると思って、怖くなっちゃって、やっぱり戻るのはやめることにしたの」

「でもどこに行くか、なんにも考えなかったの？」ってシャルロットが聞いた。

「ううん、ぼく、学校の先生に会いたかったの。だってポール先生、とってもやさしいから。ときどき休み時間にぼくたち先生とお話しするの。そしたら先生が、ぼくが行きたくないならアメリカなんて行かなくていいって言ってくれたから、だから……」

「先生がどこに住んでるのか知ってるの？」

「うん。あのおじちゃんが会いに来るようになる前は、毎週土曜日に先生のおうちに行っていたから」

「とっても遠いのよ、チビちゃん」ってロージーが言った。

「ええっ！」ってアメッドが言った。「それなら朝になってから車でポール先生のおうちまで行ってもらえばよかった」

「ああ！　この頃は子どもだけをねらった人さらいも多いのよ」ってロージーがまた嘆いた。「もう、どうしちゃったのアメッド、あなたの頭のなか、エンドウ豆でも入ってるのかしら？」

「ええっ！　ぼくエンドウ豆嫌い」ってアメッドがまたべそをかいた。「でもときどきこんなかで混ざっちゃうんじゃないかな」

アメッドは自分の頭を指さした。

シモンが「今度また夜ひとりで出ていこうとしても、ウサちゃんが賛成してくれるとは思えねぇな」って言った。

「そう思う？」ってアメッドは聞きかえした。「でもぼくにはなんにも言ってくれなかったよ」

「そりゃなにも言わないさ。ぬいぐるみがしゃべるわけねえじゃんか。でもウサちゃんが嬉しくなさそうなのは、目を見ればわかるんだよ」

「ええっ！」って小粒の涙で曇った目をしてアメッドが言った。

「そうだろ、ロージー？」

「そうよ、シモン。ほんとに困ったような目をしてるわ、あなたのウサギ」

って言うから、ぼくもウサちゃんの目を見てみたけど、ガラス玉と泥んこしか見えなかった。どっちみち洗濯機にかけなきゃ汚いよ、このウサちゃんは。

レ・フォンテーヌに着いたから、ロージーが鍵を開けてぼくたちを先に入れてくれた。シャルロットは玄関の灯りをつけた。アメッドはウサちゃんを抱きしめている。シモンがあくびをした。ぼくもした。

明日の朝、全部カミーユに教えてあげなきゃ。

ロージーとシャルロットは部屋までぼくたちについてきてくれた。ぼくたちはパジャマに着替えた。アメッドはもうパジャマだったから着替えなかった。それからロージーとシャルロットはぼくたちをギュッて抱きしめてくれた。とくにアメッドをね。

ぼくが灯りを消そうと思って手を伸ばしたとき、アメッドが「ねえロージー、サンタクロースの歌をうたってくれる？」って言った。

27

ぼくは毎朝指を折って、十歳になるまであと何日あるか数えた。

お誕生日は土曜日だから、カミーユとぼくはレイモンのおうちにいることになる。

カミーユの様子をずっとうかがっているんだけど、へんな感じなんだ。とくにシャルロットと一緒に町に出かけていった日以来、なにか隠してるみたいだった。

それにコレット先生も黒インクの絵と一緒にぼくを診察室にひきとめて、シャルロットの赤い車がレ・フォンテーヌの駐車場の砂利にザザッてブレーキをかけたときでさえ、外に出してくれなかった。

だからぼくはおたんこなすのふりをして、「ぼくのプレゼントなあに?」って聞いてみることにした。そしたらカミーユはまるでなんにも聞えなかったみたいにぼくを見つめて、「ブランコで遊びましょ」って言うんだ。だからぼくはカミーユの手を引っぱって、耳元で同じことを聞いた。「ぼくのプレゼントなあに?」そしたらカミーユは「あらあら、ほんと? 前途多難? じゃあ、ブランコはだめね」って答えて、ハチに刺されたみたいにディスコを踊りはじめた。今度はシャルロットに聞いてみたら、シャルロットは「なんの話かしら?」って答えたんだ。それじゃまるでぼくが指の数を数え間違えて、赤い車が町に出かけていくのを見てなかったみたいじゃないか。

だからちょっと頭にきた。だって土曜日にぼくがおじいちゃんになるっていうのに、だれも気がついてないんだもん。

シモンには全部話して相談したんだけど、「誕生日なんてどうってことねえよ。ケーキの上のろうそくが一本増えるだけだろ。それに大人たちはプレゼントのことなんてしょっちゅう忘れるんだ。犬が病気だから注射しなきゃなんないとか、ばばあの世話とか、とにかく忙しんだから」って言うんだ。でもぼくの十歳のお誕生日と、おばあちゃんの注射となんの関係があるのかさっぱりわかんない。そしたらシモンは「そんなことより同音語の復習したほうがいいぞ。ほら、ビンは『明ける』じゃないか」って言ったんだ。ぼくは宿題なんてもううんざり。それよりプレゼントをいっぱい明けたほうが楽しいに決まってる。ビンに大きな顔はさせないよ。

「なんでなのさ?」ってぼくはシモンに言った。「ジュジュブやアリスのお誕生日のお祝いのときは、一週間前に絵を描いて、食堂にセロテープで貼って、それから町へ行ってお菓子をいっぱい買ったり、首飾りをいっぱい買ったりしたのに、ぼくのときはなんにもないじゃないか。絵も飾ってないし、みんなそろってぼくが一生九歳のままでいるみたいな顔をしてるじゃないか」

「わかったよ。おまえの誕生日って今度の土曜日だっけ?」ってシモンが聞いた。

もうシモンなんて大嫌いだ。

「そうだよ」ってぼくはちょっと怒って答えた。

「それは残念だなあ」

「残念ってどういうことさ?」

「だって土曜日、だれもここにいないからさ。おまえはカミーユと一緒におまわりの家に行くんだろ?おれたちはパリに行くんだ」

「なにしに行くの?」

「博物館へガイコツを見に行くんだよ」

「へえ、つまんない遠足」ってぼくは言った。でも、ほんとはぼくも行きたかった。

「ああ、ほんとにつまんないよ」って言ってシモンはまるでご馳走を見るみたいに教科書を見た。

「ぼく、ガイコツなんて見たくないよぅ」ってアメッドが言った。シモンはぼくに、ガイコツってときどき人をおどろかせて楽しんでるんだって言った。

「そんなのデタラメだよ。ガイコツは死んでるんだから、人間を怖がらせるほど元気なわけないじゃないか」

「ええ？　絶対に大丈夫？」ってアメッドが聞いた。

「絶対かは知らないよ」

って言ってぼくは腕をブラブラさせてガイコツのまねをしてアメッドに飛びかかった。アメッドはギャーッて叫んでふとんにもぐった。

「イカール！」って指先でものさしをパキパキ叩きながらシャルロットが叫んだ。「それでも宿題やってるつもりなの？」

大人って、なんの合図もしないで勝手に部屋に入ってくるから困るよ。ほんとに。ちゃんとドアをノックして入ってくるか、なんでもいいから歩くと音の出る靴をはくかしてくれればいいのに。そうすれば「あける」の横にぜんぶ「明ける」って書く時間もあるのに。

「『ビンを明ける。』まあ、困ったわね」って言ってシャルロットはものさしで教科書を叩いた。まるで教科書が間違えたと思ってるみたい。「明けるっていうのは朝になるとか、暗かったものが少しずつ明るくなるっていう意味で使うのよ。もう何回も同じこと言ったじゃないの。それに私より前にポール先生に教わったはずよ」

「それはそうかもしれないけど、ポール先生はものさしで教科書を叩いたりしないよ」

「じゃあ、自分の指を叩かれたほうがいいの？」

「いやだよ。じゃあプレゼントも明けるの、それともおばあちゃん《グランメール》に注射するの？」

「なにに注射するですって？　文法《グラメール》？　ときどきあなたわけのわからないこと言うわよ。プレゼントをあけるの『あける』は当然『ひらく』の『開ける』でしょ」

「文法の世界ではそうかもしれないよ。でも人生でもそうだとは思えないや」ってムッとしてぼくは言った。

「なあに！　せっかく教えてあげたのにふくれっ面するの、チビ太くん？」

「土曜日になったらもうチビじゃないんですぅ」ってぼくは言った。

「しょうがないわね、今から『プレゼントを開ける』って百回書き取りしなさい。『ひらく』の『開ける』ですからね。忘れちゃだめよ。ほかのふたりはお外に行って遊んでいらっしゃい。それからアメッド、お願いだからふとんから出てちょうだい。そんなところじゃ文法の勉強にならないでしょう？」

そらはじまった。みんなが外で遊んでるのに、ぼくだけ罰として居残りでノートに「プレゼントを開ける」を百回も書き取らなきゃならなくなったじゃないか。土曜日には、書き取りした回数分のプレゼントがもらえるとは思えないし、レイモンだってもしかしたらおばあちゃんの注射のせいでケーキも忘れて、ろうそくをもう一本増やすのも忘れちゃうかもしれない。

ぼくは園長室にいる。パピノー先生は書類を読むふりをして、ちょこちょこぼくのほうを見ながらニコニコ笑う。

レイモンはさっきから受話器のむこう側。

「どうだい、土曜日ぼくに会いに来るのは楽しみかな?」

「うん。ねえレイモン、レイモンにはおばあちゃんいる?」

「おばあちゃん? いやいや、チビちゃん、ぼくのおばあちゃんはお空に行ってしまったんだ。でもちょうど、ヴィクトルのおばあちゃんが今週遊びに来ることになっているんだよ。おばあちゃんはちょっと耳が悪いんだ、わかるかな、聞こえるように大きな声で話さないといけないよ」

「おばあちゃんに注射するの?」

「注射? 犬じゃないんだよ、チビちゃん。どこでそんなこと聞いたんだい?」

「シモンだよ。犬やばばあに注射しなきゃならないから、大人はお誕生日を忘れちゃうんだって」

「シモンは想像力がありすぎるんだよ、チビちゃん。大人は誕生日を忘れたりはしないさ。自分の子どもの誕生日だったらなおさらだよ。安心しなさい」

「でもぼくはレイモンの子どもじゃないよ。レイモンの子どもはヴィクトルじゃないか。やっぱりそうだ。レイモンもぼくのお誕生日なんて忘れてるんだ」

「ぼくもヴィクトルもきみを家族みたいに思ってるんだから、忘れるはずがないじゃないか。まあ、そのことは土曜日に話そう。さあ、ちょっとパピノー先生にかわってくれないか?」

「ジュヌヴィエーヴ、レイモンがお話があるって」って言ってぼくは受話器を渡した。それからぼくは、みんなと遊びに行くみたいに駆け足で部屋を出た。

でもこれもスー族の知恵なんだ。

ドアの後ろで耳をすまして、パピノー先生の声を聞いたんだ。

パピノー先生は言った。

「もしもし」

「ご機嫌いかがですか?」

「おかげさまで」

「ムッシュ・クレルジェは月曜日にお会いしたいと言っています。午後五時です」

「ええもちろん、いらっしゃいますわ」

「書斎のほうに」

「ええ、わかりました」

「大丈夫、天使たちが祝福してくれるでしょう」

「ご機嫌よう、レイモン」

「ええ、もちろんですとも。お昼前にはと思います」

いったいだれが天使に祝福されるって言うんだろう？　それにどうしてレイモンとパピノー先生はサバインカンと会う約束をしたんだろう？

ムッシュ・クレルジェが映画のなかのサバインカンに似ていないのはほんとだよ。かなづちも持ってないし、怖い顔もしてないし、子どもの面倒しか見ないんだから、いじわるな人をケイムショに送ることもないんだ。

それでもぼくやっぱりちょっと怖いんだ。とくに怒ったときのムッシュ・クレルジェはほんとに怖い。ぼくじゃなくて魔女のことで怒ってるんだけど、あんなふうには怒鳴られたくないよ。レ・フォンテーヌの子どもたちと一緒のとき、ムッシュ・クレルジェはまるでぼくたちがお砂糖で出来てるみたいにやさしく話してくれるから、なんでもかんでも打ちあけちゃうんだけど、そうするとときどき細かいことにこだわって「どうして？」を繰りかえすから、そのたびに針をチクチク刺されているような気分になる。痛くないのはボリスとアントワンだけだよ。クレルジェっていう名前は「教会に仕える」っていう意味なんだってボリスが言ってたけど、ムッシュ・クレルジェはほんとにどこか神様っぽいところがあるんだ。だってぼくたちがここにどれだけいるかを決めたり、アメッドをアメリカに行かせたり、ベアトリスのママが施設に戻ってくるのを禁止したり、取りかえしのつかないことをしちゃったらほかの施設に送ったりするのは、みんなムッシュ・クレルジェなんだから。ときどき、おやつを食べてるときや、外で遊んでるとき、サバインカンが呼んでいるからってコレット先生が仲間のひとりを探しに来る。そうすると残されたぼくたちは呼ばれていった子が戻ってくるまでもう二度と会えないような気分で、もうおやつも食べたくなくなっちゃうし遊びたくもなくなって、すんごくさみしく待ってるんだ。サバインカンがぼくたちのお話を聞いてくれるのはわかってるし、「みんなのためになる」っていうときは別として、ぼくたちのいやがることはしないのもわかってるんだけど。

それにしても大人たちにぼくたちのなにを決められるっていうのか、ぼくは不思議でしょうがないよ。歳をとったときになにが起こるか、ぼくたちはほかの子どもたちよりも不確かなことのほうが多いから。アメッドがいやがるならサバインカンがアメッドをアメリカに送ることはありえない、ってロージーは言っていた。それにロージーはベアトリスのママのことは話さなかったしベアトリスもそうだ。だってベアトリスはママを愛していて、また会いに来てくれるのを楽しみにしてるんだもん。ムッシュ・クレルジェにお砂糖と間違われて、「どうして?」でチクチク刺されてもベアトリスは親指をくわえてがまんしてるんだ。だからムッシュ・クレルジェはシモンが言ったみたいに「煙にまかれ」ちゃうんだ。シモンだってやっぱりそうやってえんま帳の一件を切り抜けたんだよ。

朝起きたらぼくの手には指が残っていなかった。そりゃそうだ。今日は土曜日なんだもん。お誕生日まで何日あるか、もう数えなくてもよくなっちゃったんだ。

やっぱり十歳になったのになんにも変わらないじゃないか。がっかりだよ。

シモンもアメッドもロージーも、カミーユまでも今日がぼくのお誕生日だってことに気づきやしないんだ。だからもう少しで涙をこぼすところだった。でも料理係のフェルディナンがぼくの耳にささやいたから泣かなかった。「どうやら今日はきみのお誕生日らしいねえ」

「どうして知ってるの?」ってぼく聞いたんだ。

「赤ちゃん指だよ。いろいろ教えてくれるんだよ」

「そんなのデタラメだい。指が話すはずないじゃないか」

フェルディナンはゲラゲラ笑って、「でも、今日がズッキーニの誕生日なのはみんな知ってるんだから。ほらこれ、きみのために焼いたんだ。でもだれにも言っちゃだめだよ」

って言ってフェルディナンはハートの形をしたちっちゃなチョコケーキをさしだした。ぼくはそれをぱくりと飲みこんだ。

「でもどうしてだれにも言っちゃいけないの?」って口のまわりのチョコをなめながらぼくは言ったんだ。

「あとのお楽しみさ。さあて、うちでかみさんと子どもが待っているから今日はもう帰るよ。月曜日にな、ズッキーニ」

って言ってフェルディナンはぼくにキスをして、自慢の軽トラックで行っちゃったんだ。なんでフェルディナンはうそをつくんだろう。

フェルディナンには、奥さんも、ぼくたち以外の子どももいないのは、みんな知っていることなのに。

そしたら今度は、友達みんなで満員になったバスが出発した。やっぱりぼくも一緒に行きたいなあって思いながらぼくはバスを見送った。ガイコツなんてイカすよなあ。それにレイモンのおうちじゃ、ガイコツでは遊べないもん。そりゃおまわりさんとその息子に会えるのは嬉しいけど。ところでジドウ員が全員バスに乗ったのはちょっとへんだと思った。とくにロージー。だってロージーは土曜日は自分の部屋でお休みしてるはずなんだもん。ふつうぼくたちが公園や森や博物館に行くとき、付き添ってくれるのはポール先生かだれかジドウ員ひとりだけなんだ。ほかのジドウ員は家に帰って「たっぷり朝寝坊してテレビとハンバーガーとビールをたらふく食う」んだってヒゲオトコミッシェルが言ってたんだから。

「それだけガツガツ食べたらたっぷり太ってもしょうがないわね」って、みんな聞いてたロージーが言った。

それ以来ジュジュブは「たっぷり朝寝坊」をしたがるようになったんだけど、ぼくたちが起こさないから楽しいことを全部やりそこねたって言ってすねちゃうんだ。夢のなかでもいっぱいいいことがあったはずなのに。

青いクルクルをつけた車が砂利を蹴散らして入ってきたとき、ぼくはもうおまわりさんもカミーユとぼくのことを忘れちゃったんだってあきらめはじめたところだった。

ぼくたちはブランコをしていて、まったくふたりぼっちだった。パピノー先生の秘書のおばさんだけが残っていて、窓からぼくたちを見ていて、ときどき「だめよ、ぼくちゃんたち、そんなに高くこがないで。落っこちて骨を折ったらどうするの!」って叫ぶ。でもそれじゃまるで、ぼくたちが骨を折りたがってるみたいじゃないか。

それに第一あの秘書のおばさんは土曜日にひとりでなにやってるんだ。ぼくたちを見張ってるのは見え見えだよ。

大人がいないからって、すぐにいたずらばかりするわけじゃない。まるでぼくたちがクジャクの羽根をむしったり、いじわるなロバと遊んだり、フェルディナンの台所に忍びこんで小麦粉で戦争をはじめたり、ガス台の上に座ったりするみたいじゃないか。

「いやあ、すまんすまん、チビちゃんたち」ってレイモンが言った。

「あれ、教会に行くの?」ってブランコから飛びおりながらぼくは聞いた。

「まさか、どうして?」

「だってそういう服着てるじゃん」

「え、ああこれか……? どうだい、格好いいかなあ?」

「もちろんよ」って言ってカミーユはレイモンの腕に抱きついた。「もう教えてあげてもいいの?」

「なにをだれに教えるの?」

「なんでもないんだよ、チビちゃん。ああ、そうだ、お誕生日おめでとう、ズッキーニ」

「なぁんだ、ぼくに教えちゃいけないことってそのことだったの?」

ぼくはちょっとガッカリした、百個くらいプレゼントがもらえると思ってたんだ。


「で、ヴィクトルはどうして一緒に来なかったの?」ってぼくが聞いたとき、レイモンの車はぼくたちを乗せて川沿いを進んでいた。

「ヴィクトルはおばあちゃんと一緒にうちで留守番しているんだよ」

「お耳に向かって大声で叫ばないと、なんにも聞えない女の人のこと?」ってぼくはレイモンのお耳に向かって大声で叫んだ。

「こらこら、気をつけなさい。運転中なんだから」


「あ、そう」ってぼくは言って、あとはなんにも言わなかった。

それからふくれっ面をした。

「なんだ、ズッキーニ、元気ないんだな」

「違うのよ、ふくれてるのよ」って言ってカミーユがぼくをくすぐったからぼくは笑っちゃったんだ。

レイモンのおうちの前でカミーユはぼくに目をつむれって言った。

「どうしてさ？」ってぼくは聞いた。

でも答えを言われる前にすぐに目をつむった。

カミーユの言うことには逆らえない。

「お楽しみよ。目隠しにタオルをまくからね。ほら。どう？　じゃああたしの手をとって。転ばないように連れていってあげるから」


ぼくはカミーユに手を引かれて車をおりた。

「ストップ！　気をつけて。階段をちょっとだけのぼるから」

そしてぼくは足をあげておうちに入って、素通りしてお庭まで行った。ぼくの天使はずっとぼくを導いてくれた。それでもやっぱり家具にぶつかっちゃったんだ。

「アタッ！」

「もう、左に行ってってって言ったでしょ。どうして斜めに進むのよ」

「だって毎日タオルで目隠しして歩いてるわけじゃないもん。レイモンはどこにいるの？」

それで前に進めば進むほど、ヒソヒソ声が聞こえてくるんだ。

「もうすぐよ。あともう一歩……ストップ！　もう目隠しをはずしてもいいわよ」

ぼくは目を開いたんだけど、開いたと同時にまた閉じた。

ぼくはすっかりびっくり仰天して、やっぱり涙はこぼれちゃったんだ。

カミーユがぼくの手を離したから、ぼくはぼくのプレゼントの前にひとりで向き合った。とにかく、ぼくの一生のなかでいちばんすてきなプレゼントだったんだ。

このプレゼントをだいなしにするわけにはいかない。

ぼくは両手を握りしめて、涙を拭いて、しっかり前を見た。そしたらみんながいっせいに「ハッピバースデー、ズッキーニ！」って歌いだしたんだ。

みんないた。

フェルディナンもいた。

サバインカンとパピノー先生も。

それにぼくの友達みんなとジドウ員たちもいた。最初からガイコツなんて見に行ってなかったんだ。

ポール先生とコレット先生も。

看護婦のイヴォンヌも運転手のジェラールも。

ヴィクトルもカミーユの手を握ってる。

レイモンも、見たこともないようなケーキのむこうに隠れてた。

すぐにがぶりつきたくなっちゃうような、世界でいちばん大きなチョコレートのハートだった。

それだけじゃない。

リボンや風船がいっぱいついた箱がたくさん、たくさんあったんだ。

車椅子に乗って、ぼくの大家族の真ん中に、青い目をしてニコニコ笑う小さなおばあさんもいた。ぼくの知らない人だったけど、絶対にヴィクトルのおばあちゃんだって思った。青い目とニコニコ顔のせいなのか、ぼくのほうに伸ばした両腕のせいなのかわからないけど、ぼくはおばあちゃんの胸のなかに逃げこんだんだ。ぼくがおばあちゃんのほっぺたにキスしたら、おばあちゃんの腕がぼくを抱きしめてくれるのがわかった。それで風船がいっぱい飛んでいったから、青い目のおばあちゃんから手を離したらぼくも風船と一緒に飛んでいっちゃうような気がした。

28

とっても歳をとった人って、子どもと同じなんだ。違うのは歳と歯。お年寄りの歯は取りはずし式で夜はコップの水のなかに入れておくんだ。

でもお年寄りはぼくたちと同じくらいいたずらするし、ぼくたちと同じくらいごはんをちゃんと食べられないんだよ。

歳っていうのはゴムひもみたいなもんで、その両端を子どもとお年寄りが引っぱりあっていて、最後にはプツンと切れて、いっつも顔にゴムをくらうのはお年寄りのほうで、だからお年寄りは死ぬんだってシモンが言ってた。

青い目のおばあさんの名前はアントワネットっていうんだ。ヴィクトルは運がいいよね。ぼくがまだ小さかった頃からぼくのおばあちゃんはもうお空にいて、天使たちに毛糸のセーターを編んであげてたいんだ。

おばあちゃんのことは写真でしか見たことがない。

みんながカメラに向かって「チーズ」って言っているのに、おばあちゃんだけはカメラに見向きもしないでセーターを編んでいるんだ。

おばあちゃんにはそのセーターを地上で編みあげる時間がなかった。おばあちゃんは「シンゾウマヒ」を起こして、その写真を撮ったすぐあとに死んじゃったんだ。

アントワネットは毛糸は編まないで言葉を編むんだけど、いっつも最後までいかないんだ。アントワネットのせいじゃないよ。ぼくたちが大声で耳元で叫んでも木みたいに耳が悪いんだから。ときどきアントワネットはわざと聞こえないふりをするから、なんにも聞こえないほうが気分がいいんじゃないかって思う。それにぼくたちみたいにくちびるを読める。肌はすももタルトみたいにしみだらけで、髪の毛は白い。にせものじゃないか確かめるために一応引っぱってみたんだけど、アントワネットが大声を出したから、ごめんなさいって謝ったんだ。アントワネットはあんまりしゃべらないんだけど、まるで通り抜けるようにみんなのことを見つめる。アントワネットはなんか短い歌を口ずさむんだけど、それがなんだか自分でも知らないんだ。

アントワネットは「あたしよりも年寄りな歌ですよ」って言った。

アントワネットはレ・フォンテーヌに似たおうちに住んでるんだけど、ジドウ員はいなくて、カイゴシや自分と同じくらいのお年寄りたちの子どもたちがいるんだって。

「老人ホーム」って言うの。

「どっちにしたってあたしゃずっと前から隠居《いんきょ》してたんだ。だからって、あんな老人どもと一緒にされるとは思いもよらなかったわい。いいかい、子どもたち、よくお聞き、この世はまったく残酷なもので、ほいで……。さて、なんの話だったかのう？」

それでアントワネットは鼻歌をうたう。

レ・フォンテーヌの子どもたちはみんなアントワネットと遊びたがった。アントワネットもぼくと同じくらいインチキして勝つのが好きで、負けるとブウッてほっぺたをふくらませさえする。レイモンが「お母さん、いい歳してなんですか！」って言うから、アントワネットは怪物でも見るみたいにしてレイモンのことを見る。アントワネットは、ぼくたちのなかでいちばんのシモンよりもビー玉がうまいんだよ。だけど「意味あり文遊び」では全然ダメ。前の人が言った言葉を全然覚えてないし、自分で勝手に考えちゃうんだもん。それで「緩下剤《かんげざい》」じゃなくて「トマト」だったって言い張るの。ときどきぼくたちは「わかったよ、アントワネット」って許してあげる。だってそうしないとアントワネットはボリスの言葉のせいでずっとすねちゃうんだ。競馬スゴロクのときも爪でサイコロをひっくりかえして、ジュジュブがそれを告げ口したら、「うそおっしゃい」って。勝てばチョコケーキをもうひと切れもらえるんだからジュジュブだって必死さ。

でも、アントワネットほどやさしく頭をなでてくれる人はいないから、ぼくたちはみんなアントワネットの腕に飛びこむんだ。ジュジュブを除いて。アントワネットが、「おまえさんは重すぎですよ、もう」って言ったから。

ジュジュブは仕返しに小さなスプーンでジャムをムシャムシャ食べて、それから気持ちが悪いって言いだしてイヴォンヌにお薬をもらったのに昼のあいだずうっと病気のふりをしていた。でも、ぼくたちだれも信じなかったのさ。

「なるほど、おまえさんはあたしのずんぐりとんちきの息子が気に入ったってのかい？」ってアントワネットがぼくの耳に聞いた。

「そんなにずんぐりじゃないよ、ヴィクトルは」ってぼくは言った。

「ヴィクトルじゃなくてずんぐりレイモンのほうじゃよ」

「ああ、うん。でもレイモンはアントワネットの息子じゃないんでしょう？」

「どの娘だい？」

「レイモンは息子じゃないでしょう」ってぼくはアントワネットの耳に叫んだ。

「なんだ！　同じようなものですよ。あたしゃ娘を亡くしてね。でもそのかわり今でも息子がひとりに、それに孫がひとりおるんだから。しあわせじゃよ」

「アントワネットの家ってどんな感じ？」

「よしてくれよ、知恵ぐらいちゃんとあるんだから。おつむのほうは大丈夫なんですよ、チビちゃん、ただ歳をとっているだけなんだから」

って言ってアントワネットは鼻歌をうたう。

ぼくはくちびるで『ちえ』じゃないよ、『いえ』だよ、生きるの『い』って言ったんだ。

「ああ、そうかい。うちは大きいんじゃがな、全然冗談の通じない年寄りばかりでな、フフン、フン」

「どうしていろいろ歌を知ってるの？」

「身代金？　だれか誘拐《ゆうかい》されたのかい？」

「おばあちゃん、おもしろい」

「そうだねえ。あたしに残ったのはそれだけだねえ。ほら、あそこの女の子と遊んでおいで」

「カミーユのこと？」

「おまえさんが大きくなったら、あの子をお嫁さんにするはずだよ」

「どうしてわかるのさ？」

「年寄りってのは人が思うよりうんと遠くが見渡せるものなのさ」

カミーユとヴィクトルとアリスとベアトリスとぼくは芝生に寝転がった。

コレット先生とシャルロットとロージーとイヴォンヌとパピノー先生は大きなパラソルの下で赤ワインを飲んでいる。

ほかのみんなはレイモンとサバインカンと一緒にサッカーをしている。

ぼくはムッシュ・クレルジェにあんまり近づかないようにしてるんだ。だって、そりゃ確かにムッシュ・クレルジェのシャツはレイモンのシャツと同じようにズボンからめくれ出ていて、とても楽しそうに遊んでるんだけど、ぼくはとにかく運がいいから、絶対にムッシュ・クレルジェの顔にボールをぶつけちゃうに決まってるんだもん。そしたら仕返しに窓に鉄格子のかかった施設に送られて、もう二度と友達と一緒に芝生に寝転がったりできなくなるじゃない。

アリスは約束を守った。シモンが残ることになってから、髪の毛をゴム輪でとめて、話しかけないかぎりはくちびるもふるえないようになったんだ。

ベアトリスはまだ親指を食べていて、髪の毛には草がいっぱい混じってる。そりゃそうさ、さっきまで笑いながら草むらのなかをコロコロ転がってたんだから。ベアトリスはそれからお花のにおいをかぎに行った。手がお花に触れないように、両腕を後ろに引いたんだ。

ヴィクトルは葉っぱを両手の親指で口にピタッて当てて草笛を吹こうとした。でもおならみたいな音しかしなかったから大人たちのほうを見たら、気がついてないみたいだったから、みんなでゲラゲラ笑ったんだ。

「あちゃあ」ってヴィクトルが言った。「裁判官転んでひっくりかえっちゃったよ。ほら、しりもちをついてる」

「どこにおもちがあるのさ？　サバインカンはサッカーをやってるんだよ？」

「そりゃおもちをついてるはずがないだろう、しりもちっていうのはそういう言い方なんだよ。おまえってときどきほんとに手に負えないなあ。あのデブちんよりひどいよ。なんて名前だったっけ？」

「ジュジュブ」ってベアトリスが思わず吹きだした。

「そういえばジュジュブはどこにいるんだろう？」ってぼくは聞いた。

「ぼくのベッドで寝てるよ。気持ちが悪いんだって」ってヴィクトルが答えた。

「ほんと？　ジュジュブのはみんな仮病なんだよ。ヴィクトルのベッドの寝心地を試してみたかっただけなんだ、絶対。そんなことしたらベッドじゅうお菓子のくずだらけにされちゃうよ」

「ジュジュブのパパとママがもうすぐレ・フォンテーヌに会いに来てくれるんだってシモンが言ってたわ」ってカミーユが言った。

「なんでシモンがまたそんなこと知ってるのさ？　またえんま帳、読んだのかなあ？」

「そうじゃなくて、園長先生のお部屋でそう話してるのが聞こえたんだって」

「どうしようもないな、シモンは！」ってぼくは言った。「だけどジュジュブのママはペルーにいるはずじゃないか？」

「ペルーってどこ？」ってアリスが聞いた。

「ロシアの近くだよ」ってぼくは勘で答えた。

「でもジュジュブに絵はがきが来てから世界一周旅行を百回できるくらいの時間がたっているのよ」ってカミーユが言った。

「ええ、それじゃマルティニークのアタチんちにも行ったかしら？」ってベアトリスが聞いた。

「間違いないわ」ってカミーユが笑った。

「どっちにせよ、ジュジュブがパパの話をしたことは一度もないじゃないか。それにあの絵はがきだって、ママの字だけだよ」

「だってパパって絶対に絵はがきを書かないじゃない」ってベアトリス。「『元気でね。パパとママより キスを』って書くのもいっつもママなのよ。パパなんか絵はがきでしかキスしないんだから。それ以外はママを叩いて娘を押し入れに閉じこめちゃうんだから」

「へえ、そうなの」ってぼくは言った。「じゃあ、息子だったらどうなるの？　丸焼きかな？」

「知らないわよ。男の兄弟なんていたためしがないもの。パパはね、あたしがいるだけでも災難なんだから、って言ってたの」

「でもやさしいパパもいるじゃない」ってカミーユが言った。「ヴィクトルと一緒のときのレイモンとか」

「ジュジュブのパパは絶対に違うよ」ってぼくは言った。「ジュジュブのパパは自分に息子がいることなんか忘れてたに決まってらあ」

「でもやっとそれを思いだしたんだよ」ってヴィクトルが言った。「だからお父さんも一緒にレ・フォンテーヌに来るんじゃないか」

「アタシ、パパにもママにも会いに来てほしくない」ってアリスがふるえた。「その前にだれにも見つからない場所に逃げだしてやる」

「アリスのママとパパってどこにいるの?」ってぼくは聞いてみた。

「知らない」

「最後に会ったのはいつなの?」

「知らない」

「いいかげんにしなよ、ズッキーニ」ってカミーユが言った。「アリスがふるえてるの、わからない?」

「あらまあ、みんなで日焼けでもしているの?」ってちょっと赤ら顔のシャルロットが言った。「あまり日に当たりすぎないほうがいいのよ、あとでヒリヒリ痛くなっちゃうから」

そう言わないうちにシャルロットは横になって、ぐうぐう眠りはじめちゃったんだ。

「きみたちの児童指導員って、ただの酔っぱらいじゃないか」ってヴィクトルが言った。

「でも、とってもきれいな人だと思うわ」って言ってカミーユはシャルロットのニンジン色の髪の毛をなでた。

フェルディナンとイヴォンヌはケーキを取りに行った。ロージーがコップにオレンジジュースを注いでくれた。シモンは相変わらずおたんこなすぶりを発揮している。サバインカンは椅子にもたれかかって、レイモンみたいに脇の下だけしみのついたシャツを着て大汗をかいている。ミッシェルはオレンジジュースの入ったコップを押し戻して、ビールがないか聞いている。ハゲタマゴは息もしないで瓶ごと水を飲んでいる。パピノー先生が静かにするように言ったから、シモンは静かにしている。アントワネットはアリスを膝に抱いている。コレット先生はポール先生に「わたくし、山よりも海が好きですわ」って言ったんだけど、だれも聞いていなかった。ポール先生はシャルロットを見ていて、山も海もどうでもいいって思っているのが見え見えだったんだ。シャルロットも山も海もどうでもいいみたいで、大きなあくびをした。パピノー先生はきびしい目でそんなシャルロットを見つめた。

「すみません」ってシャルロットは言って、口を手で隠した。

ボリスとアントワンはそれぞれ片耳にイヤホンを入れてふたりでウォークマンを聴いている。それからケーキがいっぱい乗ったトレイを持ってフェルディナンとイヴォンヌが戻ってきて、みんなで拍手したんだ。それに続いてにおいをかぎつけたジュジュブも起きだしてきた。カミーユはベアトリスの髪の毛から葉っぱを落としてあげて、ふたりは運転手ジェラールの膝の上に座った。

「まったくよい日和《ひより》ですな」ってサバインカンが言った。

「どうぞ、ケーキをもうひとつ」ってレイモン。

「今年はなんねんになるかな？」ってアントワネットが聞いた。

「ぼくの十歳の年さ」ってぼくは答えた。

ロージーがミッシェルにオレンジジュースを注いだ。

「いやいや、結構」ってミッシェルが言った。

「なに言ってるの、ビールよりずっといいのよ。それに太らないし」って言ってロージーはヒゲオトコのブクブクのお腹を押した。

「風味と色合いだよ」って言ってジェラールはビールをラッパ飲みしたんだ。

「シモン！」ってポール先生が言った。「パピノー先生が静かになさいっておっしゃったのは、背中を向けたとたんにまた騒ぎだしていいっていう意味じゃないですよ！」

「ちぇ、園長先生ぼくに背中向けてなんかないじゃないか」

「口答えするんじゃありません」って園長先生が言った。

「答えなかったら失礼じゃないか、園長先生」

「さあ、ケーキをもうひとついただこうかしら」ってコレット先生がよだれを垂らした。

そしてコレット先生はだれも待たずに自分でケーキを取って食べちゃったんだ。

「もうだいぶよくなったみたいね、ジュジュブ」ってニコニコ顔でイヴォンヌが言った。

「ム、ムムムン」って口をいっぱいにしたままジュジュブは答えた。

「ズッキーニの健康を祈って、みんなで乾杯しましょう」ってレイモンが提案した。

「な、そんなこと言わなくたってぼく健康じゃないか！」

それでもやっぱりみんなコップを持ちあげて、そこらじゅうでジュースがこぼれてビチャビチャになった。

「ズッキーニの健康を祈って、イチ、ニィのカンパイ！」

アントワネットが頭を逆さまにして居眠りをはじめて、いびきをかきはじめたからみんなゲラゲラ笑いだした。それでアントワネットは目を覚ました。

「ほいで……。さて、なんの話だったかしら？　ああそうそう、トマトじゃないんですよ、チビちゃんたち、緩下剤ですよ」

それからアントワネットは鼻歌をうたうんだ。

29

レ・フォンテーヌの台所でロージーがカミーユと一緒にサラダをつくってたら、ねこが入ってきた。最初に見つけて「ニャオ、ニャオ」って叫んだのはベアトリスだった。ロージーは振りかえって「ああだめよ、シッ、シッ。台所をノミだらけにしないで。さあ、外に行きなさい、ねこ」って叫んだ。ロージーがサラダの大きなスプーンでねこを追いはらったもんだからベアトリスは泣きべそになった。

「あらまあ、私のカワイコちゃん、泣かないで。ああいう動物はいろんな悪い病気を持ってるのよ。あのねこだってどこから来たかもわからないでしょ。それに、規則で動物は禁止になってるの、知ってるでしょ？」

「規則なんておれ知らないね」って言ってボリスはベアトリスの手をとった。「さあ、ねこを探しにいこう！」

「ボリス！　ベアトリス！」ロージーは怒った。「今すぐ戻ってきなさい！」

でもふたりはずっと足が速くてあっという間に行っちゃったから、ロージーは結局椅子にドカッて腰かけたんだ。

まるで年月がカレンダーのページを吹き飛ばして、その場でロージーはお誕生日も迎えないままおばあちゃんになっちゃったみたいだった。

カミーユがぼくを見た。カミーユの目が「あたしたちも行きましょ」って言っているからぼくたちもそうしたんだけど、ロージーはもうぼくたちをつかまえようともしなかった。結局子どもたちはみんな、ねこをつかまえに外に出ていった。

「あ、あそこ！」ってジュジュブが指さした。でも指さすだけで近づこうとはしないのさ。

庭の芝生の上でねことクジャクはお互いに怖がったままだった。ねこはつま先だってかまえ、毛を逆立てて、目はクジャクをにらみつけていた。クジャクは何度もバタバタ跳びはねた。

ベアトリスは「ニャオ、ニャオ」って言ってねこに近づいていったんだけど、ねこはベアトリスをひっかいてピョンッて跳んでいっちゃった。カミーユはベアトリスを保健室に連れてった。ぼくたちはねこをつかまえようと急いで走っていったんだけど、ねこはいじわるなロバのほうに向かっていった。

「ねこ、ねこ！」ってアリスが叫んだ。「そっちへ行っちゃだめ」

でもこのチビ動物は全然耳を貸さずに、結局はほらね、草をムシャムシャ食べてるロバのそばに行っちゃったんだ。ねこはロバのまわりを歩きまわった。ロバはねこの様子を片目でうかがっていたけれど、たくさんの子どもたちが犠牲になったっていううわさの足蹴りなんかしなかったよ。ぼくたちはロバが怖いから、みんなすんごく遠くから、「ねこ」とか「ニャオ」とか叫んだんだけど、なんの役にも立たなかった。ねこはおかまいなしで、ロバの大きな口の下にある草のまわりを転げまわってから遊ぼうと思って右手をさしのべた。ロバが頭でねこをちょっと押し戻したんだけど、ねこは自分の頭を振ってまたロバの足下に引きかえした。ロバは草を食べるのをやめて、前足のあいだで頭を振ってから「イー、アン」って鳴いた。ねこはびっくりして跳びはねた。

そしたらアントワンがひとりでロバに近づいていって、なでたんだ。ロバは頭を草に埋めてムシャムシャ食べた。だからぼくたちもみんなロバのところに行って、灰色の毛をなでた。ロバの毛はミッシェルのヒゲみたいにチクチクした。ねこのほうはアリスの足下にすべりこんだ。

アリスはねこを拾いあげて、ねこのほうはされるままにしていた。

ねこの頭はアリスの腕からぶらさがり、四本の足はお空に向かって伸びをした。

「おいで、ニャオ」ってアリスは言った。「ミルクを飲ませてあげる」

ねこは前足をアリスの肩に乗せて、アリスの小さな手のなかに座った。ぼくたちはみんなでレ・フォンテーヌに戻ることにした。ロバも「イー、アン」を何回か繰りかえしながらぼくたちのあとをついてきたんだけど、木の柵で止まっちゃったんだ。ぼくたちはその柵をくぐり抜けた。

「またね」ってぼくたちは手を振って言った。ロバはニンジンの入ったごちそうのにおいをかぐみたいにして首を突きだして、それから目だけで小道の終わりまでぼくたちを見送ってくれた。

「な、なあんだ。そ、そんなにいじわるじゃないじゃないか」ってジュジュブは言ったけど、怖がりだから最後までロバに近づかなかったんだ。

「ほかの子どもたちは、つねったり木の棒でぶったりしたに違いないよ」ってシモンが言った。「だからロバは正当防衛をしたんだよ」

「急がないとロージーに怒られちゃうじゃないか」ってアメッドがべそをかいた。

ぼくたちが台所に戻ったら、腕にばんそうこうをはったベアトリスがロージーとカミーユに囲まれてテーブルに座っていた。

「ロージー、気を悪くしないでよ」ってボリスが言った。「ただちょっとミルクをあげるだけなんだから」

アントワンが冷蔵庫と食器棚の扉を開けてお椀にちょっとだけ牛乳を注いだ。

「それでも、開けた扉を閉めるくらいのことはできるんじゃない?」ってロージーは冷蔵庫と食器棚を指さした。

「今やるとこだったんだよ」ってアントワンは答えた。

そしてアントワンは冷蔵庫の扉をおしりでバタンッて閉めた。

「いずれにしても私の言うことなんてねこに小判なんでしょ。あなたたち、言っても聞かないんだから」

「ええ? ロージー、牛乳じゃなくて小判をねこにあげるの?」ってアメッドが聞いた。

「違うよとんま、そういう言いまわしなんだよ」ってボリスが答えた。

「言っても聞かないなんてうそだよ」ってぼくは言ったんだ。「ぼくたちはただねこにミルクをやって、なでてあげたいだけなんだから」

「そのせいでベアトリスがこのノミだらけのねこに引っかかれちゃったのよ」ってロージーが注意した。

「平気よ」ってベアトリスが言った。「それにねこちゃんのほうも怖かったに決まってるわ。アタチに痛い思いをさせようなんて思ってなかったのよね、ねこちゃん?」

ねこはなんにも聞いていない。だってミルクを飲んでるんだもん。

「でも、ロバと一緒に遊んでいたんだ」ってアメッドが告げ口した。

「っていうことはあなたたちロバの柵のなかにも入ったっていうこと?」ってロージーががなりたてた。「まったく、あなたたち頭がどうかしちゃったんじゃないの? 蹴られるかもしれなかったのよ。

もう絶対に行っちゃだめ、わかった？」

「でもあのロバそんなにいじわるじゃないよ」ってアリスが言った。「みんなでなでてあげたんだから」

ロージーはぼくたちに向かって「ああ神様、私がなにをしたというんですか、こんなバカな子どもたちばかり集まって？　いいですか、あの柵のなかは危険なんです！」って怒鳴りつけた。

「最初に言っとくけど、ぼくたちはバカじゃないよ」ってぼくは言った。「ロージーは自分が心配だからぼくたちを怒鳴りつけるんでしょ。大人っていっつもそう。勝手な理由でぼくたちに怒鳴るんだ。でもぼくたちみんなこの通りここでピンピンしてるじゃないか。それにロバだって、ぼくたちがなでてもおとなしくしてたんだからね。神様はなんでも見てるんだから、みんなよくわかってるはずだよ。そんなに心配なら神様に聞いてみればいいじゃないか」

「勝手な理由であなたたちをしかっているんじゃないのよ。私はあなたたちが大切だから、そんな危ないことしてほしくないっていうだけです。去年だってフワンソワーズっていう女の子が柵のなかに入って大変な目にあったのよ」

「ロバにやさしくしてやらなかったんじゃないの」ってシモンが言った。

「やさしくするしないに関係なく、フランソワーズは何週間も病院に行かなきゃならなかったのよ。いいこと、あの動物は危険なの、本当なのよ！」

「ご、ごはんにしようよ」ってジュジュブが言った。

「でもじゃあ、もしその女の子がロージーをつねったり棒きれで叩いたりしたらどうする？　ロージーだって身を守ろうとするはずだよ」

「そうですよ。でも蹴ったり殴ったりはしませんよ」

「でもロバにはその子のデザートを抜きにしたり、その子に手すり磨きをさせたりできないじゃんか」ってシモンはがんばった。

「お、お腹が減ったよう！」ってジュジュブが叫んだ。

「ほら全部飲んだ」って言ってアリスはねこを抱きしめた。

「いいこと、とにかくあの柵のなかに入っちゃだめよ。ロバがやさしかろうと意地悪だろうと、もしあなたたちのだれかがこの先また柵をくぐるようなことがあったら、私が黙っていませんからね！」

「そんなこと言わないで今度おれたちと一緒に来ればいいじゃんか」ってシモンが言った。「そうすりゃロバがいじわるじゃないことがよくわかるだろ」

「もう今度もへったくれもないです」

「ち、ちぇ、みんながそういうつもりなら」ってジュジュブがブウブウ言った。

そしてジュジュブはもう何年もなんにも食べてないみたいにパンに飛びついたんだ。

「そうだなあ」ってシモンは言った。「ジェラールやミッシェルやハゲタマゴやだれでも好きな人を連れてくればいいよ。もしおれたちが大事だと思うんだったら、そうしてくれたっていいだろ。ねえ、ロージー！」

それでぼくたちみんなで叫んだんだ。「お願い、ロージー！」

「わかったわ。明日にしましょう。さあみんな席について。じゃないとパンがなくなっちゃうのよね、ジュジュブ?」

「はあ?」って言ってジュジュブが開けた口のなかは、とってもばっちかった。

次の日、ロージーはぼくたちと一緒にロバの柵まで一緒に来てくれた。ミッシェルもジェラールもシャルロットも一緒だった。ハゲタマゴも一緒だったけど、さっきから「本当におれも行く必要あるのかなあ。ほかにも仕事があるんだけど」って言ってばかりなんだ。

「おまえにはうんざりだよ」ってヒゲオトコが言いはなった。

「そうだそうだ、おまえにはうんざりだジョ」ってアメッドがまねしたからハゲタマゴ以外みんなゲラゲラ笑った。ハゲタマゴは殻《から》に閉じこもった。

「なにがあっても柵を開けるわけにはいかないわよ」ってシャルロットが注意した。「わかりましたか、みなさん?」

「わかりましたぁ」ってぼくたちは言った。

どっちにしろ柵を開ける必要なんてないさ。下をくぐり抜ければいいんだから。でもこれは、ぼくたちのあいだだけの秘密なんだ。

ねこはもう逃げだそうとはしないで、ぼくたちの足下に紛れこんでいる。

「ねこ」とか「ニャオ」っていうほかに、名前はまだついていない。でもねこにはぼくたちの言ってることがわかるみたいなんだ。ぼくたちがごはんを食べてるときにはとくに。

昨日の夜、ねこは台所の買い物かごのなかで寝たんだけど、ヒゲオトコが言う「自然の呼び声」のせいで、朝ごはんのときは部屋じゅうがとっても臭くなっちゃったんだ。ロージーはジェラールを町に行かせて、ねこ用のトイレを買ってこさせた。毎日取りかえなくちゃならないんだけど、今日は学校から帰ってきたボリスが取りかえた。

「プハァ」って言ってボリスは鼻をつまんだ。

ぼくたちみんな、ポール先生のクラスにねこを連れていきたかったんだけど、ロージーはあまりいい顔をしなかった。でもあまりダダはこねなかったよ。だってそうしないと、「あんなノミのかたまり、自然に帰しちゃいます」って言われるに決まっているんだもん。

ときどき大人たちの言う通りにしたほうがいいこともあるけど、そんなのはみんなスー族の知恵なんだよ。大人たちの言う通りだっていう顔をしといて、大人たちの機嫌がすんごくいいときにもう一度お願いすればいいんだから。それに、もし大人がねこを放しちゃったとしても、ねこが戻ってこないはずないんだ。だって、ミルクもチーズもチョコのクマちゃんも口をなめまわしながら飲みこんじゃうんだから。

ぼくたちはロバの柵の前に着いた。でもみんなにはなんにも見えなかった。ぼくだけはみんなより先に着いたから見えたんだ。

ロバはぼくたちみんなのほうを見てしっぽを振っていた。

でもぼくは、シャルロットのせいでしっぽを振ってることの意味がまったくわかんなくなっちゃったんだ。だって、「犬と違ってねこは怒ったときにしっぽを振るのよ」って言うんだもん。

「じゃあ、ロバはぼくたちが来たから嬉しいの？」ってぼく聞いたんだ。

「そうかもしれないけど、ただハエを追っぱらってるだけかもしれないわ」

ロージーはビニール袋からニンジンを出して柵のなかに放り投げた。ロバはニンジンのにおいをクンクンかいでからコリコリと食べはじめた。とっても嬉しそうに頭をゆらして、すぐに食べ終わった。それでロバはロージーのほうに寄ってきて、ビニール袋に鼻息を浴びせた。ロージーは後ろ向きに跳ねた。

「怖がっちゃだめだよ」ってボリスが言った。「ロージーがもっとニンジンを持ってないか知りたいだけなんだから」

ぼくたちは、今朝、野菜置き場に行ってニンジンをくすねてきたことは言わなかった。ジュジュブの分はポケットからはみだしてるんだけど。

アントワンが最初に柵をくぐってなかに入った。

「アントワン！　今すぐ戻ってきなさい！」ってシャルロットとロージーが叫んだとき、ミッシェルとジェラールは柵を飛び越えた。

ロバはちょっとあとずさりした。

アントワンは手にニンジンを持ってロバに向かっていった。

ロージーもあわてて柵を飛び越えようとしたんだけど、いっつもちゃんと運動してないからドシンッて落っこちちゃって、みんなゲラゲラ笑っちゃったんだ。

シャルロットはスラッと柵を飛び越えてジェラールに追いついた。

でもジェラールはシャルロットの手をつかまえて、「大丈夫、ひとりでやらせてやろうよ。ほら」って言った。

ロバはアントワンの手に向かって大きな口を開けてかがみこんで、そのあとにはアントワンの手しか残っていなかったんだ。

ぼくたちもみんな、ここぞとばかりに柵をくぐった。ロージーにはぼくたちのすばしこい足はつかまえられなかった。ジュジュブ以外は。だってジュジュブはデブちんだからつかまえやすかったんだもん。それでみんながニンジンを差しだしたから、ロバはもうどこにかがみこんだらいいかわからなくなっちゃったんだ。でもニンジンはすぐになくなって、ロバはだれにも痛い思いをさせずにまた木の下に戻った。アリスは両手でねこを抱えていたんだけど、ねこは急に地面に飛びおりて、お友達のロバのところまで走っていった。

「ニャオ!」ってアリスが叫んだ。でもねこはなんにも聞かずにロバの向こうがわに隠れた。ロージーがもう戻るように言っていた。

「ねこはお腹がすいたらまた戻ってくるわよ。心配ないわ、私のカワイコちゃん」

「ほらね」ってシモンがロージーに言った。「いじわるじゃないだろ、あのロバ」

「本当ね、シモンの言う通りだったわ。でもね、それでもやっぱり私、不安なのよ」

「大丈夫だよ、おれたちがついてるんだから」って言ってシモンはロージーの手を握りしめたんだ。

30

「あんなねこ、ライオンだったらひと口で食べちゃうわよ」ってシャルロットが言った。

ねこはそんなことはおかまいなしで前足でおひさまの光とじゃれている。

サーカスに行けるのはみんな嬉しくてしょうがないんだけど、ねこをおいていかなくちゃいけないのは全然嬉しくなかったんだ。

「じゃあ、首にひもをつけて連れてけばいいじゃんか?」ってボリスが言った。

「ボリスの旅行カバンに隠してけばだれも気がつかないよ」ってぼくは言った。

「だめよ。動物の嗅覚はとっても敏感なの。ひもにつないだってカバンのなかに隠したって、ほかの動物たちのにおいをかぐのはねこにはつらいことなの。サーカスの動物たちもねこのにおいがしたら怖がるに決まってるわ。サーカスっていうのは子どもたちのためのもので、ねこたちのものではないのよ。いい？　得意のスー族の知恵をはたらかせようとしたってむだだからね。私には効かないわよ。わかった、ズッキーニ？」
「えっ？　ぼく、なんにもしてないよ」
「そのほうがいいわ」
それでもやっぱりみんなでねこを抱きしめたんだ。ねこはそんなのおかまいなしだったけどね。スタスタとおひさまの光とじゃれに行って、みんなが出ていく頃には見送ってさえくれなかったんだから。

駐車場には大きな真っ白い車がとまっていて、車の前ではきれいなドレスを来たおばさんがたばこを吸っていた。おばさんは指でトントンとたばこを叩いて灰を落とすんだけど、叩きすぎて先っぽの赤いのも落っこっちゃって、レ・フォンテーヌのきれいな空気のほかに吸うものはなくなっちゃったんだ。シャルロットがぼくを呼んだとき、白い車の運転席におじさんも乗っているのが見えた。

ぼくはバスに乗りこんでいつもみたいにいちばん奥まで歩いていったんだけど、なかなか空席が見つからなかった。だって、バスに乗ってないジュジュブ以外みんな座席の上に膝立ちになって白い車を見ていたんだもん。

「どうしておばちゃんはあんなかっこしてるの？」ってアメッドが聞いた。

「教会に行くからだよ」ってぼくは答えた。

「なに言ってんだよ、」ってシモンが言った。「今日は土曜日だろ。土曜日は神様は一日じゅうお休みなの。おばさんはおれたちと一緒にサーカスに行くんだよ」

「あのおばさんの香水でライオンが怖がるんじゃないかしら」ってベアトリスが言った。「動物の嗅覚がほんとに敏感だとしたら、一大事よ」

「あのおばさん、だあれ？」ってぼくは聞いたんだ。

「ジュジュブのママだよ」ってシモンが答えた。「それにしてもあんなにきれいなママがいるなんてジュジュブはついてるなあ。それにあの車だって便器じゃないぜ、ベンツだぜ！　あぶく銭には事欠かねえ感じだな、ジュジュブの両親」

「アブクゼニってなにさ？」ってぼくはシモンに聞いたんだ。

「ズッキーニ！　おまえときどきわざとぼけたふりしてんじゃないか？　あぶく銭ってのはレ・フォンテーヌからいちばん縁遠いもんだよ。金さ、金。それがあまりあまるほどあるから、なにに使っていいか知らねぇんだよ」

「アタチ知ってるよ」ってベアトリスが言った。「アタチ、ママに会いに行って、それでパパのいないところへ行くの」

「おばちゃんのお金でぬいぐるみをたくさん買ってもいいの？」ってアメッドが聞いた。

「そうさ、おまえが埋もれるくらいいっぱい買えるさ」ってシモンが答えた。

「ぼくだったら、兄ちゃんと一緒に海に行ったきり帰ってこないな。ねえ、ボリス」ってアントワンが言った。

「さあね。それに小さい頃に行ったことあるじゃんか」

「小さい頃と今じゃ全然違うよ」

「たぶんね。でもどっちにしろおれたちにはあぶく銭なんて関係ないじゃないか」

「ほら、なにしてるのみんな！」ってシャルロットが叫んだ。「今すぐ自分の席に戻りなさい」

ジェラールがカセットをかけて、シェイラがスピーカーから「学校は終わり《レコール・エ・フィニ》」をうたいだした。

ほんとにそうだったらいいのに。

ぼくはカミーユのとなりに座った。

カミーユは窓から外の景色を見ていた。まるでその中にいるみたいだった。

「なに考えてるの？」って聞いてみた。

「ほんもののパパとママがいて、いまこの瞬間にほんもののパパとママと一緒にいる子どもたちのこと」

って言ってカミーユはぼくを見た。さっきみたいに景色を見ていてくれたほうがよかった。

「ほんものかにせものかなんて関係ないよ、カミーユ。大切なのは愛されてることじゃないか。違う？」

「違うわよ」

「でもさ、ときどきぼく、ママがいまも生きていて、ぼくと一緒に住んでいる夢を見るんだよ。ぼくはママのタンスの引き出しもかきまわさなかったし、ピストルでも遊ばなかったの。でもママはやっぱりテレビに向かって話していて、ぼくもやっぱりひとりぼっちなんだ。そりゃ、デブのマルセルやグレゴリーと遊んだり、となりの家の子がブタに話しかけるのをうらやましがったりはできるよ、でもそれだって長続きしないし、おうちにいてもなにをすればいいかわからなくなっちゃうんだ。それでぼくは大きくなって、工場で働きはじめるんだけど、家に帰ったらママにビールを渡して、ふたりで夜遅くまでテレビを見て、もうベッドにさえ寝ないでソファーでそのまま寝るんだ。だから朝、レ・フォンテーヌのベッドで目が覚めるとやっぱり嬉しくなるんだよ。やっぱりタンスの引き出しをかきまわしてよかったって思うんだ」

「あたしは夢なんか見ないの。それにパパがいっつも旅行に出かけていたのは家にいるとけんかばっかりだったからなのもわかってるわ。ママが縫い針や繕わなきゃいけない心で自分をなぐさめていたのは、どうやって『愛してる』って言えばいいのかよくわからなかったからなの。それでもやっぱりあたしのママだったし、パパもいたし、あたしのお部屋のあるあたしのおうちだったのよ。朝ごはんを食べに階段をおりるときだってあたしの階段だったし、ココアを飲むときだって小さな緑色の持ち手の、あたしの名前が書かれたお気に入りのコップだったの。ここに住んでいる子どもたちだってみんな同じだと思うわ。殴られたってストーブに結わえつけられたって、刑務所にいたってお酒やもっと悪いものをやめようとしている最中だって、やっぱりおうちはおうちだし、両親は両親だし、やっぱりレ・フォンテーヌとは比べものにならないのよ」

「そんなふうに言っちゃダメだよ、カミーユ。だってここにはなんでもあるじゃないか。ぼくんちなんか、スパゲッティのケチャップあえとかジャガイモとか挽肉とかバテしか食べられなかったんだよ。ホンレン草なんてあることも知らなかったんだから。プールにだって行けるし、サッカーして遊べるし、スキーだって教えてもらったし、ジドウ員だってぼくたちの面倒をとってもよく見てくれるじゃないか。やっぱり今のほうがみんなしあわせだよ。それにぼくはカミーユに会えたし、シモンやほかのみんなにも会えたんだから」

「ズッキーニはなんでもおひさまと一緒に見るのよ。あたしはそれがときどきとってもうらやましい。でもあたしには魔女をそんな簡単に放りだすことはできないし、それにいつかはシモンだってほかの友達だって大きくなって出ていくのよ。そうなったらもう会えなくなるでしょう。あたしだっていつまでもあなたと一緒とはかぎらないじゃない」

「そんなことないよ、ぼくはいっつもカミーユと一緒だよ。アントワネットなんてぼくがカミーユをお嫁さんにするって言ってたもん。それにレイモンもいる。レイモンがぼくたちに悪さをする人たちを許しとくはずがないし、ぼくがカミーユ抜きじゃレイモンのおうちに遊びに行かないこともよくわかってるんだから。それにレイモンはぼくと同じくらいカミーユが好きだし、ヴィクトルもそうだし、どっちにしろ大嵐よりはおひさまさんさんの毎日のほうがいいに決まってるじゃないか」

カミーユはぼくの手をつかんでギュッて握りしめた。「ズッキーニと一緒にいると、あまり不安じゃなくなるの」
「ぼくはいっつもカミーユと一緒だからね。心配いらないよ」

レイモンとアントワネットとヴィクトルはサーカスの入り口でぼくたちを待っていてくれた。で、レイモンにアントワネットの車椅子係を言いつけられたとき、ぼくはすんごくえらくなった気分だったのさ。

「本当に力持ちの小さなチャンピオンね」ってアントワネットは言ったけど、それでもまっすぐ進めるようにちょっと手を貸してくれたりするんだ。それにレイモンも。とくに階段で車椅子を支えなきゃいけないときは、レイモンなしじゃ無理だったから。レイモンがいてくれてよかった。じゃなきゃ落っことしちゃうとこだよ、いくらぼくが力持ちの小さなチャンピオンでもね。

足が使えなくなっちゃったら、こんなに階段が多かったらほんとに不便でしょうがないよ。

ぼくたちはでっかい大テントのいちばん前の列に座った。アントワネットにも席があった。

ジュジュブはパパとママのあいだにはさまれて、ふたりに両手をさらわれてた。あれじゃお菓子が取れないからジュジュブも苦労がたえないね。

ジュジュブのママはジュジュブのことを「ジュリアン」って呼ぶんだけど、ぼくたちみんなへんな気分だった。いつのまにかほんとの名前を忘れちゃってたんだもん。

ジュジュブのパパはネクタイを緩めてシャツのいちばん上のボタンをはずした。顔はおひさまで真っ黒焦げだ。ママもそう。ふたりともジュジュブと一緒でとっても嬉しそうで、暇があれば目でジュジュブをムシャムシャ食べちゃうんだ。ジュジュブのほうは席にドカッて座ってふてくされてるみたいだった。無理矢理パパの手を押しのけたジュジュブは手をポケットに突っこんで、お菓子を見つけだして、顔いっぱいの笑顔になった。パパとママにまでニコニコ愛嬌《あいきょう》を振りまいたんだけど、やっぱりお菓子は自分ひとりで食べるのさ。

まったくジュジュブらしいよ。

でもどっちにしろジュジュブのパパもママもガリガリにやせてるんだから、ロージーが言うみたいに「ガツガツ」食べるタイプじゃないに決まってるよ。

もちろんおばさんのたばこは除いて。

テントのなかではたばこは吸っちゃいけないんだけど、ジュジュブのママはやっぱり平たいきれいな箱から一本取りだして指のあいだにはさんでいるんだ。でも火はついてない。それなのにときどきそのたばこを口にして吸ってるふりをするんだ。それがいちばんみんなのためなんだよ。だってこうすればおばさんのたばこはずっとなくならないし、ぼくたちも咳きこまないですむんだもん。

幕が上がる頃にはぼくたちみんなもう待っていられないくらいだった。

いろんな色の紙吹雪や紙テープや風船玉の雨が降ってくるのに、おりこうにしてるのは至難のわざだよ。

それにサーカスには子どもたちがいっぱいいて、あっちでもこっちでも大きな声がするんだから。なかには舞台にのぼっちゃった子どももひとりいて、真っ赤な顔をしたその子のパパが舞台じゅう走りまわってやっとつかまえた。

シャルロットとロージーはぼくたちがちゃんと席に着くように立ったり座ったりしてまったく落ち着かなかった。

そんなに心配なら、二人とも最初からずっと立ちっぱなしにしていればいいのに。

でも、頭の上にあちこちからふってくる風船をみんなポンポン叩いてどこでもいいから飛ばしかえしてるのに、なんにもしないでじっとしてるんじゃまるでぼくたちだけが棒きれみたいじゃないか！　床の上はポップコーンだらけだった。だって入り口のところで配ってるんだもん、みんなですんごい投げ合いになったんだ。それに数えきれないくらいの紙吹雪と紙テープも飛んできて、ときどきぼくたちの頭の上にふってくる。アメッドの頭にもふってきたんだから。だからアメッドの髪の毛は色とりどりになっちゃったんだ。

ピカピカ光るマントを着たおじさんがマイクに向かってぼくたちが元気で、サーカスに来れて嬉しいですかって聞いたから、おじさんが言い終わる前にぼくたちみんな「ハ〜イ」って叫んだ。おじさんはぼくたちのほうを見て、「おやおや、一番前の列の子どもたちはずいぶん元気がいいねえ！」って言うからぼくたちは怒られたみたいにちょっと赤くなっちゃったんだけど、ほんとはすんごく鼻が高かった。

おじさんがまだマイクに向かって話しているのにピエロがふたり出てきて、おじさんの後ろに駆けつけて、指でつくったVサインをおじさんの頭の後ろにロバの耳みたいに立てて遊びはじめた。「気をつけて！　後ろにいるよ」って言う子がいて、だれかと思ったらアメッドが立ちあがっていたずらなピエロのことを告げ口してたんだ。

「ありがとうぼくちゃん」っておじさんはマイクに言って後ろを振りかえって、両腕をあげてピエロたちに「エイッ」って叫んだ。そしたらピエロたちはあおむけに倒れちゃったんだ。

「ええ？　ピエロさんたち死んじゃったの？」ってアメッドが聞いた。

それを聞いた人たちがザワザワ笑った。

「アメッド、ちゃんと座りなさい」ってシャルロットが言った。「後ろに座っている男の子がなにも見えないじゃないの」


それからピエロは立ちあがって、席に座ったアメッドにパチッて目配せして、大きなポケットからボールを出して指のさきっちょでクルクルまわしだした。ときどきボールのわきを叩いてスピードをつける。それでみんなパチパチ拍手したんだ。かたっぽのピエロが前に出てきたんだけど、もうかたっぽのピエロはおしりを蹴とばして舞台の奥に逃げちゃったんだ。

「おいでよ」ってピエロはアメッドに言って、手をさしのばした。

アメッドはロージーを見た。ロージーは口に出さないで「いっていらっしゃい」って言った。だからアメッドはピエロに引っぱってもらって舞台にあがった。

「お名前は？　アメッド？　みなさんアメッド君に拍手！」

で、いちばん前の列にいるぼくたちは手が痛くなるまで拍手した。


ピエロはアメッドに指をまっすぐ上に向けたままにするように言った。それから自分の指の上でボールをクルクルまわして、それをアメッドの指に渡したんだけど、ボールが重いのと恥ずかしいのとでアメッドがよろめいちゃって、ボールは落っこちた。

「指をまっすぐにして、なにがあっても曲げちゃだめだよ」って言ってピエロはもう一度最初からやりなおした。今度はアメッドはボールを落とさなかった。ボールはアメッドの指の上でコマみたいにクルクルまわったんだ。ぼくたちは「アメッド！　世界一！」って叫んだ。


アメッドが席に戻ったら今度はピエロたちがお皿やコップをグルグル投げまわした。サラダボールまで投げちゃったんだよ。いくらピエロのまねをしたいっていっても、レ・フォンテーヌで同じことをやったらどうせ全部割ってひどくしかられるに決まってるから、やらないにこしたことはないな、ってぼくは思った。

ピエロのあとは、真っ赤な服を着ていっつもニコニコ笑ってるおばさんとおじさんが出てきた。まるでニコニコが顔にはりつけてあるみたいなんだ。だから火の上を歩いてるときだって、おじさんはニコニコ。割れたガラスのくず（たぶん練習の時にさっきのピエロが割ったサラダボールだよ）を床の上にまくときだって、おばさんはニコニコ。そのガラスの上をはだしで歩くときも、おじさんはニコニコ。それからおじさんは両方のほっぺたに針を突き刺したんだけど、それでもニコニコ。

ジュジュブは全然ニコニコしなかった。

ジュジュブは両手がさらわれたままだから、パパの胸にうずくまって目を隠した。

それから赤い服のおじさんがぼくたちに舞台にあがるように言うから、ぼくたちみんなほんとに緊張しちゃったよ。

だって火や割れたガラスやほかの危なっかしいものの上を歩きたくないじゃないか。

それでも一応舞台にあがった。でも、おじさんがぼくたちを背の順にならべて一人ひとりに火のついたたいまつを渡したときには、はっきり言ってあまり嬉しくなかったよ。みんな腕をいっぱいに伸ばしてたいまつをできるだけ上に持ちあげなきゃならなかった。だってやっぱり怖いじゃないか。おばさんはそれでもニコニコ笑いながら、ぼくたちの目の前でくるくる踊った。おばさんが失敗してぼくたちのお腹を蹴っとばすんじゃないかって心配でしょうがなかったよ。それに腕をまっすぐ伸ばしてもたいまつは熱くて、ぼくはハラハラがとまらなかった。今度はニコニコおじさんがぼくたちにたいまつを渡すように言って、それを飲みこんで口のなかで火を消したんだ。ぼくはいちばん最後だったし、ぼくのたいまつの火をおじさんが消してくれたときにはほんとにホッとしたよ。火を消すのには口を大きく開けなきゃいけないから、それでおじさんの口はあんなニコニコになったんだって思った。

どっちにしても、ぼくは一生こんなのまねしないね。

ぼくはおたんこなすじゃないんだから。


それに比べれば年寄りの手品師の方がずっとよかったよ。

先のとがった大きな帽子や星や月の模様がちりばめられた長いマントは、まるで魔法使いのマーリンみたいなんだ。

手品師のお供のブロンドのおねえさんも同じ。

ピンクと白の格子模様のドレスを着てて口もほっぺたもバラ色に塗ってあって髪の毛は後ろに束ねてあって、だから、女の子みたいなかっこをする大人はみんなそうだけど、なんかちょっと間抜けな感じなんだ。


(みんな歳をとるのがとっても怖いから、年寄りのおばあちゃんたちは小さな女の子みたいな服を着て、時間なんて関係ないようなふりをするんですよ、ってアントワネットが言ってたっけ。)

おねえさんは大きなかごからいろんなものをどんどん取りだして、上下裏表いちいち見せてくれるんだからまるで市場にいるみたいだよ。ぼくたちが買うとでも思ってるのかなあ。そうやって年寄りの手品師に魔法の杖《つえ》や帽子や紙吹雪やハンカチを渡す。で、ちょっと間抜けな感じのするそのおねえさんは手品が成功するたびにほんとに大喜びするんだ。年寄りの手品師が帽子からウサギを出したらキャアッて叫ぶし、手のひらいっぱいの紙吹雪がハンカチの上に落ちて模様になるのをみたときはワアッて目を丸くしていたし、トランクのなかに入るときだって今日が人生でいちばんすてきな日みたいにして嬉しそうにスキップしながら歩いて行ったんだから。年寄りの手品師がトランクを閉じるとテントじゅうに太鼓の音が響きわたって、もう一度トランクを開けたらおねえさんは消えちゃったんだ。トランクからはハトが飛び立っただけだった。まぶしい照明がテントを横切って客席の階段のいちばん上までのぼっていくと、ほら、おねえさんはそこにいるんだよ！　それに赤ずきんちゃんの服に着替える時間まであったんだ。おねえさんは大きなペロペロキャンディを食べながら階段をおりてきた。もういちど舞台にあがってからおねえさんはマントを脱いだんだけど、ロージーは「あんなのは子どもたちの前で着る衣装じゃありません」って言った。

　でもそのキラキラの衣装も長続きはしなかった。手品師はおねえさんを細長い箱のなかに閉じこめちゃったんだ。ぼくたちには足と頭しか見えなくなっちゃったんだ。それでもおねえさんはまるでこれ以上すてきな夢はないとでも言いたそうに、頭と足をバタバタ振った。年寄りの手品師が箱の上にバカでっかいノコギリを振りかざして、太鼓がまたテントじゅうに響いたときも、おねえさんはまるでそれが世界でいちばんおもしろい冗談みたいにゲラゲラ笑った。そしたら手品師は、落ち着きはらって、おねえさんをまっぷたつにした。だからぼくはこんなひどい手品におまわりさんのレイモンが黙ってるはずないぞ、って思ったんだけど、そんなことないの。レイモンもゲラゲラ笑っていて、なんにもしないんだもん。だからぼく、さっぱりわからなくなっちゃった。手品師はばたつく足の入った箱と頭の入った箱をそれぞれ切り離した。バラバラになったおねえさんが目を右、左に動かしたときみんながいっせいに拍手をしたんだ。ぼくを除いて。

いくらなんでもこんなひどいことにぼくが拍手するわけないよ。

そしたら手品師が二つの箱をもと通りに戻して「アブラカダーブラ」って声を張りあげながら魔法の杖を一回振ったんだ。バラバラだったはずのおねえさんは何もなかったかのように箱から出てきた。おねえさんはキラキラの衣装までめくってけがひとつないのを見せてくれた。だからぼくは大きくなったら手品師になるぞって決めたのさ。だって、お話を聞くだけで全然夢を叶えてくれない神様よりずっといいじゃないか。

片目をつむった。それからもう片方も。おじさんがおばさんの手をつかんだまま逆さまに宙に飛びだして、おばさんをもうひとつのブランコに送り届けた。下に網が張ってあるのは見えるよ。でもぼくはブルブルふるえちゃうんだ。こんなへんなお仕事ないよ。空中ブランコ乗り。みんなの拍手をもらうために一日じゅう宙に飛びだして過ごすんだよ。ロージーがぼくたちのことを言うみたいに「頭のなかにエンドウ豆」でも入ってるに違いないよ。でもそれですむと思ったら大間違いで、もっとたちが悪いのは、網の上に太い綱を張ってその上で自転車にまで乗っちゃうことなんだ。そんでもっと話がこんがらがるのは、自転車に乗ったおじさんの肩の上におばさんが乗っかるんだよ。

こんなのがまんならないよ。

ぼくはまた目を閉じた。

目を開けたらぼくはライオンの口のなかにいた……ような気がした。

ムチの音で目が覚めたんだ。

ライオンはあとずさりして、トランポリンにはいあがった。

ぼくは友達のほうを見た。みんなの目も不安でいっぱいだった。

サーカスってすんごい。

でもぼくはロシア山のほうがいいや。怖いのと楽しいのと両方一緒じゃないか。

それにムチを持ったおじさんはライオンにジャンプするようにしむけるんだけど、ぼくだったらはそんな危ないことできないよ。だって火のついた輪をくぐらなきゃならないんだから。ライオンはゆっくりとトランポリンの上を前に進んだ。まるで「行くべきか、行かざるべきか」って悩んでいるみたいだった。それでピョンッ！　てライオンがねこみたいになめらかに飛びあがって、きれいなたてがみを燃やしもせずに火の輪をくぐり抜けて、それが最後の出し物だった。

ピカピカ光るマントを着たおじさんがふたりのピエロと一緒にまた舞台に出てきて、ぼくたちが充分楽しめましたように、ってマイクにお祈りして、ピエロは後ろ向きにとんぼ返りして、おじさんはぼくたちに手を振ってさよならをした。アメッドの小さな声が「終わりですか？」って言うのが聞こえた。そしたらピカピカ光るおじさんは「終わりじゃないよ、チビちゃん。サーカスに終わりはないんだ」って言ったんだ。

それでぼくには、どうしてロージーがときどきぼくたちに「いいかげんにサーカスは終わりにしなさい」って言うのか、やっとわかったのさ。

31

レイモンはどこに行くのか言おうとしなかった。

ぼくにわかったのはこれが「お楽しみ」で、「これっぽちもおひさまをむだにしないよう」にカミーユもぼくもレ・フォンテーヌを朝早くに出発するっていうことだけだ。

ぼくはお楽しみがあんまり好きじゃない。たいていの場合、ガッカリしちゃうんだから。お楽しみ袋の底にはブリキの兵隊の入ったプラスチックの卵しか入っていないんだ。それか、ぼくのお誕生日のフェルディナンのケーキみたいにハートがドキンドキンして涙が出てきちゃって、なんにも食べられなくなっちゃうんだもん。

だからぼくは電話でしつこく聞いた。

レイモンは「ＯＫ、おいしいものがいっぱい詰まったかごを持ってピクニックをするんだよ」って言った。

だからぼくはそのことしか考えなかった。

アントワネットは車の助手席に座って、車椅子はトランクに入っていた。出発する前にトランクを開けたから知ってるんだ。でもピクニックのかごなんてなかった。

「かごはどこにあるの？」ってぼくはレイモンに聞いた。

「アントワネットの膝元においてある。それから運転席の後ろにクーラーボックスがあるから車に乗るときは気をつけるんだよ」

「クーラーボックスってなあに？」

「冷たさを保つ箱だよ。いいから早くトランクを閉めて車に乗りなさい、ズッキーニ」

ぼくはクーラーボックスの上に足をのせて、膝の上には顎をのせて座った。

ヴィクトルは、マンガを開いてタンタンと一緒に月旅行に行く前に、「アントワネットは死人の席に座ってる」ってぼくの耳にささやいたんだ。

いったいどんな死人の話をしてるんだろう？

レイモンは刑事だから、殺人事件にも関わってるんだろうけど、どうしてアントワネットの席が死人の席なのかは、よくわからなかったよ。それに死人っていうのはしゃべれないけど、レイモンは運転してるときにぼくたちがあれやこれやたくさんのことを話してあげると喜ぶんだから。

そりゃアントワネットはあんまりおしゃべりなほうじゃないけど、鼻歌をうたうじゃないか。それだけでも大違いだよ。

おまわりさんは運転しながら眠ったりしないから、今さっきの車みたいに溝にはまったりしないんだ。消防車がいっぱい来てまわりを囲んでいた。ベンツの黒いおしりが見えたけど、もうジュジュブなしで旅行には行かないことに決めたジュジュブのママとパパのことを思いだして白いベンツじゃなくてよかったなあ、って思ったんだ。

カミーユはなんにも見ていなかった。だってドアによりかかって寝てるんだもん。それにおりこうさんな顔を見れば、夢のなかには死人は出てきてないはずだ。

アントワネットのほうは自分が死人の席に座っているなんて思ってもいないみたいだった。アントワネットはまるでだれかが盗もうとねらってるみたいにかごをしっかり抱きかかえていて、事故とは関係なくやっぱり鼻歌をうたってるんだ。

「だれが死人なの？」ってアントワネットの肩に手をやってぼくは聞いてみた。

「死人？　なんだい物騒だねぇ？」ってアントワネットはちょっと怖がって聞きかえした。

ヴィクトルはタンタンを残して月から戻ってきてぼくの足を蹴っとばした。「おまえバカじゃねえの？」

「ヴィクトル、言葉づかいに気をつけなさい」って運転しながらレイモンが言った。「それからイカール、なんだってそんなことを言うんだい？」

「ぼくじゃないよ、ヴィクトルが言ったんだよ」

「ぼくなんにも言ってないよ！」

「うそつき。アントワネットは死人の席に座ってるって、さっきぼくに言ったじゃないか」

「だからってみんなに言うことないじゃないか、告げ口屋」

「告げ口屋じゃないよ」

「告げ口屋だよ」

「違うってば」

「だっておまえが言ったんじゃないか」

「わかったからおとなしくしなさい」って怒鳴ってレイモンは鏡ごしにぼくたちを見た。「死人の席っていうのはひとつの言い方なんだよ。事故のとき助手席はあまりいい場所じゃないっていうだけなんだよ」

「そんな言い方、かわいくないじゃないか」ってぼくは言った。

「ほんと、かわいくないこと」ってアントワネットが繰りかえした。「それからレイモン、ちゃんと前を見なさいな。そんなふうに言われちゃ、あたしも今日はこんな席に座っていたくないですよ」

「おまえになんかもうなにも教えてやらないから」って言ってヴィクトルはマンガのページをめくった。

「ごめんね、言い合いになるとは思わなかったんだ」って言ってぼくはヴィクトルの手をとった。

「もう遅いよ」ってぼくの手をはねのけないでヴィクトルは言った。

「そのマンガおもしろいの？」

「うん、ぼくと一緒に読む？」

「うん」

タンタンの月旅行を読みはじめたら、すぐ気持ち悪くなっちゃったんだ。だけどヴィクトルに悪いからなんにも言わなかった。ぼくはちょっとだけ窓を開けて外の空気を吸ったんだけど、「死神が入ってきたらどうするんだい」って言うアントワネットのせいですぐに閉めなきゃならなかった。まったく今日のアントワネットはどうかしちゃってるよ、ってぼくは思った。

だってそれじゃまるで窓の隙間から死神が忍びこんでくるみたいじゃないか！

今までぼくが開けてきた窓の数を考えたら、ぼくはもう何千回も死神を見てることになるし、それにテレビみたいにいっつも黒いマントとひん曲がったばかでかい鎌《かま》を持ってるんだから、来たら見落とすはずがないよ。

みんなの言うことがちゃんとわからないのはぼくのせいじゃない。それにわからないから質問するんだし、そのせいでノータリンって呼ばれたり、シモンが言うみたいに、ぼくにはネジが一本足りないと笑われたとしてもどうってことない。なんにも質問しないで、なにもかもわかるわけないじゃないか。シモンなんてぼくたちみんなについてはなんでも知ってるけど、自分については大したこと知らないじゃないか。えんま帳をめくったって自分の質問への答えは見つかるわけない。ママをよく知ってたパピノー先生にだって、シモンはオンドリみたいに高慢ちきだからなんにも聞けないんだ。ぼくだったらパピノー先生を質問攻めにしちゃうところさ。

シモンはそうじゃない。

抜けだそうとして鉄格子にノコギリをあてる気もないんなら、レ・フォンテーヌがケイムショだって言うのは簡単だろ。

大人たちも同じさ。

大人たちは答えのないクエスチョンマークだらけなんだ。だってみんな頭んなかに閉じこめられて、絶対に口からは出てこないんだもん。だから一度も口に出なかった質問はみんな顔に出てくるんだ。それで大人たちの顔はつらくてさみしいんだよ。

しわのひとつひとつには長年口に出さずにためてきた質問が積み重なっているんだ。

アントワネットだってそうさ、なんにも質問しない。

アントワネットは鼻歌のほうがいいみたい。

おひさまが一気に雲の後ろに隠れたときみたいに、アントワネットの顔はときどき灰色になる。鼻歌をうたってるときのアントワネットの気持ちはよそにあって、だから顔じゅうがパッて明るくなるんだよ。フニャフニャのりんごみたいな顔なんだけどさ。

歳をとってもぼくはずっと十歳のままで、ありとあらゆるアホな質問をして、しわひとつない人生を送ってやるんだ。

「なに考えてるの？」って、手に足も前に出してねこみたいに伸びをしながらカミーユが聞いた。

「なんでもないよ」ってぼくはうそをついた。

「なんにも考えてないような顔じゃなかったよ」

「ええ？　じゃあぼくどんな顔してたの？」

「なんかまじめなことを考えてるような顔だったよ。お鼻にしわを寄せて口を開けてたもん」

「ほんと？」

「ほんとよ。それにこれが初めてでもないわ。あんまりやるとほんとにそういう顔になっちゃって、そしたらものすごくいじわるな感じになっちゃうから、気をつけてね」

それからカミーユはぼくの顔を下から見あげて、そのいじわるな顔をして見せたんだ。全然かわいくなかった。

「ぼく、そんな顔してたの？」

「そうよ」

そう言ってカミーユは笑った。

そのとき遠くに海が見えて、ぼくはもう落ち着いていられなくなっちゃったんだ。

テレビのなかで見たことはたくさんあるよ。でも全然違うんだ。

ママは一度も海に連れていってくれなかった。海水浴はお金がかかりすぎるし、危なすぎるってママは言った。工場のおばさんの子どもが、まるで洗濯機みたいに波にのまれたせいなんだ。

海は大きい。

テレビだとなんでも小さく見えるのはぼくのせいじゃない。

海を知らない子どもはぼくしかいないに違いない。

なんだか偉くなったみたい。

砂浜の上を歩いたけどズブズブもぐっちゃうから、靴のなかに砂がいっぱい入った。

「どうして靴を脱がないの？」ってサンダルを手にしたはだしのカミーユが言った。


それであたりを見まわしたんだ。

靴をはいてるのはぼくひとりだった。アントワネットは別だけど。長靴のつま先をおひさまに向けたアントワネットはレイモンが担いでるんだ。

波打ち際では水着を着た人たちがはだしで走っていた（どこに行くのかは知らないよ）。足は溺れてアップアップしていた。

それ以外はタオルの上で動かない死体だらけだったよ。


ぼくはパンツ一枚になった。

レイモンは大きな黄色いパラソルの日陰においた車椅子にアントワネットをおろした。ぼくたちは砂の上に大きな白いシーツを敷いた。みんなの服はパラソルに引っかけてある。アントワネットのは除いて。

アントワネットは「水着なんてあたしにゃもう関係ないんだ」って言った。

「じゃあなんにも着なきゃいいじゃないか」ってぼくは言った。

「おやまあ！　そんなことしたらおひさまが逃げちゃうよ。いいのかい？」

って言ってアントワネットはゲラゲラ笑った。口のなかにはもうそれほど歯は残ってなかった。

ぼくはレイモンのブクブクのお腹を見た。まるでパンクしたボールみたいだ。胸や肩には毛の絨毯が敷いてあって、それがベアトリスの歯と同じくらい真っ白の肌と一緒だとやっぱりへんな感じだった。


カミーユがぼくの手をとった。それでぼくたちはふたりで海まで走った。

プールとは比べものにならなかった。水はすんごく冷たいし、ネズミ色なんだ。

おひさまも、お空の上で偉そうにしていないでちょっとくらい海に入ってみればいいんだよ。

「なに怖がってるのよ」ってぼくに叫んでカミーユが水に飛びこむ。

「怖がってるかどうかよく見せてやる」って言ってぼくも水のなかを走ったんだけど、波が足を引っかけるから転んじゃったんだ。

「すんごく大きいや」ってぼくは言った。

「なにが？」

「海だよ。プールだったら絶対に両岸が見えるじゃないか」

「そりゃそうかもね。でも逆立ちをする場所はここにもいっぱいあるわ」

って言って、カミーユはもぐって見えなくなった。


「メタメタ冷たいや」って言ってヴィクトルは歯をガチガチいわせた。

「やめろよ」ってぼくは言った。「びっくりしちゃったじゃないか」

「お〜い！　お父さん、こっちこっち！」

目しか見えなかった。ヴィクトルが大声を出すからなんにも聞こえなくなっちゃったんだ。じゃなかったらカミーユの逆立ちをまねしたときに、ぼくの耳に海が入ってきちゃったからだ。

びしょぬれのぼくの天使が後ろ向きに逆立ちするのが見える。

それからレイモンがバレリーナみたいにしてぼくたちのほうに向かってくるのが見えた。まるで水を傷つけたくないから、どこに足をやったらいいのかわからないでいるみたいな歩き方なんだ。レイモンは腕や首の裏に水をかぶりながら、いろんなへんな顔をして、それから足を取られて映画のなかの鯨みたいにドボンッて水のなかに転がりこんだ。

カミーユとヴィクトルとぼくは海のなかを歩いて、キャラメルソースをかけたプリンみたいに浮きあがってきたレイモンの大きなお腹でトランポリンをすることにした。

レイモンはヴィクトルの手と足をつかんで「飛行機」をやった。宙でグルグル振ってから水面にバチャンッて放りだすんだ。

「ぼくも！　ぼくも飛行機やってよ！」ってぼくは言った。

「あたしも！」ってカミーユが続けた。

「もう一度！」ってヴィクトルが叫んだ。

それでレイモンはぼくたち三人を何回もグルグル飛ばしてくれたからぼくたちはもうやめられなくなっちゃったんだ。でもレイモンもだんだんくたびれちゃって、ぼくを放りだすのに失敗したもんだからぼくはちょっと塩辛い水を飲んだ。カミーユが背中を叩いてくれて、ぼくは海を吐きだしたんだ。


「大丈夫かな、チビちゃん？」ってレイモンは言った。

「大丈夫だよ、もう一回」ってぼくは言った。

レイモンはぼくの腰をつかんでボールみたいにぼくを宙に放り投げた。ぼくは大声を出す暇もなく気がついたら海の底だった。

「今度はぼく！」ってヴィクトルが言った。

「だめよ、あたしの番よ」ってカミーユがねだった。


ボール投げをしたあとは肩車をしてもらって、お鼻をつまみながら後ろ向きに飛びこんだ。そのあとで「水上スキー」をした。レイモンの膝に足を乗せて、両手をつないで、腕と足をつっぱるとレイモンがエンジンの音を立てながら後ろ向きに進んでいくんだ。そのあとでぼくたちは海からあがった。だってすんごくお腹がすいてたんだもん。

アントワネットは顎を突きだしていびきをかいていた。開けっぱなしの口にヴィクトルが小さなパンのかけらを入れるとアントワネットはむせて目を覚まして、それでぼくたちはゲラゲラ笑ったんだ。

ぼくたちはパンツを脱いで黄色いパラソルにかけて乾かした。せっかくだからヴィクトルのおちんちんを見たら、ぼくのと同じくらい小さかったからちょっと安心したんだ。ぼくたちが食事じゅう真っ裸でいないですむようにって、レイモンはバスタオルを渡してくれた。かごのなかからポテトチップスとお皿とコップとフォークとナイフを出した。

みんな使い終わったら捨てちゃえばいいんだから便利なんだ。ポテトチップを除いて。これなら洗い物もないもんね。

それからレイモンはクーラーボックスを開けてぼくたちにおいしいものがいっぱい入った箱をいくつも渡してくれたんだ。ゆで卵でしょ、ラディッシュでしょ、チキンでしょ、りんごでしょ。冷え冷えの水とレモネードもあった。ぼくはレイモンみたいに、ゆで卵にちょっとだけ塩をふって噛みついたんだけど、砂だらけだった。アントワネットでさえ手で食べたんだから、すんごくおもしろかった。ただあとでみんな指がベトベトになっちゃったんだけど。ぼくはタオルのはしっこでりんごをキュッて磨いて、どこから見てもピカピカにした。でもぼくが食べるとやっぱり砂だらけなんだ。

それからぼくたちは半乾きのパンツに飛びこんだ。レイモンは波打ち際にパラソルを動かして、今度はアントワネットを連れにきた。アントワネットは新聞紙でつくったお船みたいな帽子で頭を隠していた。

ぼくたちはパラソルの日陰まで車椅子を押していったんだけど、タイヤが砂にもぐって大変だった。

それからぼくたちはバケツとスコップとくまでをもって、レ・フォンテーヌみたいなお城を建てることにした。

レイモンは車椅子のとなりにタオルを敷いて、腹ばいになったと思ったら眠っちゃったんだ。肩にまで毛むくじゃらのじゅうたんが敷き詰めてあるんだよ、レイモンって。

ヴィクトルは砂の入ったバケツをひっくりかえして、ぼくはスコップで波から守るためにお城のまわりにお堀をつくって、カミーユは砂浜に貝殻を拾いに行った。アントワネットはつまようじと新聞紙の切れはしで旗をこしらえて、ぼくに渡してくれたんだ。ぼくはそれを塔のてっぺんにさした。カミーユが両手いっぱいに宝物を持ってきたから、みんなでお城を飾ったんだ。

あんまりレ・フォンテーヌには似ていないけど、でもきれいなお城だったよ。

アントワネットは「そっとしておいてあげなさいな」って言ったんだけど、やっぱりぼくたちはレイモンに起きてもらいたかったから、モジャモジャの肩の毛を引っぱってやった。レイモンは片目だけ開けて、ぼくたちのお城を見た。レイモンは「すごいなあ」って言って目を閉じて、またタオルの上でぐったりしちゃったんだ。

「ねえ、泳ぎに行ってもいい、おばあちゃん？」ってちょっとガッカリしてヴィクトルは言った。

「もちろんさ。でもあまり遠くに行っちゃダメだよ。年寄りにはあまり遠くは見えないんだから」

まったく困っちゃうよ。

アントワネットは人が思うよりもずっと遠くまで見えるって言ってたのに、今度は見えないって言うんだもん。


ぼくたちは三人だけでアップアップ溺れに行ったんだけど、レイモンがいないからあんまりおもろくないんだ。ぼくたちだけで「飛行機」しようとしたんだけど、腕がヘナヘナしちゃってなんにも飛ばなかった。

これじゃ飛行機じゃないよ、潜水艦だ。

ぼくたちは波打ち際に戻った。肘を砂に埋めて、足を水にピチャピチャさせて、遠くの、全然先に進まない大きなお船を見ていたんだ。

「今年の夏休みには、お父さんが暖かい海に連れていってくれるんだ」

「いいなあヴィクトルは」ってぼくは言って足を砂に埋めたんだ。

「そうだね。アントワネットも来るんだよ。小さな家に住むんだ。そんなに海の近くじゃないんだけど、窓からはやっぱり海が見えるんだよ」

「暖かい海ってどういう感じなの?」ぼくはよく考えずに言っちゃったんだ。

「そりゃここより暖かいんだよ。ズッキーニってときどきそういうへんな質問するんだよなあ。行ったことないの？」

「あ、あるよ、いっぱいあるよ」ってぼくはうそをついた。

「うそでしょ」ってカミーユが言った。「うそつきみたいに赤くなったもん」

「日焼けしたからだい」

「砂浜に着いたとき、自分の顔見なかったの？　あたし見たもん。目がこんなにまんまるだったじゃない。今日初めて海を見たんでしょ。賭《か》けてもいいわ」

「そんなことないよ」ってぼくは言った。でも小さな声しか出なかったんだ。

「ええ？　いままで海に来たことないの？」って、まるでぼくがいままで卵やタンポポを見たことがないみたいに、ヴィクトルが聞いた。

「ほんとのこと言ったほうがいいよ」ってカミーユがつぶやいた。「だれもズッキーニのこと笑ったりしないんだから」

「何回も行ったことあるって、さっきから言ってるじゃないか」

「どこよ？」

「お、覚えてないよ」

「お父さん！」ってヴィクトルが叫んだ。「ズッキーニ、いままで海に来たことがなかったんだって」

「言っちゃダメだよう」ってぼくは言ったんだ。

「ヴィクトル！」ってアントワネットが叫んだ。「お父さんは子どもみたいにぐっすり寝ているんだから、静かにしておやんなさいな」

「そんな大声を出されたらかなわんよ。子どもみたいに休めるもんかね」って文句を言ってレイモンは起きあがった。

「ズッキーニは海に来たことがなかったんだって」

「本当かい、チビちゃん？」ってレイモンが聞いた。

そしてレイモンは波打ち際にやってきてぼくのとなりに座った。肩をダラッて落として、目はまだとっても眠そうだった。

「うん……」声にならない声でぼくはそう言って、足を思いっきり砂に埋めた。できることなら全身丸ごと埋まっちゃいたいくらいだった。

「きみのママ、一度も海に連れていってくれなかったのかい？　日帰りでも？」ってレイモンが言った。ずいぶんびっくりしたみたいだった。

「一度もなかったよ、そんなこと。だってとってもお金がかかるし、休暇なんてお金持ちだけのものだってママは言ってたんだから。それにママは病気の足のせいで運転できなかったし、洗濯機みたいにして波にのまれちゃった小さな男の子のせいでとっても怖がってたんだもん……」

「どの男の子のことさ？」

「知らないよ」

「いいかい、ズッキーニ。ぼくはお金持ちじゃあない。でももしきみたちさえよければ、夏休みにみんなを海に連れてこうと思ってるんだよ」

ぼくは答えなかった。

ぼくはむこう側の海に消えていく大きなお船を見てたんだ。

「ほんとに？」ってぼくの天使が聞いた。

「本当さ」

「あたしの叔母さんがダメって言うに決まってるわ」って言ってカミーユはふくれっ面をした。

「裁判官と話をつけておくよ。心配しなくて大丈夫。ズッキーニはなにも言わないんだな」

「だ、だって恥ずかしいんだもん」ってぼくは言ったんだ。

「なにが？」ってレイモンが聞いた。

「なんて言ったのかね？」ってアントワネットが叫んだ。

「恥ずかしいんだってさ」ってヴィクトルが叫びかえした。

「なにがだね？」

「アントワネット！」って今度はレイモンが叫んだ。「それじゃチビちゃんが答えられないじゃないか」

「あらあら、もしあたしがお荷物だってんなら、ちゃんとそう言っとくれよ」

って言ってアントワネットは新聞紙のお船の帽子を目深にかぶりなおしたんだ。

「さあ、チビちゃん。いったいなにが恥ずかしいのかな？」

「最初から海に来たのははじめてだって言わなかったことだよ。みんなに笑われると思って言えなかったんだ」

「ぼくがいるかぎりきみのことを笑ったりさせやしないよ、チビちゃん」

「あたしだってそうよ」ってカミーユが言った。

「ぼくらは兄弟なんだから、ズッキーニをバカにするヤツがいればこのぼくがぶちのめしてやる」ってヴィクトルが言った。

それでヴィクトルは海に向かって小さなこぶしを振りまわしたんだ。

「そ、それじゃぼくも暖かい海に行ってみたいな」ってぼくは言った。

そう言ったとたん、のどのあたりがくすぐったくなった。あまりいい知らせじゃなかった。

「ヤッター！」ってヴィクトルが叫んだ。

それを見てたらぼくはもう涙をこらえられなくなっちゃったんだ。

32

休み時間。

カミーユとぼくは原っぱに座っていて、もうなにもかもがいままで通りじゃなくなっちゃったんだ。

まず、ねこがいなくなった。どこもかしこも探したんだけど、見つからなかった。

カミーユは「ひとりぼっちにしておいたから、新しいお友達を探しに行っちゃったのね」って言った。

それよりなにより、ぼくたちは、レイモンが海でぼくたちに言ったことが頭から離れなくなっちゃったんだ。

「養子」っていう言葉の意味をシャファン兄弟に聞く必要はなかった。

こんな言葉、辞書ゲームには簡単すぎる。

ぼくにだって意味はわかるさ。


「魔女がそんなこと許しっこないわ」って言ってカミーユは草の葉をもぎ取った。

「心配ないよ、レイモンがサバインカンに話をつけてくれるんだから、そのあとはみんなうまく行くさ」

「ズッキーニは魔女のことがまだわかってないのよ。ムッシュ・クレルジェに色目を使って、あることないことぶちまけて、それであたしはレ・フォンテーヌに残ることになるに決まってる」

「でもぼく、カミーユなしじゃどこにも行かないよ」

それでぼくたちはものすごい目で見つめ合ったんだ。

ぼくにとって、魔女のことはそれほど心配じゃない。

あんなヤツ絶対に嵐のなかの枯葉みたいに吹きとばされて、だれも拾いにこないに決まってるんだもん。いくら色目を使ったところで、カセットテープを聞いて以来ムッシュ・クレルジェは魔女を嫌ってるんだし、あいつが息をするより簡単にうそをつくことだってしっかりお見通しなんだから。

だけど問題はぼくがこんな重大な秘密をどうやって守り通せるかってことで、シモンやアメッドと話すたびにふたりを騙してるような気分になっちゃうことなんだ。

カミーユにしてもそれは同じだった。

告げ口するのよりつらい。

シモンはノータリンじゃない。だからレイモンと一緒に海に行って以来ぼくが変わったことに気がついてないはずがない。

ぼくは「シモンはソウゾウリョクがありすぎるんだよ」って言ったんだけど、シモンはまるでもうぼくが友達じゃないみたいにこっちをにらみつけた。胸が締めつけられるようだった。

ぼくは受話器のなかにレイモンを呼んだんだけど、レイモンは「しっかりするんだよ、あと数日の辛抱なんだから」って言った。

「数日って何日くらい?」って聞きながらぼくは両手をしっかり開いた。

「長くても二十日ってとこだ。レ・フォンテーヌのふれあい祭りが終わってからだな」

ぼくは両手を閉じた。指が足りなかった。

ベアトリスなんて、どうしてぼくと内緒話ばっかりしているのかカミーユから直接聞きだそうとしたくらいだ。

「アタチの悪口言ってるの？」

「まさか」

「じゃあどうしてもう一緒にお散歩行ってくれないのよ？」

「それは……」

「ここから出てくの？」

ここまで言われたら、カミーユも呼吸が止まっちゃったに違いないよ。

「出て行ったとして、どこに行くって言うの？」

「海よ。だって海に行ってからおかしくなったじゃないの。ごはんも食べないし、いっつもズッチーニとヒソヒソ目配せしてるだけだし、学校でもまるで飛んでいきたいみたいに窓ばかり見てるじゃないの。アリスも心配してたし、男の子たちもアタチのところに来てなにか知ってるかって聞くのよ。だからアタチ、『知ってるわよ、でもあんたたちには関係ないでしょ、レディーの秘密なんだから』って言ってといたのよ」

「そんなこと言ったの？」

「ええ、うん。だってなんにも知らないバカ女だなんて思われたくなかったんだもん」

カミーユは両腕でベアトリスをギュッて抱きしめてあげたんだ。

「ベアトリスはバカ女なんかじゃないわよ。それに最初に打ちあけるのはベアトリスだって約束する」

「いつ？」

「もうすぐ」

「じゃあ、アタチがほかの人に知ったかぶりをしても怒んない？」

「うん、怒らない」

「じゃあどうして泣いてるの？」

「泣いてないじゃない」

「じゃあ目のなかのそれはなんなのよ？」

「ああ、これ！　ほこりのせいよ」

「レ・フォンテーヌにはほこりひとつないのよ。掃除のおばちゃんたちが掃除機かけるの見たことないの？　アタチはあるわよ。ベッドの下まで掃除するんだから、おばちゃんたち」

「それでもこのほこりは見逃しちゃったのよ」


なにも不思議がらないのはジュジュブだけだった。

ジュジュブはパリに行ったきりになることが多くて、そうじゃないときでもママとパパがひっきりなしにレ・フォンテーヌに来るようになった。

ジュジュブはもうけがをすることもないし、指にばんそうこうをまくこともないし、自慢ばっかりするようになった。

「ぼ、ぼくもうすぐパパとママと一緒に大きなお屋敷に住むんだぞ。ぼ、ぼくだけの広いお部屋もあるんだからね」

「そ、それにおもちゃもたくさんあるし、ぼ、ぼくだけのお庭もあるんだ」

「い、いまに結婚して、こ、子どももいっぱいつくって、き、きみたちに会いになんか来れなくなっちゃうんだから……」

シモンはジュジュブのくちばしをへし折った。「ジュジュブ、みんなおめえにはうんざりしてんだよ。おめえの大きな屋敷も専用の庭もおれたちにはどうでもいいのさ。どうせおめえは最初から最後までなんでも独り占めで、みんなと分けたことなんか一度もなかったじゃねぇか。てめえの干からびたケーキみてえな面やブタみてえな腹を見て喜んでくれるような間抜け女はいるわけねえんだから、子どもなんかできっこないし、子どもだって生まれてこないほうがしあわせだし、おめえがいなくなってさみしがるヤツなんてここにはひとりもいねぇんだよ」


シモンはときどきほんとにきつい。

まるでシモンのからだは鉄の毛皮で覆われてるみたいだ。

もう友達じゃないみたいにぼくをにらみつけたあの日以来、シモンはみんなにつらくあたるようになった。ジュジュブなんかやりかえしもせずに口を開けて間抜け面をしたままで、最後には「干からびたケーキみてえな面やブタみてえな腹」のせいで泣きだしちゃったんだ。

見るのも気の毒だった。

ぼくはシモンの肩に手を置いたんだけどシモンはペッて唾を吐いて背中を向けたんだ。

掃除用具入れに一生閉じこめるぞってシモンに脅されてから、アメッドも肩を丸めてなんにも言わなくなった。アメッドはなんにも言わずにただ宿題をしてただけなんだ。

もうぼくはなにをすればいいのかわからない。シモンをなだめようとしたんだけど、シモンは裏切り者とは話したくもないって言うんだ。


「いったいシモンはどうしちゃったの」ってロージーやシャルロットが何度も聞いてきた。

「知らないよ」ってぼく答えたんだ。それでそれ以上なんにも言いたくないから急いで逃げるんだ。

今週に入ってからシモンの「手すり磨き」はもう二回目で、シモンの口からは乱暴な言葉が次から次へと出てくるようになった。カミーユとぼくでシモンに手を貸そうとしたんだけど、シモンは「てめえらなんかいらねぇよ、どけってば！」って言った。ぼくたちその場で銅像みたいに固まっちゃったんだ。

「秘密を守るのがこんなに辛いなんてね」ってカミーユが言った。

カミーユは自分のまわりのもぎ取れる草を全部もぎ取っちゃったから、もう地面しか見えなかった。

「うん。ぼく、手遅れにならないうちにシモンには話してあげなきゃいけないと思うんだ」

「でもレイモンがあたしたちのあいだだけの秘密だって言ってたじゃない」

「知ってるさ、カミーユ。でもシモンがぼくを見るときのあの目にはもうがまんできないんだよ。ピストルよりもずっと重たいんだもん」


レ・フォンテーヌに戻ってから、ぼくはロージーと一緒に宿題をするように言ってアメッドを部屋から追いだして、シモンの勉強机に腰かけたんだ。

同じ書き取り文を間違って二回もノートに写したくせに、シモンはぼくがいないふりをした。

「シモン、話したいことがあるんだけど」

「ヤダね」

「シモンには知っててほしいことなんだ」

「知りたくねえな」

だからぼくはシモンの教科書を取って放り投げた。

「知りたくないんならなんでそんなにつらくあたるのさ?」

「まず教科書拾って、それから出てけ」

「いやだ」

「そうか、そんなら」

って言ってシモンはこぶしを振りあげてぼくのお腹を殴った。

痛くて涙が吹きだした。なんにも見えなくなっちゃったんだ。怒ってやりかえすのはやめようと思ったんだけど、それでもこみあげてくるのがわかった。

「シモン、ぼく、シモンが必要なんだよ」

もっと怒鳴られると思った。それかもっと殴られると思った。

でもなんにも起こらなかった。

悪口も、げんこつも、ぼくのかんしゃくも。

それでぼくは涙を拭いて、シモンを見つめた。

ふるえながら、まるでそこから怒りが抜けていくみたいにこぶしをひろげてシモンはまっすぐ立っていた。目にはもうしずくはなかった。

「ごめんよ、ズッキーニ。殴りたくなんかなかったんだ」

そう言ってシモンはアメッドのベッドに座った。ぼくもそうした。

「シモンのパンチはボクサーみたいだよ」って言って、ぼくはまだ痛いお腹をさすった。

「へえ、そう思う？」

「うん」

そうやってぼくたちはベッドに腰かけて、目の前をじっと見てたんだ。

「レイモンがカミーユとぼくをレイモンの子どもにしたいって言ってるんだ」ってぼくは打ちあけたんだけど、まるでシモンに聞いてほしくないみたいにとっても小さな声しか出てこなかった。

「じゃあ、出てくんだね」

「うん」

「いつ？」

「知らない。たぶん施設のふれあい祭りのあとだと思う。サバインカン次第」

「で、いつからそのこと知ってるのさ？」

「レイモンがぼくたちを海に連れていってくれたときから」

「誓うか？」

「誓う」

「その前から気がついてたんだろ？」

「それはね、前からレイモンがぼくを見る目がおかしいと思ってたんだ。ヴィクトルを見るのと同じように見るから。でもそれからレイモンがみんなで一緒に暮らそうって言うまでには……」

「じゃあ、やっぱりおれたちを見捨てるんだね」

「そんなことないよ、シモン。これからだって一緒に遊べるよ。レイモンも約束してくれたもん」

「もういままでみたいにはいかないさ」

「いくよ、いままで通り仲良くできるよ。なんにも変わらないってば」

「変わるんだよ、ズッキーニ。おまえはもうここでは寝ないし、学校だって絶対に転校させられるし、毎日顔をあわすこともなくなるんだから。ノータリンのジュジュブみたいにおれたちのことなんか忘れちゃうのさ。ジュジュブだったらあぶく銭に目のくらんだ両親と一緒に地獄の果てに行こうとおれの知ったことじゃねえけど、おまえにはちゃんと天国に行ってほしいんだよ、うらやましくてしょうがないけどさ。おまえはムショとはかけ離れたふつうの生活を手に入れるんだ。レイモンのところに行っちゃえばおれたちのことだっていまと同じ目では見なくなるのさ。そうすりゃわかるよ、おれたちはだれも摘みたがらない雑草の花みたいなもんなんだ。みんな養子にしたがるのは赤ん坊だけで、おれたちみたいなガキには見向きもしないのさ。おれたちは年寄りすぎるんだよ」

「そんなことないよ、シモン。ぼくは学校の屋根の上の風見鶏じゃないんだから。ただ風の歌にまかせて向きを変えてるだけじゃないんだよ。レ・フォンテーヌに来てからもうすぐ一年になるけど、最初に着いたとき、ぼくなんにも知らなかったんだ。そりゃグレゴリーやマルセルみたいな友達はいたけど、ほんとの友達じゃなかった。人の一生だってテレビみたいなもんだって思いこんでたんだよ。画面の前にぼくがいて、人生はそのなかにあるって思ってたんだ。ぼくはなんにもこれっぽっちもわかってなかったんだ。そんなぼくだって十歳なのに引き取ってくれる人がいるんだから、シモンだってだれもぼくたちみたいな子どもには見向きもしないなんて言ってる場合じゃないよ。シモンにだって同じことが起こるかもしれないじゃないか」

「だめなんだよ、ズッキーニ、だめなんだ。おまえとおれの大きな違いは、おまえが素直にありのままの色で世界を見られることなんだ。だからおまえには運がまわってくるのさ。おれにはみんな白黒にしか見えない。だからなにもかもうまくいかないんだよ。おれのパパとママはヤク中で、おれが生きてることなんてどうでもいいと思ってたんだ。そんでふたり仲良くオーバードーズを起こしたのさ。おれはふたりの目の前にいたんだ。人の見るもんじゃなかったよ」

「オーバードーズってなあに？」

「クスリをやりすぎて死んじまうことさ」

「なんだ、そんなのバカだよ。ぼくはシモンのことが大好きだし、シモンが生きていてほんとに嬉しいんだからね」

「おれだってそうさ。おれだっておまえに行ってほしくなんかないよ。でも、やっぱりおまえは行くのさ」

「ぼく、どうしたらいいんだろう。なんかもう行くのいやになってきちゃったよ」

「そらきた、ダメだってば！　おまえアホか？　そとでおひさまがさんさんふりそそいで待ってるのに、ムショのなかでじっとしてるなんてダメに決まってるじゃねえか！　いいか、他人の言葉に耳なんか貸しちゃダメだぞ。おれの言葉にも、だれの言葉にも。自分の心の言うことだけ聞けばいい。出ていきたいって言ってるに違いないんだから」

「うん」

って言ってぼくはシモンの手をぼくの手で包んで、初めてレ・フォンテーヌに来たときにレイモンの手にしたように、ほっぺたにもってった。

33

カミーユはさっきパピノー先生と一緒にサバインショに出かけてった。

朝からおひさまはなくて、大きな雲がお空を覆っていた。

神様もぼくと同じくらい悲しいんだなってぼくは思って、それで少し気が楽になったんだ。

今日は学校に行かなかった。でもだれも怒らなかったんだ。

今日は学校日和じゃないよ。

ロージーはクリームをたっぷりかけた大きなケーキと一緒にお茶を用意してくれた。でもあんまりほしくなかったんだ。ぼくはシャルロットの腕時計の針がもっと速く動いて、カミーユが戻ってきてくれることばかり考えてた。

サバインカンが約束を守って、ぼくの天使をぶさいくな魔女から守ってくれるといいんだけど。

魔女の手紙を読んでからロージーは魔女のことを「古だぬき」って呼ぶようになった。

カミーユの叔母さんが養子縁組に反対してサバインカンとパピノー先生宛てに送った手紙。

子どもたちが警察官と同じ屋根の下に住むのは先が思いやられる。武器を携行する男やもめの家に子どもたちが住むことの深刻さにサバインカンたちが気がついていないんじゃないか、って魔女は書いた。それに、ぼくだってピストルは知ってるわけだからなおさらで、自分の姪にそんな危険をおかさせるわけにはいかないって言うんだ。

古だぬきどころじゃないよ。もっとひどいんだ。ただぴったりな言葉がうまく見つからないだけ。

ムッシュ・クレルジェは魔女なんて怖くないし、ほかのサバインカンたちにもカセットテープを聞かせるって言ってた。

「ほかのサバインカンってだあれ？」ってぼく聞いてみたんだ。

「裁判所の判事さんたちだよ」

「サバインショってなあに？」

「きみたちの件について裁定をくだすところなんだ」

「サイテイってどういうこと？」

「決めるっていうことだよ」

「魔女が勝つこともありうるの？」ってカミーユが聞いた。

「ないよ。でも判事さんはこういうかたちの養子縁組をあまり好まないんだよ。レイモンは警察官だ。

きみたちの場合、それがハンディになるんだな。レイモンも裁判の日には出頭しなくてはならないし、きみもそうだよ、カミーユ」

「カミーユも?」ってぼくは聞いたんだ。心配でのどがつっかえちゃいそうだった。

「そうだよ、ぼくちゃん。だけど、私がそばで守っているから大丈夫、心配しなくていい。あとでびっくりしないように今から言っておいたほうがいいね、カミーユ。実際の裁判を見たら怖じ気づいてしまうかもしれない。カミーユ、きみは裁判長とほかの判事たちの前で証人台に立たなくてはならないんだ。それにきみの叔母さんもいると思う。きみのことだから必ずうまく切り抜けてくれるとは思うし、レイモンも大丈夫だろう。それに、きみたちが魔女と呼んでいる女の人に判事たちが反感を持つことも間違いないんだ。でも、どっちにしても裁判の日に叔母さんのことをそんなふうに呼んではいけないよ」


シャルロットは爪を噛んでいる。

ロージーはクリームたっぷりのケーキを全部ひとりで食べて、パピノー先生のソファーの上で眠っちゃったんだ。

「こんなときに眠れるなんて運がいいよ」ってぼくは言った。

「そうねえ……ああクソッ、爪割れちゃった」

「なんだ、シャルロットだって乱暴な言葉を使うじゃないか」

「あら、失礼。でもときどき言うと気が晴れるでしょ」

「ねえ、シャルロットの時計、ちゃんと動いてんの？」

シャルロットは時計に耳をあてた。

「動いてるわよ、チクタク言ってるもの」

「シャルロットはサバインショに行ったことある？」

「あるわよ、何回も行ったことあるわ。そんなに恐ろしい場所じゃないのよ」

「ええ？　でもサバインカンのお話じゃあ……」

「裁判官、裁判官って言うけどね、裁判官が世の中のすべてを決められるわけじゃないのよ。それに裁判官だって人の子なんだから、間違えることだってあるのよ」

「どっちにしても今日は間違ってほしくないなあ」

「心配ないわよ。ムッシュ・クレルジェは魔女の化けの皮の尻尾をつかんでるんだから、間違いなくうまく行くわよ」

「どんなシッポ？」

「子どもには難しすぎるわ。知らないほうがいいこともあるのよ」

「いいじゃんか、教えてよ、お願いだよ」

「そうねえ、まあいっか。でもだれにも言っちゃダメよ。いい？」

「約束する」

「カミーユのお母さんのために客引きをしてたのは魔女らしいのよ。おまけにあいだに入ってお金をまきあげていたらしいの」

「キャクヒキ？」

「カミーユのうちの玄関のベルをならすように男の人たちを差しむけてたのは、魔女だったの」

「心を繕ってもらわなきゃならなかったおじさんたちのこと？」

「アハハハ、そう、そういうことよ。あっ！　ほら、みんな帰ってきたみたいよ」

ぼくはパピノー先生の部屋を飛びだして、廊下も階段も一気に駆けおりた。そうして息を切らしたまま、車からおりるカミーユを迎えに行ったんだ。

カミーユの目はぼくを探してた。目が合ったとき、その緑色で魔女の負けはすぐにわかったよ。

ぼくはカミーユのところまで駆けていってカミーユの手を握って、気の触れたようなかけっこになったんだ。

パピノー先生がぼくたちをしかりつける声がちょっとだけ聞こえた。

「子どもたち！　戻ってきなさい！　今すぐ！」

もうなにも心配することはない、ぼくたちは勝ったんだ。ぼくたちはぬかるんで足にはりつく地面を蹴って森に入って、ぼくたちの大好きな木まで走った。ぼくが初めてカミーユにキスした木だ。ぼくたちは苔の上に寝転がった。服が汚れるのはしょうがないさ。カミーユのはもったいないけど。だって、こんなにきれいなんだもん。

今日はお祝いの日じゃないか。なんだって許されるんだ。


「さあ、話してよ?」ってぼくは言った。

カミーユはシャツのえりのボタンをはずした。

「最初にお話ししたのはレイモンだったの。レイモンが胸一杯なのは声を聞くだけでわかったわ。初めてズッキーニに会ったとき、どれだけ心を動かされたかをレイモンはサバインカンたちに説明したの。とくに、こうした事情で子どもが母親を失うことのつらさがわかるから、って。それからレイモンは、『わたしがやもめであることはよくわかっていますし、養子として取ることを認めていただけたとしても、残念ながらこの子たちの面倒を見てくれる女性はおりません。でもわたしにはこの子たちに与えたいたくさんの愛情があるのです。それから、わたしの実の息子もふたりとはとても仲がよくて、わたしと話すときもう兄弟として接するくらいになっておりまして、わたしたちが一緒に暮らせば、すべてを手にしながらなんにも与えないほかのたくさんの家族よりもずっと深く結びついた家族になることも、はっきり自信を持っております』って言ったの」

「ぼく、その場にいなくてよかったよ。ぼくだったらもう涙になって溶けちゃってるとこだもん。それにそんなところじゃ口を開く勇気さえなくなっちゃうに決まってる。カミーユは大丈夫だったの?」

「サバインカンはみんなあたしにとてもやさしくしてくれたのよ。だからあたし、サバインカンたちの真っ黒な服も、みんなが証言台って呼ぶちっちゃな囲いも全然気にならなかったの。魔女のほうは一生懸命あたしの視線を引きつけようとしたんだけど、あたしはそうはさせなかったわ。あたしはサバインカンたちをこれくらい大きな笑顔で見つめて、まるでたったいまお空から落ちてきたみたいにフウッって深呼吸してはじめたの。レイモンが普通のパパ以上に、とくにあたしのパパ以上にあたしたちの面倒を見てくれることや、レイモンのおうちでは鉄砲なんて見たことがないっていうことや、レイモンの娘になれることをあたしが誇りに思っていることや、ヴィクトルとあたしたちのとっても仲がいいことや、あたしにはお兄ちゃんがいたことはないけれど、ヴィクトルをお兄ちゃんみたいに思っていることをお話ししたの。全部レイモンのほうを見ながら言ったのよ。だからうまく言えたと思うの。だってやっぱりレイモンはやさしさであふれてるでしょ。それはだれの目にもはっきりしていたの。あたしのあとに魔女が甘い口でしゃべりだしても、だれも騙されなかったんだから。そもそも話してさえいなかったわ。やかんよりひどい金切り声をビイビイ出してただけよ。『この子にはデタラメばかりをならべ立てる天性の才能があるんですよ。正直に話してるなんて甘い気を持たないでください。かわいそうに、あんな母親だったんですからね。この警察官とその家のそこらじゅうに転がっている武器が怖いって泣き言を言ってきたことも、一度や二度じゃないんですよ。』あたし思わずムッシュ・クレルジェのほうを見たの。そしたら頭を横に振って『ダメだよ』って言うから、叔母さんが歯医者よりもひどい大うそをついてるって叫ぶのをこらえたの。そのかわり裁判長が魔女の話に割りこんだのよ。『奥さん、その天性の才能ですが、私にはむしろあなた自身に関わることに思えるのです。まず第一に、ムッシュ・クレルジェの尽力で、あるカセットテープを聞く機会を与えられました。あなたとあなたの姪のあいだの関係についてかなり興味深いものであったと言わざるを得ませんな。次に、手紙のなかであなたが不当に非難しているこの男性はたったひとつ、やさしさという武器しか携行しておらぬことを知っておくべきではありますまいか？　この男の所有するたったひとつの拳銃は、妻の死に際して同僚に預けたきり、取りかえしておりません。加えて、やはりムッシュ・クレルジェの収集した数々の証言によって浮かびあがってきた、あなたがカミーユの母親のかたわらで営んでおりましたところの人身売買については、この場ではもちろんお話しないほうがよいのではないですかな』」

「それで、魔女はどんな顔したの？」

「まるで何千匹ものハチがいっせいに刺したみたいだったわ。これは陰謀《いんぼう》だって叫んで証言台を乗り越えてムッシュ・クレルジェをひっぱたいたの。だから警察官がふたり走り出てきて魔女を外に引きずってったのよ。シモンよりひどいののしりようだったけれど、あとでムッシュ・クレルジェが、『きみの叔母さんはこれからもあちこちでわめきつづけるだろうけど、もうあなたたちがその声を聞くことはないですよ』ってあたしに言ってくれたの。あるサバインカンが『前代未聞ですな！』って言って、もうひとりが『どうしようもない売春仲介者だ。信じられん！』って言って、サバインカンの親分が『これにて閉廷』って言ってかなづちで机を叩いて、それでみんな立ちあがったの。あたしはレイモンの腕のなかに逃げこんだのよ。パピノー先生が『どうも頭のおかしい女が関わってるような気がしていたんですよ』って言ったの。そしたらムッシュ・クレルジェは『いずれにしてもあのカセットテープの一件まで我々のあいだではなんの話もなかったんですから、やはりみんな子どもたちのおかげですな』って言って、あたしに目配せしたのよ。園長先生は証言台にのぼれなくてちょっとガッカリしちゃったんじゃないかしら。だって園長先生も日曜日よりもたいそうな服を着てたんだから。先生のお洋服見なかったの？」

「ううん。ぼくが見てたのはカミーユだけさ。これでレイモンの子どもになるのになんにも邪魔はなくなったんだね」

「そうよ、レイモンの名字になるのよ。おかしいわね。でもレイモンの名字ってなんだっけ？」

「知らないよ。聞いてみたことないもん。頭のなかでもいつもレイモンかおまわりさんって呼んできたんだから」

ぼくはカミーユに寄り添って、初めてのときよりも上手にカミーユにキスしたんだ。

34

フェルディナンが焼き網の上のソーセージをひっくりかえしている。

真っ白なテーブルクロスの上にはたくさんのおいしい食べ物がのっている。生野菜は色とりどりのマヨネーズと一緒に大きなお皿に盛りつけられている。サラダ菜はおひさまのもとで黄色く光ってて、さっきまでの泥や毛虫はもうついてない。フェルディナンの流しが全部飲みこんじゃったんだ。ごはんにはトマトとトウモロコシが混ぜてあって、青りんごにはアボカドとチーズとクルミが和えてある。エビさんははだかにされ、パテはお肉屋さんの包み紙から出してお皿にならんでいる。お肉はお皿の上に山積みで、ポテトチップスはみんながわしづかみで持ってくから、すぐなくなっちゃうんだ。ボール紙のお皿やプラスチックのコップもたくさんある。紙ナプキンは風で飛んでいった。ロージーがマスタードの瓶をいくつかその上に乗せといたはずなのに。ワインの瓶もいっぱいあった。でも子どもたちは触っちゃいけないんだ。飲むのはもっといけない。だって、ぼくたちには水差しに入った水とレモネードが用意してあるんだもん。レ・フォンテーヌの子どもたちも学校の子どもたちもみんな半ズボンに運動靴をはいていて、男の子たちのほとんどはTシャツも脱いで半分はだかではしゃぎ回ってるんだ。大人たちのなかにはレイモンみたいに大汗をかいてる人もたくさんいた。

それからあちこちに持ち主の足を見失った靴がバラバラに脱ぎ捨てられている。

今日、夏が始まる。

ふれあい祭りの日さ。

だけど今日はぼくたちがレ・フォンテーヌで過ごす最後の日なんだ。

カミーユとぼくは、まるでそうしないとすぐに離ればなれになっちゃうみたいに、ずっと一緒にいた。

シモンは正しかった。

ぼくたちがレイモンに引き取られることがみんなに知れ渡ってからは、なにもかもが変わっちゃったんだ。

そりゃもちろん大人たちはぼくたちに、考えつくかぎりのアドバイスや、やって良いことと悪いことを教えてくれた。リストはすんごく長い。

◯ お鼻に指をつっこまないこと。
◯ とくにそのまま鼻くそをほじくりだして食べないこと。
◯ 食事をする前には、手を洗うのを忘れないこと。
◯ テーブルに肘をつかないこと。
◯ 食べたくないときは「オエー」って言わないで「いいえ、結構です」って言うこと。
◯ おはようございます、おやすみなさい、ありがとうございます、お願いしますって言うこと。
◯ 乱暴な言葉を使わないこと。
◯ 毎日少なくとも二回は歯を磨くこと。
◯ シャワーのときはからだのすみずみまで洗うこと。石けんを忘れずに。
◯ お部屋とおもちゃは毎日おかたづけすること。

○毎朝ベッドをかたづけること。
○おやすみの前には神様にお祈りすること。
○あめ玉やチョコレートを食べすぎないこと。
○レイモンのお財布からお金を取らないこと。
○うそはつかないこと。
○割っちゃった食器をゴミ箱のいちばん下に隠さないこと。
○二日以上同じパンツをはかないこと。
○よく復習すること（もうロージーは助けてくれないんだから）。
○大人たちをバカにしないこと。
○休み時間でもほかの時間でもけんかはしないこと。
○はしごの下をくぐらないこと。
○ナイフやはさみで遊ばないこと。
○貧しい人たちには小銭を恵んであげること。
○教会の聖水盤で手を洗わないこと。
○知らない人には話しかけないこと。
○とくにそのままその人の自動車に乗りこまないこと。
○大人たちのコップに残った飲み残しをすすらないこと。

○ライターやマッチで遊ばないこと。
○たばこを吸わないこと。
○車のなかでは安全ベルトと口を締めること。
○運転中の運転手の目を手で覆わないこと。
○ダメといわれたらダダをこねずに納得すること。
○のら犬やのらねこを拾ってこないこと。
○ハトには触らないこと。
○カメラを向けられたら笑うこと。

でもこれじゃまるでぼくたち子どもがそんなことも知らないみたいじゃないか。ロージーなんかわざわざ紙に書きだしたんだ。いつもこの紙をポケットに入れて持ち歩いて、何度も読みかえさなきゃいけないって言うんだ。

シモンにも見せてあげたんだけど、「アホくさ」って言っただけだった。

シモンやほかの子どもたちはぼくとカミーユのことをおかしな目で見るようになった。レイモンの視線とは全然違う目なんだ。

ぼくはソウゾウリョクが強すぎるのよってロージーは言ってたけど、ぼくの目や耳は節穴じゃない。ソウゾウリョクなんかじゃないんだ。

カミーユやぼくが来るとみんなの会話はパタッて止んじゃうんだから。まるでぼくたちがいると迷惑か、もっと最悪なことみたいなんだ。

「そりゃしょうがねえよ」ってシモンは今朝もぼくに言った。「みんなおまえらがこういうことになってとっても喜んでいるんだけど、やっぱりなんか道しるべを全部見失っちゃったような気もしてるんだから。自分たちが、マッチ箱ひとつにおさまっちまうような夢しかない、ちっぽけな存在だっていうことを、あらためて思い知らされるのさ。おれたちはここにいて、手に手をとってくちびるを読んでおれたちだけの言葉を発明して、みんなでお互いに寄り添ってきたんだから、おまえらが行っちゃうのはちょうどボーリングのピンに向かって投げこまれたボールみたいなものなんだ。おれたちみんなバランスを失って倒れるしかないんだ。いまのところ、おれたちはみんな倒れたままで、起きあがろうと一生懸命もがいてるところさ。アメッドはまたおねしょをするようになったし、アリスはまた髪の毛で顔を隠すようになっちまった。ベアトリスは親指か、さもなきゃ鼻くそしか食わなくなった。シャファアン兄弟は例のノータリン辞書ゲームで『放棄』とか『孤独』とか『身無し子』なんて言葉ばっかり言い合ってる。それに指に針が刺さったボリスは初めて痛いって言って、だれがなぐさめても泣きやまなかったんだから。そりゃしょうがないよ。十年の悲しみがそんなに簡単に消えるわけないじゃないか」

それでぼくはテーブルクロスの白と、庭の緑と、お空の青を見て、そのせいですごく悲しくなっちゃったんだ。まるでぼくにこんなきれいなものを見る権利はないような気がした。

レ・フォンテーヌの子どもたちも学校の子どもたちも、みんなふれあい祭りの出し物に集まっている。そしてプラスチックのアヒルを庭ぼうきの柄で釣ったり、小さなかごにボールを投げ入れたり、コルクの標的に向けて投げ矢を投げたりして、たとえプラスチックのアヒルは泥水のなかを泳いだままだとしても、たとえボールは上手にかごのなかに入らなかったとしても、たとえ投げ矢は標的をはずれて別のところに飛んでいったとしても、みんな大きなぬいぐるみを手に入れているんだ。

まるでぼくがここにいないみたいだった。

笑いたくもなかったし、だれかに伝えたい嬉しさもわきあがってこなかった。

カミーユは元気のない日の目をしていて、ぼくたちはふたりともふれあい祭りの出し物には行かなかったんだ。

それにだれもぼくたちを探しにこなかった。

レイモンはサバインカンと話してる。

ヴィクトルは子どもたちに混じって遊んでる。

ジドウ員の興味は紙皿とコップの中身だけだ。

学校の子どもたちの家族は緑の原っぱで横になってる。

コレット先生はポール先生とゲラゲラ笑っていて、ふたりの笑い声でぼくはつらくなった。

「まあまあ、ふたりとも！　こんなところで浮かない顔をしてどうしたの？　今日はそんな日じゃないでしょう！」

パピノー先生がぼくたちの肩に手をかけた。

ぼくは悲しい目で先生を見あげた。

「ぼくたちにはもう、そんな日もあんな日も関係ないんだよ、園長先生」

「園長先生ですって？」

「ジュヌヴィエーヴ」

「そのほうがいいわ。さあ、話してごらんなさい」

「話すって、なにをさ？」

「わたくしをごまかそうとしてもしょうがないわよ。あなたたちふたりがさみしそうなのは、見ればすぐにわかるんだから。なにがあったの？」

「なんでもないの」ってカミーユが言った。

「ふたりともいじめられた子犬みたいな目をしているじゃないの。なんでもないはずないでしょう」

「大丈夫だよ、ジュヌヴィエーヴ、すぐまた元気になるから」

「じゃあ、どうしてみんなと一緒に遊ばないの？」

「あたしたちなんかいないほうがいいのよ」ってカミーユがボソッと言った。

「いないほうがいいってどういうこと？」

「みんなもうあたしとなんか話したくないって言うの。ベアトリスでさえ……」ってカミーユが泣きだした。

「そんなはずないわ。泣くことないのよ、チビちゃん」

って言ってパピノー先生はハンカチを出してカミーユの涙を拭いた。

「さあ、わたくしの部屋に行って待っててちょうだい。いいですか？　すぐに戻ります」


パピノー先生の部屋はひんやり涼しかった。

カミーユは扇風機に顔を向けている。栗色の長い髪の毛が風になびいた。

子どもたちの絵で埋まった園長先生の部屋の壁を眺めていたら、廊下から楽しそうな騒ぎ声が聞こえてきた。

園長先生は子どもたちの一団を招き入れて、ドアを閉めた。

ちょっとドギマギしながら、ぼくたちはお互いに見つめ合ったんだ。

ベアトリスは大きなウサギと離ればなれになるのをいやがって、後ろに隠れた。

「さあ、子どもたち。みんなにここに集まってもらったのは、ズッキーニとカミーユがみんなに少し仲間はずれにされているって思っているからなの。わたくしから言うことはないけれど、みんなになにかお互いに言うことがあるんじゃないかしら？」

「でも先生、おれたちじゃないんだぜ」ってボリスが言った。「出てくのはあのふたりのほうじゃないか」

「でもだからってこのふたりがみんなを嫌いになったというわけじゃないでしょう」って、園長先生が言った。「このふたりだってみんなと同じくらいつらい思いをしてるはずですよ」

「ぼく、掃除用具入れに一生閉じこめられたくないよぅ」ってアメッドがべそをかきはじめた。

シモンは大急ぎでアメッドをにらみつけた。くちびるが「告げ口したらひどいぞ」って言ってるのがぼくにはわかった。

「ねえ、お祭りに戻ってもいいでしょう?」ってアントワンが聞いた。

「もちろんよ。ただしズッキーニとカミーユも一緒にね」って園長先生が言った。

「いいのよ、園長先生、みんながいやだって言うんならそれでいいのよ」ってカミーユが言った。「でもあたし、みんなのことこんなに大好きなんだっていうことだけは、ちゃんと言っておきたいの。ねえ、アリス。ねえ、ベアトリス。あなたたちなしじゃ、もういままでみたいには眠れなくなるわ。それに、シモン。もうシモンが近くにいていろんなことを教えてくれることもなくなっちゃうのね。ねえ、アメッド。約束するわ。いままで見たこともないようなぬいぐるみを見つけてきてあげる。それから、シャファン兄弟。あたしもあなたたちみたいに痛みに強ければいいんだけど。心の目を持っていない人たちにもわかるように『取扱注意』って入れ墨を入れてもらうほうがいいのかもしれないわね、あたし。ねえ、ジュジュブ。あなたはこれからほんとの自分の家族のもとに帰れるのよ。だからもう、ばんそうこうも仮病もやめるの。あたしだってさ、みんなと離ればなれになるのはつらいのよ。みんなにとってもいままで通りじゃなくなるのはわかってる。でもズッキーニとあたしにとっても同じなのよ。あまり会えなくなってもあたし、心のなかでずっとみんなのこと想ってるわ」

「アタチもよ、さみしくなっちゃうわ」ってベアトリスが言った。

「アタシも」ってアリスが泣きべそをかいた。

それでふたりはカミーユのほっぺたにキスしたんだ。

「ズッキーニのこと抱きしめてもいいかなあ?」ってシモンが聞いた。

「うん、シモンがそうしたいんなら」

「ぼくは?」ってシャフアン兄弟がふたり同時に言った。


それでぼくたちはみんなでいっぱい抱きしめ合って、いろんなことを許し合ったんだ。シモンでさえアメッドに「一生掃除用具入れの話はジョークだよ、ジョーク」って言ったくらいなんだから。でも「告げ口したらひどい」からアメッドはなんにも言わなかったんだ。そうしたらいつのまにか園長先生が部屋からいなくなってるのに気がついた。

ジュジュブが園長先生の椅子にドカッと腰かけて、園長先生のめがねをかけて、指のあいだで鉛筆をクルクルまわした。

シモンが「ジュヌヴィエーヴって呼んでちょうだい!」って大声を出した。ボリスが「あなたたち、このまま悪ふざけを続けたらなにが待っているかわかってるわね!」って言って、アントワンが「手すり!」って叫んだ。それから三人そろってソファーを磨くふりをした。

ベアトリスとアリスは、顎を引いて胸を張って園長先生みたいに歩きまわった。ふたりの腕が園長先生みたいに揺れた。

カミーユがこっちに来て、「カメラを向けられたら笑うこと」って言って、カメラをかまえるまねをした。

みんなはすぐに園長先生のまねをやめてぼくにしがみついて、考えられるかぎりのありとあらゆるひどい顔をしてみせた。

「撮ります！」ってカミーユが言った。「行くわよ、ほら、ちゃんとこっちを見て！」

そうしてカミーユはぼくらにしか見えないカメラのシャッターをカシャッて押した。もちろんさ、この写真はぼくたちの一人ひとりがいつまでもどこまでも持ってくんだ。

それからぼくたちは、みんなでお祭りの出し物まで走った。

やっとおひさまが肌に照りつけるのを感じた。だから、上を向いてお空を見あげたんだ。お空は真っ青で、雲もほとんどなかった。

もう、雲なんてどうでもいい。

もうお空を殺してやりたいなんて思わない。

そしてぼくは、大地を踏みしめてずうっとずうっと大きいぞ、って感じたんだ。

ローラン・Cへ

訳者あとがき

この本はジル・パリス（Gilles Paris）の『Autobiographie d'une Courgette』（Plon社、二〇〇一年）の日本語訳です。『奇跡の子』というタイトルでポプラ社から日本語訳が出たのが二〇〇四年なので、和訳されてからほぼ十五年経ったことになります。当時この本を読んでくれた中学生や高校生がいたとして、単純に考えてもう三〇歳前後になっているということです。三〇歳前後といえば、結婚して子育てに追われていたり、仕事と出産という不条理な選択を迫られているくらいの年頃でしょうか。あるいはやむを得ない事情で一人で育児をしている方もいるかもしれません。

もちろん十五年前の読者がこれを読み返してくれているとは限りません。映画『僕の名前はズッキーニ（Ma vie de Courgette）』をきっかけに読んでくれた人はむしろ、たった今中高生だったり、大学生だったり、社会人だったりするでしょう。でも、それならなおさら、今から十五年後、二〇年後のことを考えてほしいのです。少子高齢化や不安定雇用、文化的不寛容や自由主義の暴走など、この本が最初に出た二〇〇四年（あるいは二〇〇一年）に比べて二〇一八年の日本（あるいはフランス）は、必ずしも生きやすい世の中にはなっていないようです。一五年後や二〇年後の世の中は良くなっているのでしょうか？　それをつくっていくのはみなさんを含めたわたしたちです。

改めて読みかえしてみても、現実の辛さとイカールの無邪気さに心動かされます。我々も知っている現実の社会の厳しさと物語のなかの子どもたちの素直な気持ちのギャップこそがこの作品の核をなしていて、（幸か不幸か）十五年経っても映画化に足るテーマになっているのだな、とわたしは思いました。物語のなかの子どもたちにとっては解決しているようにみえるけど、読んでいるわたしたちにとっては「え、それでいいの？」という、解決しない問題がたくさんあると思います。物語のなかの子どもたちが一生懸命だからこそ、なんとかして応援したくなってしまう。結局そうやって、この物語はわたしたちが当たり前だと思っている現実に照り返してくるのです。

物語と現実のギャップを感じてしまうわかりやすい例として、主人公イカールのニックネームである《ズッキーニ》が挙げられます。原書や映画のタイトルにあるように、《ズッキーニ》というのはフランス語では《クルジェット（courgette）》といい、これはウリやカボチャを意味する《クルジュ（courge）》から派生した言葉です。《クルジュ》には比喩的に「石頭」とか「のろま」という意味があるので、《クルジェット》というニックネームにはこのような含みがあるわけです。夫に裏切られ、事故で片足の自由を失い、ビールばかり飲んで自分に暴力を振るう母親にそう呼ばれていたにも拘らず、イカールはみんなが自分を母親と同じように呼ぶことにこだわります。イカールが無垢だからと言ってしまえばそれまでですが、この物語が僕たちの心を鷲掴みにするとしたら、それはそれでもイカールが母親を信頼し、慕っていたからだと思います。母親にしても、好きで暴力を振るっていたわけではありません。

あるいは、一見雲ひとつない青空のように見えるエンディングはどうでしょう？　物語が終わる時点では一〇歳のイカールも、いつかは成長して大人になり、母親の死ときちんと向き合わざるを得なくなるだろうし、初恋の相手と一緒に養子にとられた二人はその後どうなるのか……。イカールは、自分の誕生日に宣言したように、一〇歳のままでいられるのでしょうか？　著者のジル・パリスは、「この物語の続きは書けない」と言っていました。つまり、この物語の愛すべき登場人物たちがこの先も幸せに生きていけるかどうかは、わたしたちがそういう世界を、そしてそれを実現する方法を、想像できるかどうかにかかっているのです。家族のあり方が変わっています。親の現実も子どもの現実も変化していて、昔のようにすればいいということではなくなってきています。

映画版のエンディングには、「Le vent nous portera（風の吹くまま）」という曲が採用されています。ソフィー・ハンターのスモーキーな声と透明感のあるアレンジが印象に残りますが、もともとはフランスのロックバンド、ノワール・デジールが、小説と同じ二〇〇一年にリリースした代表曲です。このバンドのリーダー、ベルトラン・カンタは二〇〇三年、当時付き合っていた女優のマリー・トランティニャン（俳優ジャン＝ルイ・トランティニャンの娘）を口論の末、殴殺してしまいました。カンタはつい最近、出獄後初のソロアルバムのリリースに合わせてロック雑誌の表紙を飾りましたが、これに対して女性誌『ELLE』が「マリーの名のもとに」という社説をトランティニャンの写真とともに掲載し、「マリーの顔は、男性に暴力をふるわれた女性全員の顔だ。去年一年間に、配偶者に殺された百二十三人の女性たちの顔だ」と強く糾弾しました。

それなのに、「Je n'ai pas peur de la route（旅立つことは怖くない）…」という歌い出しにうっとりしてしまったのはわたしだけではないでしょう。物語の無邪気さと読者が考えを巡らせざるを得ない現実の辛さのギャップはここにも滲み出ています。クロード・バラスが監督した映画は一日に三〇秒分しか撮影できないという気の遠くなるようなプロセスを経て完成したストップモーション・アニメーション作品で、必ずしも原作に忠実な脚本化ではないですが、この小説の核を見事に抽出していると思います。

そうそう、映画化されたことで、小説の翻訳作業もいくらか肩の荷がおりました。原作には実にたくさんの言葉遊びがちりばめられていますが、これを全てなめらかな日本語にするのは至難の業なのです。二〇〇四年の和訳では、ところどころギクシャクした部分が残ってしまったので、今回の改訳ではそういう部分をできるだけ削ぎ落とすことにしました。また、タイトルは映画の邦題と揃え、主人公のニックネームもズッキーニに替えています（二〇〇四年版では「へちま」でした）。最近誰かが「詩の翻訳はレインコートを着てシャワーを浴びるようなもの」と言っていましたが、全くその通りです。ジル・パリスの描く子どもたちの会話の詩性・音楽性は、是非映画の方で「聴いて」ほしいと思います。

ジル・パリスは、二〇〇一年に『Autobiographie…』を発表したあと、『カンガルーの国で（Au pays des kangourous）』（二〇一二年）、『蛍の夏（L'Été des lucioles）』（二〇一四年）、『岸壁の目眩（Le vertige des falaises）』（二〇一七年）という三篇の長編小説を上梓しました。子どもと家族というテーマは通底しているようです。デビュー作となる『パパとママは死んだ（Papa et maman sont morts）』が出たのが一九九一年ですから、どちらかと言えば寡作な方でしょう。逆に言えば一作にそれだけ時間をかけているということです。この作品が読者にフィクションとリアリティのギャップを意識させ、なにをすべきか考えるよう働きかけるのは、じっくり取材したうえで物語世界を構築するという彼の創作スタンスに由来すると思います。ちなみに、『パパとママは死んだ』の主人公はアリスでしたが、『カンガルーの国で』の主人公はシモンで、『蛍の夏』の主人公はヴィクトルで、『岸壁の目眩』の主人公の母親がローズなので、ちょっとドキドキします。

最後に、今回の改訳にあたって初期原稿を読んでくれた元ゼミ生の熊沢紗世さんと、有益なアドバイスをくださったDU BOOKSの福里茉利乃さんと中井真貴子さんにこの場を借りてお礼いたします。そしてわたしの残り半分のキャロルともうイカールより大きくなった娘の真理と息子の真人に。

安田昌弘

解説

金原瑞人

次にあげる古典的名作の共通点はなんだろう。ちょっと考えてみてほしい。

『オリヴァー・ツイスト』（チャールズ・ディケンズ 1837-1839）
『ジェイン・エア』（シャーロット・ブロンテ 1847）
『嵐が丘』（エミリー・ブロンテ 1847）
『アルプスの少女ハイジ』（ヨハンナ・シュピリ 1880）
『ハックルベリー・フィンの冒険』（マーク・トウェイン 1884）
『小公女』（フランシス・ホジソン・バーネット 1905）
『赤毛のアン』（L・M・モンゴメリ 1908）
『ピーター・パンとウェンディ』（ジェイムズ・バリー 1911）
『秘密の花園』（フランシス・ホジソン・バーネット 1911）
『足長おじさん』（ジーン・ウェブスター 1912）
『少女パレアナ』（エレナ・ポーター 1913）

そろそろわかってもらえただろうか。答えは「主人公か主要な登場人物が孤児」。欧米の小説には児童書、一般書を問わず、孤児を主人公にした名作がじつに多い。それも決して古い作品に限らない。たとえば、一九九七年にスタートを切った「ハリー・ポッター」シリーズの主人公も孤児だ。その他、「シャーロック・ホームズ」シリーズの名脇役、ベイカーストリート・イレギュラーズ（ベイカー街遊撃隊）も孤児。

ところが不思議なことに、日本には孤児を主人公にした名作らしい名作がほとんどない。そのくせ日本人は孤児物が決してきらいではない。『アルプスの少女ハイジ』も『小公女セーラ』も『フランダースの犬』もアニメになって高視聴率を上げている。

この作品の主人公も、母親を誤って撃ち殺して孤児になってしまったズッキーニ。ここでは子どもの目からみた世界が、子どもの言葉でつづられていく。それがほほえましいし、ときどきつらい。子どもの目に映る現実は、大人の目に映る現実とはちがうらしい。たとえば、ズッキーニの言葉を借りれば、

もしぼくがお空を殺せば、ママはやさしくなるはずさ。

ロージーは泣いていたと思う。だって、肩がダンスしてたんだもん。

朝起きたらぼくの手には指が残ってなかった。そりゃそうだ。今日は土曜日なんだもん。お誕生日まで何日あるか、もう数えなくてもよくなっちゃったんだ。

歳っていうのはゴムひもみたいなもんで、その両端を子どもとお年寄りが引っぱりあっていて、最後

にはプツンと切れて、いっつも顔にゴムをくらうのはお年寄りのほうで、だからお年寄りは死ぬんだってシモンが言ってた。

どれも、幼稚だったり、とぼけていたり、言葉足らずだったりするけど、そのぶん子どもの気持ちが表われていて、普通では気づかないものを教えてくれる。そして、ときどき切なく胸に迫ってくる。大人なのにこんな視点で物語が書ける作者のジル・パリスはすごい。

もうひとつ作者のすごいのは、ひどい親を必死に正当化しようとする子どもの描き方だ。ズッキーニが好きになる女の子、カミーユは、父親に殺された母親をこんなふうにかばおうとする。

ママが縫い針や繕わなきゃいけない心で自分をなぐさめていたのは、どうやって『愛してる』って言えばいいのかよくわからなかったからなの。

こんな妙に賢いカミーユとズッキーニを中心に展開する物語に、仲間の履歴に異様に詳しい、仕切りたがり屋のシモン、おねしょの癖が直らず、いつもべそをかいているアメッド、鼻の穴に指をつっこんでばかりいるチビの黒人の女の子ベアトリス、そんな子どもたちがからんでくる。

施設では大きな出来事は起こらない。カミーユと伯母の一件と、シモンの情報入手法をめぐる一件をのぞけば、ひどいいじめがあるわけでもなく、悲劇的な事件が起こるわけでもない。仲間同士のささいないさかいや、まわりの大人の無理解への反発はあるものの、比較的平和だ。しかし、それぞれの抱えている過去があまりに大きいため、子どもたちの心の揺れや、なんてことない言葉のやりとりのひとつひとつが読者に大きく響いてくる。

「ねぇ、きみのママどこにいるの?」車のなかでパパのとなりに座ったヴィクトルがぼくに聞いた。
「ヴィクトル、そんなことを聞いちゃいけないだろ」ってレイモンは言った。
「ママは、ビールとタテゴトを持ってお空にいるんだよ」ってぼくは答えた。
「ぼくのママはお墓にいるからときどき会いに行くんだ。花を持っていってあげるんだよ。カミーユのママは?」
「パパが突き落とした場所よ、川の底」

そんな生活のなかで生まれるいくつかの物語がゆるやかに、やさしく流れていく。

この作品をアニメにしようと思った人がいるなんて、ちょっと信じられなかった。派手なアクションもなければ、強烈なギャグもないし、話そのものが地味だ。微妙な言葉のやりとりと、それを受け取る主人公の心の動きが魅力のこの作品をアニメに?

ところがこの映画がじつにいい感じに仕上がっていて、びっくりしてしまった。ストップモーション・

アニメで、それぞれのキャラがこんなに鮮やかに描き出されるとは！　何点か原作と違うところはあるものの、原作の雰囲気と感動をそのまま伝えてくれる。とくにレイモンの家のなかはアニメならではの趣向がこらしてあって、それがまた素晴らしくこの作品を際立たせている。

原作を読んでから映画を観ると、イメージの豊かさに身を委ねることができるし、映画を観てから原作を読むと、細かい部分をさらにじっくり味わうことができる。どちらからでも楽しめると思う。

さて、最後にいくつか孤児を主人公にした映画や小説を紹介しておきたい。「日本には孤児を主人公にした名作らしい名作がほとんどない」と書いたが、その数少ない例外のうちのひとつが川島誠の『神様のみなしご』（角川春樹事務所）。そしてもうひとつ、紹介するまでもないが、主人公が孤児だということを忘れられがちな宮崎駿監督の『天空の城ラピュタ』。それから海外物では、韓国・フランス合作映画、ウニー・ルコント監督の『冬の小鳥』。どれもタイプは違うが、熱く胸を打つ。

著者　ジル・パリス（Gilles Paris）

1959年パリ郊外生まれ。作家・編集者・ジャーナリスト。

1991年に親子の関係をテーマにした小説、『Papa et maman sont morts（パパとママは死んだ）』でデビュー。2002年に本作『Autobiographie d'une Courgette』を執筆。25万部のベストセラーに。最新作は2017年発刊の『Le vertige des falaises（岸壁の目眩）』。

訳者　安田 昌弘

京都精華大学 ポピュラーカルチャー学部教授。翻訳家・社会学者。
英レスター大学で日仏音楽産業の研究を行いPh.D.（博士号）取得。
現在は日仏のローカル音楽シーンについて研究を行っている。
訳書に『ポピュラー音楽をつくる』（みすず書房）など。

ぼくの名前はズッキーニ

初版発行　2018年2月1日

著	ジル・パリス
訳	安田昌弘
装画	fancomi
デザイン	塚田佳奈（ME&MIRACO）
日本版制作	福里茉利乃＋中井真貴子（DU BOOKS）
発行者	広畑雅彦
発行元	DU BOOKS
発売元	株式会社ディスクユニオン 〒102-0074 東京都千代田区九段南3-9-14 編集　TEL.03-3511-9970 FAX.03-3511-9938 営業　TEL.03-3511-2722 FAX.03-3511-9941 http://diskunion.net/dubooks/
印刷・製本	廣済堂

ISBN 978-4-86647-042-9　Printed in Japan　